Jane Smiley

GEWÖHNLICHE LIEBE
und
GUTER WILLE

Zwei Novellen

Aus dem Amerikanischen
von Michael Strand

Fischer Taschenbuch Verlag

Veröffentlicht im Fischer Taschenbuch Verlag GmbH,
Frankfurt am Main, Juli 1995

Lizenzausgabe mit freundlicher Genehmigung
der S. Fischer Verlags GmbH, Frankfurt am Main
Die amerikanische Originalausgabe erschien 1991
unter dem Titel ›Ordinary Love and Good Will‹
im Verlag Ballantine Books, New York

Druck und Bindung: Clausen & Bosse, Leck
Printed in Germany
ISBN 3-596-12725-4

Gedruckt auf chlor- und säurefreiem Papier

GEWÖHNLICHE LIEBE

Ich will nicht, daß Joe mich auf Knien findet, wie ich mit einem alten Rollkragenpulli den Küchenboden bohnere, aber er tut es doch und sagt: »Mom! Was machst du? Entspann dich!«

Ich setze mich auf die Fersen und sage: »Es ist erst halb sieben. Was ist mit dir?«

Aber ich weiß es ohnehin. Wir wissen es beide. Er geht quer durch die Küche und gießt sich seine erste Tasse Kaffee ein. Er trinkt drei hintereinander, ist mir in diesem Sommer aufgefallen, heiß und mit viel Milch und Zucker. Jetzt geht er von der Kaffeemaschine weg, und die Tasse ist halb leer, noch ehe er am Tisch sitzt. Er grinst. Heute kommt Michael an. Michael, Joes eineiiger Zwillingsbruder, war zwei Jahre als Mathematiklehrer an einer Oberschule in Benares in Indien. Das ist auch der Grund, weshalb ich den Boden wachse, weshalb keiner von uns sich entspannen kann.

Der Boden ist Ahorn, holzgenagelt, um die fünfundsiebzig Jahre alt. Die Dielen sind zwischen zwei und fünf Zoll breit und diagonal verlegt. In den letzten fünfzehn Minuten habe ich mich von der Speisekammer bis an die Hintertür vorgearbeitet, in ein langes bronzerotes Blatt aus Sonnenlicht, das mir die Unterarme färbt und auf meinen Händen Schatten spielen läßt wie Muskeln. Ich mag diesen Boden, so mühsam er ist: Wenn ich ihn pflege, muß ich an meine Mutter denken, und diese Stadt erinnert trotz all der Bäume hier ziemlich an Nebraska, wo ich aufgewachsen bin. Die langen, rhythmischen Bewegungen mit dem Lappen sind gleichzeitig beruhigend und produktiv.

Joe sagt: »Ich denke, ich werd gegen neun zum Flughafen fahren.« Er ruckelt auf seinem Stuhl herum. Ich lächle und sage: »Warum fährst du nicht gleich?«

»Ich bin entspannt, Mom. Wieso glaubst du, ich bin's nicht?« Sein Gesichtsausdruck ist beinahe manisch. Sie sind fünfundzwanzig und haben sich seit zwei Jahren nicht gesehen. »Du, Weib, steh auf und nimm dir eine Schale Tee oder was.« Und das tue ich auch, einfach um des Vergnügens willen, mit meinem Sohn am Küchentisch zu sitzen. Ich lasse ihn Toast für mich machen, mir eine Orange schälen und Milch auf meine Rice Krispies gießen. Wir reden über die Geranien im Blumenkasten am Fenster und den kaputten Rasenmäher und die Vorlesungen, die Joe belegen wird, wenn in zwei Wochen wieder die Uni anfängt. Über Michael reden wir nicht. Es ist ein Familienritual, den heimkehrenden Reisenden nicht zu erwähnen, solange er oder sie noch unterwegs ist. Normalerweise sprechen wir bloß den Namen nicht aus, doch diesmal hat Joe noch nicht mal »er« gesagt, oder »mein Bruder«.

Joe ist den ganzen Sommer bei mir gewesen, das Längste an Zeit, das wir seit sechs Jahren zusammen verbracht haben, und ich habe mich an ihn gewöhnt. Die Aussicht, den ganzen Sommer bei seiner Mutter zu wohnen, machte ihn erst nervös, aber für mich war es einer der schönsten Sommer meines Lebens, jeden Tag das Scharren und Poltern und Klappern einer verwandten Seele im Haus. Es wird mir leid tun, wenn er wieder auf die Uni muß, und er weiß das. Er steht vom Tisch auf und geht ins Wohnzimmer. Er legt eine Platte auf, freilich erst, nachdem er sie sorgfältig abgestaubt hat, und da kommt Hank Williams, ein Kompromiß. Ich mache mich wieder an den Boden. Er hat seine Plattensammlung mitgebracht, und den ganzen Sommer lang waren sein Geschenk an mich musikalische Überraschungen, aber er stellt ganz schöne Ansprüche – er hat mir Elvis Costello zu hören gegeben, die Talking Heads, the Flamin' Groovies, die Dire Straits. Ich tu so, als hörte ich die Melodien darin. Er sagt, nur halb im Spaß: »Das ist ziemlich wichtig für dein Mama-Projekt, würde ich sagen, wenn du's richtig machen willst.« Es richtig zu machen, bringt es mit sich, daß man lernen muß, schrägere Harmonien auszuhalten, als ich bisher gewohnt war, doch als Teil seines »Sohn-Projekts« spielt er auch Opern und Folk, wie ich sie mag.

Er wohnte in Chicago, aber ihm Juni machte seine Freundin Schluß mit ihm. Nachdem er hier ankam, schrieb sie ihm in zwei Tagen vier Briefe, und dann war's vorbei. Louise heißt sie. Sie war vier, fünf Mal zu Besuch hier, und ich mochte sie und fand, daß sie eine sympathische, gradlinige junge Frau war. Als er ein paar Tage da war, schob er mir beim Mittagessen einen der Briefe über den Tisch zu, zum Lesen. Das Wichtigste, schrieb sie, sei, daß sie nicht die Kraft habe, ihn glücklich zu machen. Joe stand auf und ging das Unkraut in den Blumenbeeten jäten. Ich erinnere mich gut an das Gefühl, mit einem launenhaften Mann zu leben, wenn von einer Stunde zur anderen die Decke mal abhebt und mal einem auf den Kopf fällt, an manchen Tagen von einer Minute zur anderen. Ich hielt sie für klug, da sie ihre Fähigkeiten vor einer Ehe erkannte, bevor Kinder da waren, aber als Joe am Küchenfenster vorbeiging, sah ich an seinen hängenden Schultern, daß er am Boden zerstört war, und mir kamen die Tränen seinetwegen. Seitdem ist er noch mit keiner Frau ausgegangen.

Sein ganzer Umgang hier besteht aus Barbara und Kevin, Freunden von der High-School, die nach dem College geheiratet haben. Wenn sie vorbeikommen, will sie immer mit mir in der Küche sitzen und über Möbel reden, und er will mit mir nach draußen gehen (Ohne Lauscher? frage ich mich) und meine Kenntnisse in Verwaltungsrecht auf die Probe stellen. Ich bin zweiundfünfzig Jahre alt; ein Alter, wie sich herausstellt, in dem die eigenen Kinder und ihre Freunde plötzlich Eifer zeigen, das Wissen und die Erfahrung, von denen sie früher nie zugegeben hätten, daß man sie hat, nach Kleinoden zu durchstöbern, die sie nun gebrauchen können. Ich arbeite als Finanzreferentin im Verkehrsministerium des Staates, was Kevins Interesse erklären mag.

Ich war einmal verheiratet, ein zweites Mal beinahe. Ich habe fünf Kinder und vier Enkel, was Barbaras Interesse erklären mag, obwohl sie näher als bis zu Möbelfragen an das eigentliche Thema, Kinder und Familienleben, nicht herankommt. Meine jüngere Tochter, Anne, die im Mai ein Baby bekommen hat, ruft mich jetzt wegen allem und jedem an, obwohl ich vorher jahrelang kaum je was von ihr hörte. Meine ältere Tochter, Ellen, lebt nur zwei Kilometer von hier entfernt. Sie hat zwei Töchter und schaut jeden Tag vorbei oder ruft an. Daniel, ein Jahr jünger als Ellen, ist in New York. Er hat einen Sohn und ruft jedes Wochenende an. Früher mal war ich, was Babies betrifft, der Quell der Weisheit, für den sie mich jetzt halten. Meine Hüften waren dafür gemacht, Kinder auszutragen; ich konnte mich zwischen Spielsachen und krabbelnden Kindern durchschlängeln, ohne zu stolpern, brauchte kaum nach unten zu sehen, außer um eine Kritzelzeichnung zu bewundern. Ich glaubte, vier hohe Kinderstühle um den Küchentisch und zwei große Labradors, die darum kreisten, um aufzuschnappen, was so abfiel, seien nicht weiter bemerkenswert.

Nach dem Bohnern gehe ich ins Bad und scheuere Wanne und Waschbecken. Ich liebe dieses Haus. Früher fuhr ich jeden Tag auf dem Weg zur Arbeit daran vorbei, und dann stand es zum Verkauf, und ich kaufte es. Es hat vier Schlafzimmer und ist Neo-Kolonialstil, auf einem riesigen Eckgrundstück mit einer ebenerdigen Rundumveranda und einem Balkon im Oberstock, zu groß für eine alleinstehende Frau, aber irgendwie gerade groß genug für mich. Hier mit mir allein, wie ich es normalerweise bin, genieße ich seine friedliche Größe – nichts Herrschaftliches, aber jede Menge geräumige Ruhe. Im Garten sind drei Kastanien, die unzerstörbar sein müssen, weil es nirgendwo sonst im Staat drei so nahe beieinanderstehende Exemplare gibt. Bis ich im Bad fertig bin und das Wohnzimmer in Ordnung gebracht habe, ist es fast neun. Joe pfeift durchs Haus und zwingt sich, das weiß ich, bis zur letzten Minute abzuwarten, ehe er sich zu gehen gestattet. Ich stehe im Schatten des Eingangs zum Wohnzimmer, und bald schon kommt er die Treppe herunter und steckt im Gehen seine Sachen ein, beschwingt vor Vorfreude. Ich bewundere ihn. Er ist groß und breitschultrig. Er hält sich gerade. Er ist schlank, mit großen Händen und Füßen, und obwohl er nicht dieses Flair von handwerklichem Geschick hat wie, sagen wir, Daniel, hat er diesen Sommer doch eine Menge Dinge im Haus repariert und mit der Kettensäge, die er kaufte, als er ankam, eine Menge Holz geschnitten. Der Mann, den er nun vom Flughafen abholen fährt, ist sein genaues Ebenbild, vom Scheitel bis zur Sohle, Haare, Finger, Füße. Ich habe sie Jahre nicht zusammen gesehen. Er ruft: »Ich geh jetzt, okay?« Ich sage leise: »Okay«, und er wendet sich ab. Er ruft mir zu: »Alles halb so wild, Ma.«

»Ach ja. Richtig. Ich erinner mich. Bloß keine Aufregung.«

Als er eben weg ist, läutet das Telefon. Es ist Ellen. Sie sagt: »Wann, hast du gesagt, kommt er an?«

»Joe ist eben weg. Ich würd sagen, sie müßten bis Mittag wieder da sein.«

»Kann ich rüberkommen?«

»Natürlich.«

»Wir kennen doch diesen Typen aus Philadelphia, der nach zwei Jahren Indien zurückkam. Er war reichlich verrückt.«

»Inwiefern verrückt?«

»Na ja, er nahm die Serviette, die man ihm zum Essen hingelegt hatte, und sagte: ›Dieses Stück Stoff ist groß genug, ein ganzes Kleidungsstück für ein indisches Kind zu machen.‹ Die ganze Zeit sagte er solche Sachen. Ich mach mir Sorgen, daß Joe nicht weiß, was ihn erwartet.«

»Sie haben sich viel geschrieben.«

»Briefe sind trügerisch, find ich.«

»Na, ich zumindest kann es kaum erwarten, ihn wiederzusehen.« Ich bin versucht, seinen Namen zu sagen, doch in der allerletzten Sekunde traue ich mich nicht.

»Ich hasse so was«, sagt sie. Dann: »Kommt ihr morgen abend?«

»Wann sollen wir denn?«

»Um sechs. Ich glaub doch nicht, daß ich heute rüberkomm. Jerry ist nicht da, und ich hab noch zuviel zu erledigen.«

»Geht schon in Ordnung.« Ich warte einen langen Moment, bis sie sich entschließt aufzulegen.

Während ich mich in Richtung Küche wende, scheint eine alte Angstwelle mich vom Kopf abwärts zu durchfluten. Ich weiß genau, woher sie kommt. Als Ellen zehn war und die Zwillinge fünf und es noch zwei dazwischen gab, trennten sich Pat, ihr Vater, und ich, und er verkaufte das Haus, ohne mir etwas zu sagen, und fuhr mit den Kindern ins Ausland. An dem Morgen, als ich sie nach fast einem Jahr wiedersah, war die Angst so groß, daß ich von einem Wegrand zum anderen taumelte, als ich auf sein neues Haus zuging. Ich wußte, daß sie mir vom Fenster aus zusahen, und versuchte mit aller Konzentration, normal zu gehen, aber die Aussicht, sie wiederzusehen, brachte mich buchstäblich aus dem Gleichgewicht. Es gibt Dinge, die wir in unserer Familie können – friedlich miteinander essen, uns Geld pumpen, uns ausweinen –, aber bei Wiedersehen hallen alte Echos nach.

Als Michael das Haus betritt, ist er nicht Joes Zwilling, sondern ein Schatten von Joe, ganz in weißen Baumwollstoff gekleidet und abgezehrt. Er begrüßt mich auf die typische Michael-Art: »Heh, Ma. Ich bin wieder da. Irgendwelche Anrufe?« – grinst, faßt mich um die Mitte und küßt mich auf die Lippen, doch seine Bizepse sind dünn wie Sehnen, und durch sein Hemd drücken sich die Rippen gegen mich. Alles, was ich tun kann, ist, nicht vor Schreck zurückzuprallen. Wir versuchen hier bei uns einen leichten, ironischen (wenn auch manchmal wehmütigen) Grundton beizubehalten, aber ich werfe einen Blick auf Joe und sehe an seinem gequälten Lächeln, daß Michaels Erscheinung auch ihm an die Nieren gegangen ist. Er stellt das Gepäck ab. In dem Moment, als wir auf ein Signal von Michael warten, was wir tun und wie wir uns benehmen sollen, kommt mir unwiderstehlich ein Gedanke – daß wir weniger zurückbekommen, als wir abgeschickt haben.

Michael sagt: »Du hast die Bilder umgehängt.«

Mein Blick folgt dem seinen, und ich stelle fest, daß ein paar Drucke mit Vögeln von Audubon, die ich hatte, fehlen. Joe sagt: »Ich hab die Sonnenblumenbilder aus dem Gästezimmer wieder hier nach unten gehängt. Ma hat's nicht mal bemerkt. Ich hab's schon Ende Juni gemacht.«

»Natürlich hab ich's bemerkt.« Die Sonnenblumenbilder sind ganz hübsch: Alle fünf Kinder und ich beim Picknick in einem Feld mit wilden Sonnenblumen auf der Farm meiner Mutter in Nebraska. Die Zwillinge konnten eben erst laufen. Dazu meine Mutter, krank, aber glücklich. Sie sitzt in einem Liegestuhl, umrahmt von einer Flut von Sonnenblumen, auf dem einzigen Hügel im Umkreis von Meilen. Es fiel mir nicht auf, daß er sie umgehängt hatte, weil das ihr angestammter Platz gewesen war, ehe ich beschloß, dem Haus ein dekorativeres, unpersönlicheres Aussehen zu geben. Er hat auch die Möbel im Wohnzimmer und im Gästezimmer umgestellt, und wenn er Essen macht, serviert er es immer auf den ältesten Tellern. Den ganzen Sommer lang hat er mich über unsere Geschichte ausgefragt, insbesondere über seine frühe Kindheit mit Michael im alten Haus. Ich hab nichts dagegen, aber ich denke doch immer: Zumindest Michael will erwachsen werden und etwas mit seinem Leben anfangen. Und so benimmt er sich auch: Er sieht sich die Bilder mit bloß minimalem Interesse an, geht dann ins Wohnzimmer und stellt seine Umhängetasche auf dem Tisch ab. Sein Blick ist anerkennend, ohne jedoch zu verweilen. Von hinten sieht er mehr wie er selbst aus. Seine Schultern haben nichts von ihrer Breite verloren, und er bewegt sich immer noch geschmeidig. Ich sage: »Schatz, bist du müde? Oder hungrig?«

Er dreht sich um und grient fröhlich: »Seh ich nicht hungrig aus?«

»Na ja ...«

»Ma! Mach die Augen auf! Ich bin am Verhungern.«

In gewissem Sinne stimmt das, wie wir beim Essen merken, buchstäblich. Joe tischt Joghurt mit Weizenkeimen und Rosinen auf, Erdnußbutter, ein Stück Brie, frische Pfirsiche. Michael rührt seinen Joghurt um und sagt in spaßhaftem Ton: »Meine Gedärme sind auch nicht mehr das, was sie mal waren. Ich meine, mein Dickdarm ist wie ein Stück PVC-Rohr, und alles flutscht nur so durch. Das passiert jedem.« Er nimmt seine Stoffserviette in die Hand, sagt aber nichts darüber, wie viele Kinder man damit anziehen könnte.

Joe fragt: »Was passiert jedem?«

»Oh. Amöbenruhr. Ich hab's jetzt schon ein Jahr. Ich brauch ein bißchen Bactrim. Oder ich könnte mich auskurieren lassen. Hier kann man das ja.«

»Dort nicht?«

»Man steckt sich immer wieder an, also ist es den Aufwand nicht wert.«

»Wie einladend«, sagt Joe.

»Oh, ich bin wie verrückt herumgerannt, als ich draufkam, daß ich's hatte, auf der Suche nach einem Arzt, der es wegbringen könnte oder sich wenigstens *beeindruckt* zeigen würde. Jetzt denke ich kaum noch daran.«

»Du könntest einen Job als Bleistift kriegen.« Sie lachen.

Mitten in einem Pfirsich legt er den Kopf in die Hand und stützt den Ellbogen auf den Tisch. Ich sage: »Müde?«

»Überdreht. Die Zeitverschiebung. Vierundzwanzig Stunden unterwegs sind kein Witz. Sie lassen einen immer mitten in der Nacht abfliegen, und die Nacht davor geht man mit Freunden aus. Ich bin nur froh, daß ich Richtung Westen geflogen bin. Es heißt, man braucht Wochen, sich vom Flug über Hawaii zu erholen. Die Stewardeß auf unserem Flug erzählte mir, daß sie seit einem Jahr nicht mehr ihre Periode gehabt hat, weil sie New York-New Delhi fliegt. Nordsüd sind sie pünktlich wie die Uhr, aber die auf den Ostwest-Routen fragen sich, ob sie je schwanger werden können.« Er räuspert sich, und ich stelle fest, daß das eine neue Angewohnheit bei ihm ist. Es erinnert mich an meine Farmer-Onkel.

Wenn ich auf exotische Erzählungen warte, und ich glaube, das tue ich, werde ich wohl enttäuscht werden. Ich mache einen Versuch: »Vermißt du es? Hat es dir gefallen?«

Er sieht mich nachdenklich an. Er sagt: »Ich hab mich dran gewöhnt.« Das ist alles.

Joe und ich lächeln uns immer wieder verstohlen zu, Lächeln der Erleichterung. Irgendwann während des Essens scheint Michael wieder aufgetaucht, durch die Fremdheit seiner Kleidung, Redeweise und Magerkeit nach oben geschwommen zu sein; ein Michael, vertraut genug, ihn wiederzuerkennen und zu lieben.

Einmal, auf einer Reise nach Washington, D. C., sah ich eine Freundin aus Kindertagen wieder. Sie stand in einem Feinkostladen in der Schlange neben mir. Ich hatte sie nicht mehr gesehen, seit wir zusammen in der fünften Klasse gewesen waren und neben der Schaukel auf dem Schulhof unsere Mittagsbrote gegessen hatten. Ich erkannte sie an einer Ader wieder, die von der Mitte ihrer Stirn bis zu einer kleinen Spitze im Haaransatz verlief. Sie sah nicht in meine Richtung, also sagte ich eine Minute lang nichts, und in dieser Minute passierte genau dasselbe, das zehnjährige Gesicht, das ich in Erinnerung hatte, blühte auf der Oberfläche dieser unbekannten, ziemlich abgehärmten Frau auf. Und noch ehe mir ihr Name einfiel, erfüllte es mich mit einer dreißig Jahre alten Herzlichkeit, wie vertraut und unverändert sie war.

Es ist ein verführerischer Gedanke zu glauben, daß das hier einfach wird.

Ich plane ein Picknick für diesen Abend, draußen im Eagle Creek Park, aber ich war noch nicht einkaufen. Hinter mir steht Joe und wäscht ab. Michael ist oben. Joe sagt: »Kaffeefilter. Eis. Müllsäcke.« Ich schreibe es mir auf. »Alfalfa-Sprossen. Ein bißchen von dem marinierten Tofu.« Joe sagt: »Ich wollte, es wär schon nächste Woche. Ich wollte, ich könnte ihn ignorieren.«

»Glaubst du, er mag Acidophilus-Milch?«

»Ich wollte, ich könnte sagen: ›Heh, schön dich wiederzuhaben, seh dich später, okay?‹«

Ich stehe beiläufig auf, gehe in die Speisekammer und sehe die Regale durch. Joe spricht lauter: »Ich hab das kommen sehen. Beinahe hätte ich mir eine Karte fürs Bruce Springsteen-Konzert gekauft. Heute abend. In Detroit. Ich hatte schon mein Scheckbuch draußen, und der Typ wollte hundertfünfzig. Ich sagte: ›Wie wär's mit zweihundert?‹ Ich wollte sicher sein, daß ich auch hingeh, weißt du.«

Ich gebe keine Antwort, und er dreht das Wasser ab. »Ich wußte, ich würde es nicht tun. Ich wußte, ich würde hier rumsitzen und darauf horchen, wie er atmet.«

Der Gemüseladen ist mein Lieblingsort, wie ein Meditationszentrum, in dem ich immer auflebe, aber heute reicht das nicht. Ich habe Scheu heimzufahren, als ich aus dem Parkplatz biege, und meine Scheu wächst, je näher ich dem Haus komme. Das leichteste, wie das Sich-fallen-Lassen von einem hohen Sprungbrett, ist es, einfach vorbeizufahren und mich zehn Minuten später in einem anderen Supermarkt wiederzufinden, Acidophilus-Milch und schmelzendes Eis hin oder her.

Die Spiegel in den Auslagen bilden mich ab, und ich stehe eine Zeitlang da und starre mich an, ohne mitzukriegen, was ich sehe. Genaugenommen fällt auf dieses Wochenende ein Jahrestag – zwanzig Jahre ist es her, seit Pat und ich uns getrennt haben. Wenn es meinen Kindern überhaupt auffällt, werden sie es garantiert nicht erwähnen. Ich auch nicht, obwohl ich um diese Jahreszeit oft an dieses Leben denken muß.

Ich war glücklich darüber, Zwillinge zu haben, obwohl sowieso schon drei Kinder unter fünf Jahren bei uns herumliefen. Wir wohnten in einem riesigen alten Haus mit zwei Hektar Grund. Der liebste Moment des Tages war für mich am Morgen, wenn ich im Bett lag und die Zwillinge stillte, auf jeder Seite einen, und dann kamen immer auch die anderen Kinder und krochen unter die Decke, und dazu die Hunde. Ich war begraben unter Fleisch und Lärm, alle Gedanken zerstoben. Wir waren siebenundzwanzig und trunken von der ungeheuren Größe der Welt, die wir geschaffen hatten.

Pats Arbeiten über Allergien bei Kindern wurden hoch gelobt. Was er geleistet hatte, führte zu der Entdeckung, daß die Magenwand eines Neugeborenen eine halbdurchlässige Membran ist und daß nichtmenschliche Milch unverdaut in den Körper des Kindes gelangen und eine allergische Reaktion auslösen kann. Sein großer Held aber war Piaget. Ihm gefiel die Vorstellung sehr, daß die Gehirnentwicklung eines Kindes nach geordneten Regeln ablaufe, ein natürliches Perpetuum mobile, das nur einmal in Gang gesetzt werden muß. Wenn jemand dieses Bild als zu mechanistisch ablehnte, sagte er gern: »Das Hirn ist greifbar, es ist genauso Materie wie irgendwas sonst. Es schafft keine Ordnung, es ist Ordnung. Es *fühlt* auch Ordnung. Ordnung fühlt sich gut an. Denken fühlt sich gut an. Mmmm.« (Dabei rieb er sich mit der Hand über den Kopf, und die Kinder mußten lachen.) »Es besteht keine Gefahr, daß das Gehirn eine Maschine wird, aber Maschinen werden eines Tages aus Fleisch und Blut sein.« Ihm gefiel auch die Idee sehr, an den eigenen Kindern Forschungen zu treiben, doch er gab zu, daß selbst eine Versuchsgruppe, wie Piaget sie gehabt hatte, heutzutage als lächerlich klein angesehen würde. Im *Guiness-Buch der Rekorde* steht eine Frau, die neunundsechzig Kinder hatte. Pat hielt das für nicht unmöglich.

Egal, wieviel er zu tun hatte, Pat bestand auf einem Abendessen mit der Familie, und bei Tisch sprühte er förmlich. Egal, wie klein die Kinder waren, er ging mit verblüffenden Hypothesen, pointierten Fragen und Meinungen über ihre Meinungen auf sie ein. Er umwarb sie. Mich umwarb er auf genau dieselbe Weise. Und wirklich, es war schwer, den Blick von seinem Gesicht zu lösen, ob man nun seine Frau war oder sein Kind.

Na ja, und inmitten von alledem verliebte ich mich in einen Mann aus unserer Nachbarschaft. Pat verkaufte das Haus und nahm die Kinder mit nach England, und mein Leben wurde völlig formlos, ein Nichts, so nahe am Nichtsein, daß ich überrascht war, jeden Morgen meine Kleider im Schrank vorzufinden. Wenn ich mich an diese Zeit erinnere, heute vor zwanzig Jahren, scheint es mir, als wäre das Licht um mich zum Erblinden grell gewesen. Dagegen halfen keine Jalousien. Es scheint mir, als ginge ich einen Bürgersteig in der Stadt entlang und würde mich in der gleißenden Helle verlieren. Es scheint mir, als würde ich immer mitten in der Nacht aufwachen, panisch erschrocken, weil in meinem ungewohnten neuen Apartment alle Lichter an sind. Wie diese Zeit mir erscheint, läßt sich mit nichts vergleichen. Es läßt sich nicht wirklich verstehen, nur ab und zu unvermutet noch einmal erleben. Manchmal passiert mir das.

Vor zwölf Jahren mußte Pat mit der Allergieforschung aufhören, als in der Nähe des Winter Park in Colorado an seinem Wohnmobil die Achse brach und der Wagen von der Straße abkam, sich überschlug und einen Abhang hinunterstürzte. Kein Feuer, Gott sei Dank. Annie, Michael, Tatty (Pats zweite Frau), ihre beiden Kinder (Sara, Kenny) und Daniel wurden über die Bergflanke gestreut wie eine Handvoll Kiesel. Michael, Tatty und Daniel standen auf und hatten nichts. Annie brach sich das Bein, Sara ein paar Rippen und das Becken. Kenny und Pat hatten durch den Aufprall das Bewußtsein verloren. Der kleine Junge kam etwa drei Tage später wieder zu sich, aber Pat war dreieinhalb Wochen bewußtlos, und als er wieder zu sich kam, fühlte sich Denken nicht mehr so gut an – weder so sinnlich noch so effektiv wie zuvor. Seine Ärzte konnten sich nicht vorstellen, daß er je wieder als Arzt würde arbeiten können, doch sie unterschätzten seinen Willen, genau wie ich einst; aber das würde mir nicht mehr passieren. Für mich hatte der Unfall trotzdem auch sein Gutes, weil Pat hinsichtlich des Sorgerechts nun sehr großzügig wurde. Als er in der Physiotherapie war, war dies genaugenommen das erste Mal seit mehr als sechs Jahren, daß Joe und Michael mehr als ein paar Wochen zusammen verbrachten.

Wenn ich Joe von den alten Zeiten erzähle, betone ich, was er hören will, ihre Kinderfreuden, und ich hoffe, daß er von selbst die naheliegende Frage stellt: Warum bist du fortgegangen? Doch das strahlende Familienbild lädt zur Beschaulichkeit ein und weist Fragen ab. Als die Kinder kleiner waren, war ich erleichtert, nichts erklären zu müssen, aber jetzt kränkt es mich, daß sie nicht fragen, daß sie nur interessiert, woran sie sich erinnern können, als wäre ihnen noch nie der Gedanke gekommen, daß ihr Vater und ich auch ein Innenleben haben könnten.

Als Pat und ich uns auf dem College kennenlernten, lernten wir oft zusammen. Ich saß immer ihm gegenüber in der Bibliothek und sah von meinem Buch hoch und sagte: »Da ist was.«

»Was?« fragte er dann, wie auf Knopfdruck gespannte Aufmerksamkeit. Das, was ich für beiläufig interessant gehalten hatte, gewann nun, da ich es laut vorlas, eine tiefgründige Faszination, und Pat saugte es auf. Ein paar Stunden oder Tage später gab er es mir zurück, als Gespräch oder Geschenke – Bücher, Platten, Karten für eine Vorstellung.

Ich würde Joe gern erzählen, was für ein seltsames und erstikkendes Gefühl es war, wenn einem so genaue Beachtung geschenkt, wenn jede nichtige Bemerkung aufgeschnappt und daraus eine ganze Theorie gemacht, wenn man gnadenlos wichtig gemacht wurde; ich war ich selbst und meine eigene Vergrößerung, die sichtbare Frau, der dauernd gesagt wurde, wie sie war und was es bedeutete.

Als ich heimkomme, sitzt Joe am Küchentisch und liest die Autobiographie von Bertrand Russell. Sein Fach ist Wissenschaftsgeschichte. Er spezialisiert sich auf technische Neuerungen im Mittelalter, aber seine private Manie ist die Dummheit – viele der größten Mathematiker und Physiker waren schwerfällige Denker und Sprecher. »Leute«, sagt Joe, »die, wenn sie zu einem Stein auf dem Weg kommen, stehenbleiben, sich am Kopf kratzen und sich schließlich daneben hinsetzen und lang darüber nachdenken. Niemand, der wirklich dumm ist, käme je auf den Gedanken, einfach drumherum und weiterzugehen.« Ein Zeichen von Genialität, glaubt Joe. Er hat eine herausfordernde, ziemlich grobe Art, diese Ideen zu formulieren, als wären sie auf Widerspruch gestoßen, auch wenn ich gar nichts dagegen sage. Ich stelle die Tüten ab, und er sagt: »Macht 'n Schläfchen.«

»Na, das kann er bestimmt brauchen.«

Er klappt das Buch zu. »Ich komme nicht so richtig weiter damit. Eigentlich hatte ich vor, heute morgen damit fertig zu sein.«

»Vielleicht sollten wir ihn nach Indien zurückschicken. Mir war der Überfluß im Gemüseladen schrecklich peinlich.« Wir sehen uns an und lächeln. Joe hat ein hübsches Gesicht. Die meisten Mütter von eineiigen Zwillingen behaupten steif und fest, noch nie den einen mit dem anderen verwechselt zu haben. Ich auch. Aber einer ist unvermeidlich das Thema und der andere die Variation. Michael war »aggressiv«, »fröhlich«, »robust«, »leichtsinnig». Michael war er selbst. Joe, der Zweitgeborene, wog bei der Geburt fast ein Pfund weniger als Michael, und irgendwie war Joe immer mehr oder weniger – selbst wenn Michael gar nicht da war: Joe war »gehemmter«, »stiller«, »dünner«, »fleißiger«, »besser organisiert«. Zu Joe gehörte der Komparativ, selbst wenn die Attribute ganz andere waren. Dann, als

Joe bei mir lebte und Michael bei Pat, sprach Joe selbst so von sich, als könnten ständiger Vergleich und Kontrast den Geist von Michael heraufbeschwören. Nach diesem Sommer allerdings habe ich mich so an Joe gewöhnt, und wir haben über so vieles geredet, daß ich Michael gelegentlich einfach vergessen habe. Ich bin sicher, das ist ein gutes Zeichen, ein Anzeichen dafür, daß vielleicht auch Joe dann und wann von ihm losgekommen ist. Jetzt frage ich, und noch während ich es sage, erkenne und genieße ich die Vertraulichkeit der Frage: »Glaubst du, daß du Angst davor hast, ihn wiederzuhaben? Vor der Nähe, meine ich?«

Er dreht das Buch um und schaut mehr darauf als zu mir. »Nein. Ich hatte Angst, er könnte als mein Zwilling fortfahren und als mein Bruder wiederkommen. Das will ich nicht.« Er seufzt. »Er auch nicht.«

»Sicher nicht.«

»Es gibt eine Menge unausgesprochener Dinge zwischen uns, weißt du.«

»Das war schon immer so.« Ich setze mich an den Tisch und versuche, so feinfühlig wie möglich zu sein. Es ist eine Auseinandersetzung, auf die wir schon den ganzen Sommer lang zugesteuert sind, und die will ich jetzt nicht. »Ich glaub, es ist wichtig, daß es nicht so aussieht, als würden wir klammern. Er ist weit weggewesen. Er muß gewußt haben, daß er als ein anderer zurückkommen würde, anders als du und auch als sein früheres Selbst. Vielleicht war das seine Absicht.«

»Ich glaub, er dachte, das sei der Preis, den er dafür zahlen muß, von allem wegzukommen.« Er sagt es in unbeteiligtem, aber entschiedenem Ton, als wollte er nichts mehr über das Thema hören. Wir lächeln wieder, ein Waffenstillstand, und er sagt: »Könnte sein, daß ich den Rasenmäher repariert hab.« Er steckt die Hand in die Tasche. »Nur sind mir da ein paar Dinge übergeblieben.« Er holt zwei Schrauben in verschiedener Größe, eine Unterlegscheibe und eine Mutter, die auf keine der

Schrauben paßt, hervor. »Glaubst du, die sind wichtig, oder können wir darüber hinwegsehen?« Ich lache, dann lacht auch Joe. Ich sage: »Ich denke, du machst besser noch einen Versuch. Aber wenigstens werden die Teile, die dir überbleiben, kleiner.«

»Versprich mir bloß, daß du ihn nicht heimlich aus der Garage wegbringst, in die Werkstatt.«

»Wetten, daß nicht? Ich möchte doch sehen, wie du mit der Herausforderung wächst.«

»Ich hab auch mit noch nichts geschmissen. Bin bloß einmal mit dem Kopf gegen die Garagenwand gerannt.«

Ein Ruf kommt aus dem Wohnzimmer, und im Türrahmen erscheint Ellen, bleibt aber stehen, mißtrauisch. Joe schiebt seinen Stuhl zurück und sagt: »Er schläft.« Erleichtert betritt Ellen die Küche. Sie sagt nichts. Das tut sie nie vom Fleck weg. Sie nimmt Joes Buch und sieht es sich an, dreht sich dann um und schaut in eines der Regale über der Spüle. Sie nimmt ein Glas heraus und läßt sich einen Schluck Wasser einlaufen. »Na?« sagt sie.

»Dünn«, sage ich. »Amöbenruhr.«

»Igitt. Hier im Haus, hä?«

»So ist das nicht«, schnappt Joe.

»Ich hab bloß 'n Witz gemacht.«

»Gar nicht komisch.« Sie sehen sich an. Er stiert böse. Sie überlegt. Ich sage: »Ich dachte, du wolltest nicht kommen?«

Sie hebt die Hände.

Vorn im Garten kann ich Tracy und Diane hören. Joe hat im Juni eine Schaukel aus einem Autoreifen für sie aufgehängt, und sie haben sich darauf gestürzt und, sage ich, ihren Spaß gehabt. Schmerzliche Erinnerungen angelegt, sagt Joe. Seine Nostalgie ist militant, fast verhärtet, fast ein Vorwurf.

»Und wie geht's dir?« sagt Ellen zu Joe, und er hört auf zu stieren. Er sagt: »Ich weiß nicht.« Und dann, beleidigt: »Was ist schon groß dabei? Ich mein, er ist weggefahren, und er ist zurückgekommen. Er hat uns gesagt, daß er wegfahren und wie lange er fort sein würde, und er ist zurückgekommen, wie er es gesagt hat. Ich hab die Nase voll.«

»Von wem?«

»Mir selber natürlich«, sagt Joe. Und er geht zur Kaffeemaschine, gießt sich eine Tasse Kaffee ein und stürzt sie runter. Dann rumst er durch die Hintertür hinaus, mit den Worten: »Ich werd mir noch mal den Rasenmäher vornehmen.«

Ellen sagt: »Repariert er immer noch den Rasenmäher?«

»Schon wieder.«

»Würdest du dir einfach mal unseren ausborgen und das Gras schneiden? Demnächst wird dich noch die Polizei vorladen.«

»Sollen sie.« Aber noch bevor ich zu Ende gesprochen habe, hat sie sich Joes Buch genommen und angefangen, darin zu blättern. Sie kann nicht anders. Sie macht sogar »Hm!«, mit Überraschung und Interesse in der Stimme. Ich weiß, daß die Schroffheit, mit der sie mich behandelt, Gewohnheit ist, aber es ist auch Berechnung, ein Test, wieviel Vertraulichkeit ich zulasse. Unsere Unterhaltungen müssen immer so wirken, als gäbe es darin keine Pausen, als würden sie nie von Begrüßungen oder Verabschiedungen unterbrochen, als seien sie über die üblichen Höflichkeitsformen hinaus, so nahe am Gedankenlesen wie möglich.

Jetzt legt Ellen das Buch weg und blickt mich erwartungsvoll an. Ich sage: »Bisher alles ziemlich glatt gegangen.«

»Ich hab's vor Neugier nicht ausgehalten. Ich kann's nicht erwarten, ihn zu sehen. Bist du sicher, daß er schläft?«

»Nein. In Wirklichkeit verkriecht er sich vermutlich wie wir anderen auch. Ich möchte ihn gern selber bestimmen lassen, wann er runterkommt. Was macht Jerry heute?«

»Alleinflug, stell dir mal vor.« Sie schneidet ein Gesicht. Jerry nimmt Flugstunden. »Ich hab versucht, nicht daran zu denken. Heut morgen hab ich ihm zum Wecken die Mädchen raufgeschickt. Ich hab sie in Unterhöschen losgeschickt, damit er ihre wehrlosen kleinen Körper sieht und sich's nochmal überlegt. Aber alles, was er getan hat, war, sie ganz aufgeregt zu machen, wann sie denn nun mit Daddy fliegen gehen können.« Sie wirft mir einen scharfen Blick zu und geht dann an die Tür, von wo aus sie die Mädchen sehen kann. »Apropos Väter, Daddy hat mir einen Scheck über fünfhundert Dollar geschickt. Das Spionagenetz hat ihm die Nachricht, daß unser Wagen ramponiert wurde, binnen vierundzwanzig Stunden zugetragen. Glaubt er, wir haben keine Versicherung oder was?«

»Ich weiß nicht, was er glaubt.«

Sie dreht sich rasch zu mir um. »Er glaubt, weil Jerry bloß einen Bücherladen hat, können wir uns so kleine Annehmlichkeiten wie eine Unfallversicherung nicht leisten.«

»Schick's ihm zurück.«

»Dann würd er mich anrufen und darüber reden wollen. Außerdem kontrolliert er seine Kontoauszüge. Wenn man den Scheck nicht sofort einlöst, glaubt er, man wehrt sich.«

»Tust du's nicht?«

»Natürlich.«

»Weiß er, daß Michael an diesem Wochenende heimkommt?«

»Ich bin sicher, das Spionagenetz hat ihn in dem Moment angerufen, als die Maschine aufsetzte. Jetzt zählt er die Minuten, bis er seinen Anruf kriegt. Es wäre fast leichter, wenn er hier in der Stadt leben würde.« Die Art, wie Pat immer alles zu wissen scheint, was mit seinen Kindern passiert, ist zugegeben unheimlich. Die Kinder nannten ihn früher immer den »vierten Mann«, nachdem Daniel ein paar Bücher über Kim Philby gelesen hatte. Als Anthony Blunt sich offenbarte, wurde aus Pat der »umstrittene fünfte Mann«, und Joe und Ellen nennen ihn manchmal immer noch »Nummer Fünf».

»Jedenfalls kann ich's nicht leiden, wenn er so Einsicht in mich nimmt.«

Ich zucke die Achseln. Ellen und ich haben darüber schon gesprochen, ein wenig, aber auch sie scheint immer wegzudriften, wenn ich anfange, auf mein Leben mit ihrem Vater anzuspielen. Sie unterbricht mich immer mit einer Frage, wie ich es geschafft habe, fünf Kinder in Schneeanzüge zu stecken, oder ob im unteren Badezimmer wirklich drei Töpfchen in einer Reihe standen.

»Schon gar nicht, wenn's mit so wenig Selbsteinsicht einhergeht.« Sie geht ins Wohnzimmer und ruft durch die Vordertür nach Tracy und Diane. Ich mache den Geschirrspüler auf und stelle ein paar Tassen hinein. Vielleicht, weil Michael zurück ist, kommt es mir plötzlich wie ein Luxus vor, Ellen und Joe und die Mädchen um mich zu haben, ein Muttergefühl, das ich meiner Mutter übelnahm, als sie es bei mir hatte, ihrem einzigen Kind. Damals dachte ich, daß nichts mich davon abhalten könnte, nach Alaska zu gehen. Oder Singapur. Oder Neuseeland. Daß meine Kinder, falls ich je welche haben sollte, wenn ich erwachsen war, es gar nicht richtig merken würden, wenn ich nicht da war. Anders als eine Tochter durfte eine Mutter fortgehen, ohne zu sagen, wann sie wieder zurück sein würde. Doch Ellen und Joe sind in dieser Hinsicht so streng wie Eltern. Ellen läßt nicht mal zu, daß ich mein Auto am Flughafen stehenlasse. Sie besteht darauf, mich hinzubringen und abzuholen, und Joe läßt sich immer eine Kopie meiner Reiseroute schicken. Die längste Zeit fragte ich, wenn ich in einem Hotel ankam, immer als erstes nach Post für mich, weil ich wußte, daß schon eine Karte von Joe auf mich warten würde; der Text in etwa: »Liebe Mom, da bist du, gegenüber am Tisch. Eben hast du mir Orangensaft mit einem Ei und Bierhefe drin zum Frühstück hingestellt. Jetzt werde ich dich schockieren, indem ich es trinke. Na dann, Mom, wollte nur hallo sagen, und genieß die Reise.« Annie und Daniel sind weniger aufmerksam, aber sie halten sich trotzdem auf dem laufenden. Aus alledem weiß ich, daß ihr Vater ihnen erzählt haben muß, ich hätte sie verlassen, und daß bei ihnen daraus ein Wissen wurde, das bloßes Informiertsein übersteigt. Wann immer ich sie frage, was ihr Vater ihnen erzählt hat, können sie sich nicht erinnern. »Was Gutes, ganz bestimmt«, sagt Joe. »Um eine Theorie ist Dad nie verlegen.« Aus ihrer Sicht kam ich verdientermaßen in den Ruch, zu allem fähig zu sein, nicht vertrauenswürdig, eine, die leicht vom rechten Pfad abweicht. Ich nehme an, das ist meine Strafe – durch ihre Fürsorge stets daran erinnert zu werden, daß ich ihnen einmal ausgerissen bin.

Ich bin nicht die erste, die plötzlich verschwand, auch wenn sie das nicht wissen. Meine Mutter hatte eine Kusine. Heute wäre sie schon über hundert, aber als ich zehn war und sie sechzig und, wie ich vermute, jeder dachte, ihr Gefühlsleben habe längst seine Bahn vollendet, brannte sie nach Denver durch. Alle Männer der Familie machten sich an die Verfolgung, vier Farmer in Overalls, die mitten im Sommer ihre Felder liegenließen und, was noch skandalöser war, Geld für die Bahnfahrt ausgaben. Sie war mit ihrem Vetter zweiten Grades verheiratet, Onkel Karl, der wohlhabend und nüchtern war und sie nicht schlug, so daß für jedermann klar war, daß sie verrückt sein mußte, wenn sie ihn verließ. Sie brachten sie zurück und steckten sie in eine staatliche Nervenheilanstalt. Mein Vater und meine Onkel waren herzensgute Männer und holten sie nach einem Jahr wieder heraus. Sie blieb zu Hause, genas und starb mit über neunzig. Ich habe nie mit ihr darüber geredet. Genaugenommen habe ich als Teenager überhaupt kaum je mit ihr geredet, weil ich nicht wollte, daß die Männer auf die verbrecherische Verbindung zwischen ihr und mir kamen, die, wie ich glaubte, bestand. Aber eines weiß ich von ihr. Sie wurde nie mehr allein gelassen. Stets war ihr ein Verwandter oder sonst jemand zugeteilt, zu ihrem eigenen Besten.

Ich wurde 1934 geboren, in eine Großfamilie, in der man so schwer arbeitete und so fest zusammenhielt, daß alle die große Depression auf intakten, abbezahlten und in einigen Fällen sogar erweiterten Farmen überstanden. Skandinavische Zähigkeit, skandinavische Schweigsamkeit. Pat, der von Iren aus Chicago abstammte, nahm auch eine Menge Einsicht in meine Familie. Unseretwegen begann er sich für Genetik zu interessieren und führte eine wichtige Langzeit-Vergleichsstudie über wiederholt auftretende allergische Reaktionen in irischen Familie in Chicago und norwegischen Familien in Iowa durch. Er las auch alle bedeutenden isländischen Sagas und entwickelte eine Vorliebe für Knut Hamsun und Sigrid Undset.

Alles nannte ihn ein Genie, obwohl Joe gern sagt, dafür sei er zu schnell. Joe spielt Pats »Brillanz« immer ein bißchen herunter. Er hat sich ein System ausgedacht, einen Intelligenzregenbogen, der vom dummen, durchschaubaren Rot bis zum subtilen, rätselhaften Violett reicht. Vom Standpunkt seines Knapp-über-dem-Durchschnitt-Grün beneidet er Pat um seine »Brillanz« (ein reines, starkes Blau), und obwohl ich ihm seinen Neid auszureden versuche und diese Einstufungen absurd finde, weiß ich doch besser als Joe, daß es einmal etwas zu beneiden gab, in jenen Jahren, als Pat seine Fähigkeiten entdeckte.

Obwohl er immer noch als Arzt praktiziert, habe ich den Verdacht, daß Pat sich nie richtig von dem Unfall erholt hat, und von allem, was dabei verlorenging, ist seine Intelligenz das vielleicht Ungewöhnlichste. Es könnte Genie gewesen sein, das sich krümmende Spektrum, in dem Rot und Violett dieses unmögliche eine Mal zusammentreffen. Für mich war es mehr wie das Timbre einer Stimme, berührend markant, undefinierbar, flüchtig. Ellen war spektakulär gut in der Schule, aber keines von den Kindern hat wirklich, was Pat hatte. Kann sein, daß es etwas damit zu tun hatte, wie reinblütig irisch seine Verwandten in Chicago waren – seine Tanten sprachen immer noch mit Dialekt, obwohl Irland zwei Generationen hinter ihnen lag. Als er mich heiratete, kam das Norwegische dazu, auch eine unvermischte Linie, aber mit etwas Verbissenem, ohne jeden Geistesblitz, ein stets vorsichtiges Gelb, wie Joe sagen würde, gelb, die Farbe von Sonnenblumen und spätsommerlichen Feldern.

»Was hättest du davon?« sage ich. »Was hatte er davon?« Joe

ist klug genug, nicht auf Pats Leistungen als Forscher anzuspielen, die schön und gut sind, aber darum geht es hier nicht, noch auf seine Leistungen als Diagnostiker, die noch schöner und besser, weil menschlicher, sind, aber darum geht es hier auch nicht. Er zuckt immer die Achseln. Pat ist nicht glücklich, nicht im Frieden mit sich, mit wenig Selbsterkenntnis ausgestattet, ja für einen Facharzt nicht mal reich. Er hat, was er auch bei durchschnittlicher Intelligenz hätte haben können – zwei Frauen, neun Kinder und ein Gefühl, daß etwas fehlt. Nun, ich mache mir ein anderes Bild vom Gehirn, und zwar von einem x-beliebigen, keinem speziellen. Es ist ein Rad, wie ein Schaufelrad, das sich in einer Art geordnetem, mächtigem Umlauf langsam dreht, das größer ist, als es scheint, tiefer greift und eine größere Fülle von Unbestimmbarem zutage fördert, als jeder für möglich gehalten hätte. Brillanz ist wie kleine, runde, an die Verstrebungen genagelte Reflektoren, Blickfänger, hübsch anzusehen, bei bestimmtem Lichteinfall blendend, aber trotzdem klein, bloße Dekoration. Joe hört nicht auf mich. Er hat sein ganzes Leben auf Schulen zugebracht, wo Brillanz geschätzt wird, und außerdem bin ich bloß seine Mom.

Hinter mir schlägt die Fliegentür zu. Joe kommt herein, schweißtriefend und gefolgt von Tracy, die den großen Schraubenschlüssel trägt. Durch das Fliegengitter kann ich Diane sehen, die ihm nachschaut. Sie sind sechs und acht, seine Mädchen. Er ist so geduldig mit seinen Nichten wie mit sich selber nie, und sie sind ihm beim Unternehmen Rasenmäher sozusagen an die Hand gegangen. Wenn eine von ihnen einen Vorschlag macht, nimmt er sich die Zeit, ihn auszuprobieren, anstatt zu erklären, daß es unmöglich funktionieren kann. Im Gegenzug machen sie sich Sorgen um ihn. Diane hinterlegt in Zettel eingefaltete Münzen für ihn, weil sie weiß, daß er keinen Job hat.

»Tracy und Diane möchten in die Eisenhandlung mitkommen. Ich brauche etwas, um das Schwungrad loszukriegen.«

Ellen kommt vom Wohnzimmer herein. »In welche geht ihr? Die neben dem Schnapsladen?«

»Die ist okay.« Und so gehen sie alle zusammen hinaus, kameradschaftlich, Ellen und Joe rempeln sich an, Diane gibt ihrer Mutter die Hand, und Ellen drückt sie, ohne beim Reden mit Joe innezuhalten. Ihr Kommen scheint ihn ein wenig beruhigt zu haben.

Als Joes Wagen auf die Straße einbiegt, kommt Michael die Hintertreppe herunter und sagt: »Hallo, Mom.«

»Hallo, Lieber. Hast du geschlafen?«

»Irgendwie ja. Trotzdem wußte ich die ganze Zeit, wo ich war. Ist Kaffee da?« Er streckt sich, setzt sich an den Tisch, reibt sich mit beiden Händen das Gesicht. »Ich hab Annie und Daniel angerufen. Ich konnte dem Telefon nicht widerstehen, wo man bloß einen Knopf drückt, und es wählt die Nummer für einen. Hab aber nur hallo gesagt.«

»Du kannst ja später mehr mit ihnen reden. Sie kommen zum Labor Day sowieso übers Wochenende.« Wieder bestürzt es mich, daß seine Schenkel im Sitzen kein bißchen breiter werden, wie eingefallen sein Bauch ist. Der lose Baumwollstoff wirft leere Falten an seinem Körper, so leibhaftig er auch dasitzt. Ich stelle eine Tasse Kaffe vor ihn hin, und er nimmt sich Milch und Zucker. Die halbe Tasse verschwindet auf den ersten Schluck. Ich kenne die Zwillingsstudien, die bei getrennt aufgewachsenen eineiigen Zwillingen ähnliche Einstellungen, Marotten und Lebensmuster nachweisen, aber man ist doch immer wieder fassunglos. Er hält sich im Sitzen gerade, Schultern entspannt, nur den Kopf geneigt, genau wie Joe. Er dreht sich um und lächelt mich an, wenn er mich dabei ertappt, daß ich ihn ansehe, und sein Lächeln ist erst schmal, dann offen, wie bei Joe. Mehr noch, es vermittelt dieselbe Wärme und Vertrautheit, die ich den ganzen Sommer lang in Joes Lächeln gesehen und auf die viele Zeit zurückgeführt habe, die wir zusammengewesen sind. »Hungrig?« frage ich.

»Immer.«

»Gibt's irgendwas, das du nicht essen kannst?«

»Fleisch hab ich in den letzten zwei Jahren nicht viel gegessen. Weißt du, worauf ich Lust hätte?«

»Nein.«

»Eine große Schüssel Schokoladeeis.«

Ich erfülle ihm den Wunsch.

Während er ißt, lege ich die Sachen für das Picknick zurecht – marinierten Tofu und Avocados, Tomatenscheiben, Sprossen, aufgeschnittene Hühnerbrust, einen Laib Brot. Schließlich sagt er: »Mom! Setz dich hin.«

»Wir wollen nicht zu spät abfahren. Man braucht eine Weile dahin, und um diese Jahreszeit bleibt es nicht so lang hell. Ich möchte noch Zeit für einen Spaziergang am Bach haben.« Ich krame nach dem Schweizer Käse.

»Heh, Mom. Du weichst mir aus.« Joe hätte daraus eine Frage gemacht. Ich sehe ihn an, überrascht, und da ist wieder Joes Lächeln, warm, vertraut, fast verschwörerisch. Mir ist nicht ganz wohl dabei, aber ich setze mich. Nach einem Augenblick schaue ich Michael direkt ins Gesicht, und er blickt unverwandt zurück. Es ist ein gutgeschnittenes Gesicht, männlicher als bei seiner Abreise. Nase und Kinn haben ihre Erwachsenengröße erreicht. Sie sind so ausgeprägt wie bei Pat. Seine Lippen sind nicht mehr so voll wie vor zehn Jahren, aber sie sind weicher als Männerlippen üblicherweise. Seine Augen haben starke Wimpern und ein fast gelbliches Braun. Aus seinem offenen Hemdkragen kringelt Haar, wo früher keines war. Er ist eben jetzt ein Mann. Ich sehe, daß sein Haar wie meines ist, dick und glatt, ein schlichtes Braun. Ich schaue und schaue, als würde ich einen Gegenstand betrachten, und er läßt mich. Sein Blick ist liebevoll und empfänglich, und ich sehe auch die Kontur meines Kopfes, die sich in seinen Pupillen spiegelt. Er sagt: »Hallo, Mom.«

»Hallo, Michael.«

»Woran denkst du, Mom?«

»Ich denke mir, daß deine Drüsen jetzt alle voll funktionieren. Ich wette, du hast sogar mit ein, zwei Mädchen Sex gehabt.«

Das ist etwas, was ich den ganzen Sommer über bei Joe gemacht habe, Themen ansprechen, die zwischen Mutter und Sohn normalerweise tabu sind. Ich hätte gern, daß meine Söhne mich als das ansehen, was ich bin, einfach eine erwachsene Frau. Ich hätte gern, daß sie mir den Gefallen tun, noch ehe sie selber Frauen haben. Er sagt: »Mädchen, was ist das?« Dann: »Du hast mir nicht sehr oft geschrieben, Mom.«

»Einmal im Monat.«

»Nein.«

»Jeden Monat.« Er lächelt wissend. Ich fühle mich blöde. »Fast jeden Monat. Ich weiß nie, was ich schreiben soll. Ich hab jeden Tag an dich gedacht. Und alle anderen haben dir sowieso die ganze Zeit geschrieben.«

»Ich war weit weg, Mom.«

»So weit nun wieder nicht.« Ich stehe auf und trage seine Schüssel und Tasse zur Spüle. »Na ja, stimmt, ich war nur am anderen Ende der Welt. Wenn man den Planeten verläßt, kommt man weiter weg.«

»Mir kam es nicht weit vor. Kann sein, daß du das nicht weißt, aber eine Mutter ist nie allein, selbst wenn keines ihrer Kinder in der Nähe ist.«

»Also, setz dich hin.« Sein Blick ist beharrlich, fast beunruhigend. Als kleiner Junge war er eifersüchtig, sogar auf Joe, besonders aber auf alles, was ich für Daniel tat. Zwischen zwei und drei versuchte er jedes Mittel, mich für sich zu gewinnen, von der offensichtlichsten Schmeichelei (sein liebstes Fest war Muttertag) bis zu den zornigsten Forderungen nach Gunst und Aufmerksamkeit. Mit vier kam er jede Nacht zu mir ins Bett, schmiegte sich ganz an mich und legte die Arme um mich. Es wurde so schlimm, daß ich anfing, im Bett meinen Bademantel anzubehalten und eingerollt zu schlafen. Pat meinte, wir sollten das abstellen, aber Michael war so wütend entschlossen, daß selbst er nicht einzugreifen wagte. Schließlich, nach etwa drei Monaten, fand ich Michael erstmals bei Joe, im oberen Stockbett, an ihn geschmiegt.

Ich setze mich. Er sagt: »Oh, Mom.«

»Ich dachte, dieses Picknick würde Spaß machen, aber wir können es auch ein andermal nachholen. Möchtest du lieber was anderes machen?«

»Wir könnten in ein Restaurant gehen und Teller mit heißem Wasser bestellen, Ketchup hineintun und Tomatensuppe essen. Das Gratisbrot essen. Auf der anderen Seite der Autobahn hinterm Autokino parken und uns den Film ohne Ton ansehen.«

»Könnten wir. Ich weiß bloß nicht, ob ich das will.«

Er lehnt sich auf seinem Stuhl zurück, die Arme über die Lehne geworfen. Sein Blick ist stetig und überlegend. Er seufzt. »In Benares waren ein paar Leute, die vor ungefähr einem halben Jahr nochmal zu Besuch kamen. Sie sagten, es würde irre sein. Ist es. Es ist fast unerträglich.«

»Wieso, mein Schatz?«

»Ich fühl mich nach gar nichts. Einfach nichts da. Mehr als desorientiert. Entwurzelt. Aber dort ging's mir genauso. Die letzten vier Monate hindurch. Ich möchte nicht zurück, zumindest nicht nach Indien. Ich war so froh, als ich abfuhr. Aber jetzt möchte ich bloß heulen. Ist es okay, wenn ein Junge das seiner Mom sagt?«

»Sicher.«

»Ich wollte, wir wären allein hier, irgendwie. Oder Joe und ich wären allein. Es scheint mir nicht so, als würde es mit ihm einfach werden. Als ich oben und alles still war, konnte ich nicht richtig tief schlafen, weil irgendwas dabei zu überwältigend war. Es war so, als würden, wenn ich mich nicht mehr wehre und einschlafe, die Wände nachgeben und lauter Finsternis mich überschwemmen. Aber ich war so müde, daß ich auch nicht völlig aufwachen und runterkommen konnte. Und dann hörte ich Ellen und die Mädchen draußen und Joe und dich reden, und das machte mir auch angst. Ich weiß nicht. Ich dachte, daß es schwer werden wird, aber es ist noch schwerer, als ich dachte. Oh, Scheiße.« Er flucht, weil es passiert ist: Er hat zu weinen angefangen. Zuerst laufen ihm die Tränen über die Wangen, aber dann beginnen Schluchzer ihn zu schütteln, und er stemmt die Ellbogen auf den Tisch, um seinen Körper ruhigzustellen. Er schüttelt den Kopf und vergräbt das Gesicht in den Händen. Ich denke an ein paar Augenblicke zuvor, als er sich von mir ansehen ließ, und ich stecke die Finger in sein Haar und halte fest, zupackend, aber ohne zu reißen. Das machte meine Mutter immer bei mir, als ich ein Kind war, und ich fand es seltsam tröstlich.

Aber es macht mich befangen, meinen Sohn zu trösten, der als Junge nach Indien ging und als Mann zurückkam. Ich packe sein Haar fester, und schließlich sagt er: »Ma, du tust mir weh.« Seine Stimme klingt ironisch, normal. Er nimmt die Hände vom Gesicht. Ich nehme meine Finger aus seinem Haar. Er sagt: »Ma, das war sehr eigenartig von dir, mich an den Haaren zu reißen.«

»Ich dachte, das wär jetzt das Richtige. Meine Mutter hat das früher immer bei mir gemacht.« Wir lächeln. Michaels Zunge kommt hervor, um die Tränen von seinen Lippen zu lecken. Ich sage: »Geh und wasch dir das Gesicht mit kaltem Wasser.«

Er geht die Treppe nach oben. Als die anderen zurückkommen, geht Ellen geradewegs zum Telefon und drückt den Knopf, durch den automatisch ihre Nummer gewählt wird. Das erste, was sie sagt, ist: »Lebst du noch?« Dann lacht sie erleichtert auf und sagt: »Erzähl mir gar nichts darüber. Wenn bei der Landung die Flügel gewackelt haben oder sonst was, behalt es für dich, okay?« Eine Pause. »Sieben Landungen. Oh, Gott, Jerry.« Ich nehme die Mädchen ins Wohnzimmer mit. Während Ellen redet und ich mithöre, bewundere ich das Frisbee und die Jo-Jos, die Joe ihnen in der Eisenhandlung gekauft hat. Es überrascht mich festzustellen, daß ich genauso erleichtert bin wie

Ellen, daß Jerry seinen Soloflug heil überstanden hat. Jerry, das muß ich dazusagen, hat auf diese Flugstunden gegen Ellens entschiedene Opposition beharrt. Er ist nicht viel jünger als ich – sechsundvierzig, glaube ich. Wie ich hat auch er schon mehr als ein Leben gelebt. Er war lange Zeit Sozialarbeiter in Cleveland. Er machte seinen Magister in Sozialrecht; ein letzter Anlauf, sich das Interesse an seinem Beruf zu erhalten, und bei dieser Gelegenheit lernte er Ellen kennen, die eine Übung besuchte, bei der er Assistent war. Sie ist zart gebaut, mit einer Haut wie Porzellan und vollen Lippen, so daß ich mir gut vorstellen kann, für wie weich oder sogar zerbrechlich er sie gehalten haben muß. Als sie ihn zum ersten Mal ins Haus brachte, wandte er sich einmal zu mir und sagte liebevoll: »Sie sagt harte Sachen, was?« Jetzt bemerkt sie gelegentlich, daß Jerry, wenn er ihr zugehört hätte, als sie ein neunzehnjähriges Erstsemester und er ihr fünfunddreißigjähriger Lehrer war, nicht so überrascht wäre, worauf er sich eingelassen hat. Den beiden geht es mit dem Buchladen ziemlich gut, und er macht nebenher noch ein wenig Sozialberatung. Da er mir vom Alter her so nahe ist, ist ein Gefühl, das ich bei ihm habe, daß er nicht mein Typ ist. Seine Ängste liegen offen zutage, und er ist sehr redselig. Ich bin trotzdem froh, daß Ellen mit ihm zusammen ist, weil sie, wie meine Mutter es immer nannte, eine »Tartarin« ist und er die Gabe hat, ihre Wutausbrüche kurzzuschließen, ehe sie zu heftig werden. Sie hängt auf und kommt ins Wohnzimmer. »Na, wo bleibt er?« fragt sie. »Ich bin vor drei Stunden hergekommen und habe den Mann der Stunde noch immer nicht zu Gesicht bekommen.«

Joe, der auf der Klavierbank sitzt und einen Knoten in eine von den Jo-Jo-Schnüren macht, sagt: »Kommt er nicht erst irgendwann nächste Woche an? Der wie heißt er doch gleich?«

»Also der Typ, den wir kannten, ließ sich, als er von Indien zurückkam, ›Ravi‹ nennen, und dann legte er ein dreimonatiges Schweigegelübde ab. Er war dabei, sich diese geodätische Kuppel zu bauen, an der sich Jerry beteiligen sollte, aber er kam nur bis zum Modell, das er aus *Ohio Blue Tip*-Streichhölzern zusammenklebte. Er hielt es immer über den Kopf, schaute hinein und sagte: ›Das ist ein viel menschlicherer Raum.‹«

»Diese Dinge kommen nicht allein daher, daß man nach Indien fährt.« Joe rollt das Jo-Jo auf und probiert es aus, indem er es zehn oder fünfzehn Sekunden lang am unteren Ende der Schnur stehen läßt; dann gibt er es Tracy.

»Wir werden sehen, nicht?« sagt Ellen. Sie redet fröhlich daher, aber es ist klar, daß sie gegen ihn stichelt. »Danach warf er fünfundsiebzig Psilocybin-Trips ...«

»Würdest du die Klappe halten?«

Joe gibt Diane ihr Jo-Jo, springt auf und sagt: »Gehen wir raus auf die Veranda. Da kann ich dir's leichter zeigen.« Tracy wirft Ellen einen Blick zu, als sie Joe nachgeht, aber Diane hat nur Augen für ihn.

Als sie außer Hörweite sind, legt Ellen die Füße auf den Couchtisch und sagt: »Rührend, was?«

»Das schien dich ja nicht abzuhalten.«

»Mom, wenn wir Joes Launen Beachtung schenken würden, hätten wir Angst, überhaupt was zu sagen.«

»So schlimm ist er nicht.«

»Joe und ich wissen, wie wir einander nehmen müssen. Unser gegenseitiges Ungerührtsein von den Gefühlen des anderen ist ein geschätztes Privileg.«

»Wenn du das sagst.«

»Wie auch immer, wie lange schläft der Kerl denn jetzt schon?«

»Das kann nicht ich sein, von dem du da sprichst.« Auf halber Treppenhöhe steht Michael.

»Scheiße«, sagt Ellen. »Da bist du ja!« Und sie läuft die Stufen hoch, packt ihn um die Mitte und beginnt ihn abzuküssen und die Treppe herunterzuziehen. Michael lacht, und es stimmt, ihr Überschwang ist entzückend. Sie ist kein bißchen glücklicher, ihn zu sehen, als wir anderen, doch sie läßt uns vergleichsweise dubios aussehen. Sie zieht ihn hinüber zur Couch, wo sie ihn neben sich setzt und ihre Beine auf seine schwingt. »Na ja, verdammt«, sagt sie. »Da hab ich diese ganzen zwei Jahre völlig ohne dich gelebt, und es hat mir keinen Augenblick was ausgemacht, und jetzt, wenn ich dich ansehe, kann ich nicht verstehen, wie ich es auch nur einen Tag ausgehalten habe. Wie war's? Was war das beste?«

»Na ja, der Himalaya war ziemlich gut. Ich hab zwei Tiger gesehen.«

»Du machst Witze! Wie war das Essen?«

»Gut, gut ...«

»Was war das beste?«

»Das beste Essen? Da war nicht ...«

»Na, in zwei Jahren muß es doch eine denkwürdige Mahlzeit gegeben haben. Als Jerry und ich in England waren ...«

»Es ist nicht wie in England, das Essen ...«

»Gott, ich kann nicht glauben, daß du hier bist. Kannst du's?«

Er macht eine Pause, ehe er ihr antwortet, und schaut bloß. Sie sagt: »Wenn du sagen willst, daß das Essen nicht gut war, würde ich dir glauben. Du siehst schrecklich aus.« Sie lüpft sein Hemd hoch und starrt auf seinen Bauch; dann drückt sie seinen Oberarm. Er sagt: »Möchtest du auch einen Blick auf meine Zähne werfen?«

»Hast du noch welche?« Dann beugt sie sich vor und gibt ihm einen sachten Kuß auf die Wange.

Joe erscheint wieder, setzt sich nach hinten auf die Klavierbank, schlägt ein paar Töne auf dem Klavier an und tut so, als sähe er Michael nicht. Er sagt: »Was ist los mit dem Picknick, Mom? Ich krieg ein bißchen Hunger.«

»Alles fertig. Wir müssen es nur ins Auto laden.«

»Wohin fahrt ihr?« fragt Ellen.

»Eagle Point Park.«

»Mmmp.«

»Was soll das heißen?« fragt Joe.

»Das soll heißen mmmp.« Sie stemmt sich von der Couch

hoch. Es heißt, wette ich, daß sie beleidigt ist, weil keiner sie eingeladen hat. Sie kneift Joe in die Wange und sagt: »Ich finde, du bist so süß.«

Er macht einen sarkastischen Kußmund für sie. Dann streichelt sie Michael übers Haar und sagt: »Tschüs, Schätzchen. Ich hab dich lieb.« Für mich gibt es wie üblich keinen Abschied, nicht mal ein Winken. Joe folgt ihr nach draußen, den Mädchen auf Wiedersehen sagen.

Michael lehnt sich vor und sieht mich an. Er sagt: »Heh, Mom. Hast du je Filme von Satyajit Ray gesehen?«

»Ich glaub nicht.«

»Ich glaub, ich müßte erst mal zehn davon vorführen, ehe ich darüber reden kann.«

»Aber du mußt doch gar nichts über *Indien* sagen, Michael. Nur darüber, wie es dir erschienen ist.«

»Aber das ist genau der Punkt. Es ist nicht möglich, eigene Gefühle über Indien zu haben, oder auch nur über Benares. Es ist sogar fast nicht möglich, einen Standpunkt einzunehmen. Wenn ich darüber rede, hör ich mich nur sagen, was alle sagen.« Er lehnt sich zurück und schließt die Augen. Dann sagt er: »Eigentlich denk ich jetzt mehr über Amerika nach als über Indien. Ich mein, eine verrückte Sache an den Amerikanern ist, daß sie daherreden, als hätte das, was sie wollen, tatsächlich irgendeine Bedeutung.«

»Hat es die nicht? Kroger's Supermärkte, vierspurige Autobahnen, Raketensilos?«

»Ich meine nicht Bedeutung in dem Sinn, daß das, was sie wollen, passieren könnte, sondern daß sie annehmen, daß es passieren *sollte*.«

»Denken die Inder nicht, daß das, was sie wollen, passieren sollte?«

»Nicht wirklich. Ich mein, manche denken, es könnte passieren, einige denken, es könnte nicht, und andere denken, es sollte besser passieren.«

»Ich glaub nicht, daß das sosehr anders ist.«

»Es ist anders.«

»Was ist anders?« Joe plumpst lässig in einen Sessel. Michael schließt die Augen und läßt den Kopf auf die Couchlehne sinken. »Indien. Was sonst? Jedenfalls, das Schlimmste am Leben im Ausland ist, daß man die ganze Zeit damit verbringt, darüber zu reden; man besichtigt sich an diesem neuen Ort irgendwie andauernd selber. Das ist alles, worüber jeder wochenlang ununterbrochen redet. Leute, die seit Jahren dort sind, reden immer noch darüber. Keiner kommt dem einen Schritt näher, es zu verstehen. Es ist mehr wie ständig in den Spiegel schauen als echte Gespräche.«

Ich sage: »Ich dachte, du hättest da Leute kennengelernt, die du mochtest.«

»Es gab Leute dort, die hab ich geliebt.« Er seufzt.

Joe fährt sich mit den Fingern durchs Haar und starrt in Richtung Bücherregal. Er sagt: »Hat irgendwer Hunger?«

Michael fährt fort. »Ich meine, Ma, ich hab nicht viele Gedanken darüber. Alles, was ich habe, ist diese kleine Anhäufung von Dingen, die ich mich erinnere, gesagt zu haben, und die damals ziemlich gescheit klangen, und das meiste davon habe ich in Briefen gesagt.«

»Ich hab mir nicht viele Briefe verdient, das ist wahr.«

»Aber du mußt doch die an Joe gelesen haben.«

Ich schüttle den Kopf.

Michael sagt: »Oh.«

Joe wendet sich betont langsam von den Regalen zu mir. »Ich hab nicht begriffen, daß ich sie hätte herumreichen sollen. Sie wirkten recht persönlich.«

»Na, nicht zu persönlich für Mom.«

»Oh«, sagt Joe.

»Wer hat Hunger?« frage ich. »Es ist schon fast fünf. Ich geh nur kurz unter die Dusche.« Befürchtungen häufen sich, Gran für Gran, in meiner Brust.

Unter der Dusche denke ich noch ein wenig über Michaels Bemerkung nach. Donnerstag brachte die Bundesregierung Klage gegen den Staat ein, um die Instandsetzung einiger Straßen im Süden des Staates und den Bau einer vierspurigen neuen als Anschluß für das Naval Weapons Support Center an die Bundesautobahn Nr. 68 zu erreichen. Es ist ein abgelegener und schöner Teil des Staates – gefällig hohe Hügel und geschützte Wälder. Es geht das Gerücht, daß die Marine plant, dort chemische Waffen zu lagern, die sich allmählich zersetzen. Meine Aufgabe für das Verkehrsministerium wird es sein, vielleicht schon Montag, zu sagen, daß wir das Geld dafür nicht haben. Das ist so eine Budgetfiktion, die der Vorstellung folgt, daß ich einen großen Topf voll Geld kontrolliere und, indem ich es nachzähle, sagen kann, was der Staat sich leisten kann. Das Geld (oder wenigstens die Zahlen in den Computern meiner Abteilung) scheint für die Öffentlichkeit und sogar für die Politiker eine Tatsache zu sein, auf die sie sich berufen können, die ihnen sagt, was sie wirklich wollen. Tatsache ist, daß sie alles haben können, was sie wirklich wollen. Die Anwälte in Washington wissen das. Sie wissen, daß sie uns dazu bringen können, die Straßen zu bauen, und sogar dazu, diese Straßen zu wollen. Der Weg dahin ist, gegen uns zu klagen. Wenn wir mit genügend starken Argumenten gegen diese Straßen auftreten, werden sie erkennen, daß es zu schwierig ist, uns dazu zu bringen, zu wollen, was sie wollen, und sie werden diese chemischen Waffen anderswo lagern.

Es ist das Herausfinden, was wir wollen, das Zeit, Mühe und Geld kostet. Von der Spitze bis hinunter in meine Abteilung und zu den Umweltschutzgruppen weiß niemand, was wir wollen und wie sehr wir es wollen. Zufällig weiß ich, daß das Gerücht, wonach die Marine beabsichtigt, in der Anlage gefährliche Güter zu lagern und diese folglich über unsere Straßen und durch unsere Städte dorthin zu transportieren, seinen Ursprung im Büro eines der Anwälte hat, die die Klage des Bundes vertreten. Ich weiß, daß die Umweltschutzgruppen von der Klage am Tag der Einreichung erfuhren, weil zwei meiner Buchhalter Leute anriefen, die sie vom College her kannten, und ihnen davon erzählten. Ist das Korruption? Ist es Gewissen? Ich glaube, es ist eine Art, wie die Amerikaner herausfinden, was sie wollen. Am Montag werde ich vermutlich sagen: »Ich sehe nicht, wie das Verkehrsministerium einhundert Kilometer Bundesautobahn finanzieren soll, wenn das Budget des Staates in dem Zustand ist, in dem es ist«, und alle werden sich von den Zahlen, den Tatsachen beruhigen lassen. Doch die entscheidenden Fragen sind: Wie sehr will die Marine es? Wie sehr will der Staat es nicht?

Nach meiner Erfahrung gibt es nur ein Handlungsmotiv, und das heißt Verlangen. Keine Vernunftgründe oder Prinzipien können es eindämmen oder ihm widerstehen. Gerüchten nach brauchte die Kusine meiner Mutter neun Jahre, um das Geld für ihre Flucht nach Denver zusammenzusparen, und das tat sie in einer Welt, in der Frauen nie über eigenes Geld verfügten. Eine andere Kusine meiner Mutter überredete ihren Vater, sie während der Depression auf das externe College am Ort gehen zu lassen. Sie bekam ein Stipendium für die Studiengebühren und fand einen anderen Studenten, der bereit war, sie hinzufahren; ihr Vater aber verweigerte ihr jedes Geld für Bücher. Also stellte sie sich immer zwischen den Regalen der Bibliothek auf, in der Nähe der Bücherwagen von Studenten, die sie aus ihren Vorlesungen kannte. Wenn die aufstanden, um Pause zu machen oder miteinander zu schwatzen, las sie die Bücher, die sie aufgeschlagen liegen ließen. Als ich diese Geschichte meinen Kindern erzählte (um ihnen vor Augen zu führen, wie sehr jemand sich eine Ausbildung wünschen kann), probierten sie es jeder aus und erklärten es für unmöglich. Doch an Kusine Maria war nicht zu zweifeln. Schon als Kind stellte ich die Macht des Verlangens nie in Frage.

Als ich nach dem Duschen wieder runterkomme, sitzen Joe

und Michael bei der Stereoanlage auf dem Boden und sehen Joes neue Platten durch (er grast die Secondhand-Läden ab). Michael ist animiert und anerkennend, und ich kann sehen, daß Joe sich geschmeichelt fühlt. Er spielt Stücke von verschiedenen Alben; hör dir das mal an; warte, bis du das hier hörst, und Michael mustert aufmerksam die Cover. Sie haben auf eine völlig ernsthafte Weise ihren Spaß, tauschen Informationen aus. Ziemlich bald werden sie bei Baseball angelangt sein. Sie nehmen mich nicht wahr, als ich an ihnen vorbei in die Küche gehe, außer daß sie ein wenig beiseite rücken.

Eagle Point Park ist einer meiner Lieblingsorte, und wenn es etwas gibt, worauf ich mich im Zusammenhang mit Michaels Rückkehr besonders gefreut habe, ist es dieses Vergnügen. Als letzte Woche die Hitzezeit zu Ende ging, war mein erster Gedanke, daß jetzt so ein Picknick schön wäre. Als ich sah, daß es bei Kroger's frische Blaubeeren und späte Himbeeren gab, dachte ich: Zum Picknick hausgemachtes Früchteeis. Vielleicht weil ich meine Kindheit auf einer Farm verbracht habe, fühle ich mich in der Natur immer befreit, erleichtert. Die wirklichen Feste finden für mich immer unter freiem Himmel statt, und ich denke, wenn ich erst einmal auf meinem Lieblingspicknickplatz im Park sitze, mir gegenüber Michael auf einer harten Holzbank, dann werde ich begreifen, daß er zurück ist, und ich werde die Vorsicht im Umgang mit ihm nach seiner Rückkehr abstreifen und froh und heiter sein.

Ich fange an, es zu spüren, als Joe durch das steinerne Tor fährt und in eine der Straßen durch den Park einbiegt. Er fragt: »Das Übliche, Mom?« Das Übliche heißt auf einer Lichtung mit Blick über den Bach. Der Weg am Bach entlang windet sich daran vorbei. »Na sicher«, sage ich.

Joe sagt: »Mom ist so was von einem Gewohnheitstier.«

Wir stapeln die Picknicksachen eilig auf dem Tisch und machen uns über den linken Pfad auf den Weg, in Richtung auf eine kleine Reihe von Wasserfällen in einem besonders schattigen und schönen Waldstück. Auf dem Pfad kann man zu zweit nebeneinandergehen. Ich halte mich hinter ihnen. Nachdem ich ein paarmal stehengeblieben bin, um mit Hilfe des Buches, das ich bei mir habe, einige Blumen zu identifizieren, sind sie schon ein gutes Stück voraus und plaudern gemütlich.

Aus der Entfernung ist es offensichtlich, daß Joe allmählich aufgekratzter wird. Sein überraschtes, bellendes Lachen klingt erst einmal auf, dann wieder und wieder. Obwohl er auf Ironie und Wehmut spezialisiert ist, kann er doch ziemlich plötzlich komplett ausgelassen werden, und etwas, das Louise in dem Brief, den ich gelesen habe, sagte, war ja, daß sie noch nie mit jemandem soviel gelacht habe wie mit ihm. Ich bleibe stehen und warte, bis sie außer Sicht sind, dann schlüpfe ich aus meinen Schuhen und steige ins Wasser. Es ist seicht und warm, aber glasklar. Meine Zehen sehen auf den uralten bronzefarbenen Kieseln des Bachbettes groß und ausgebleicht aus. Der Bach fließt vollkommen friedlich dahin – ohne jeden Wirbel, klar, fast lautlos. Wenn ein Zweig oder Blatt vorübertreibt, scheint es einem fast unwahrscheinlich rasch. Der Bach auf der Farm meiner Mutter war ein Wasserstrang, der sich durch Torfboden wand und von ferne nur als eine dunkle Schleife in der fahlbraunen Landschaft auszumachen war. Da und dort standen gruppenweise Pappeln am Rand, und auf der Nachbarfarm erweiterte er sich zu einem kleinen Sumpf. Jedes Jahr gab es darin Schwärme von Enten und Gänsen, Fasanen und Präriehühnern, doch auch auf unserer Farm wimmelte es am Bach von Insekten und Vögeln, Nagetieren, Hasen und Füchsen. Dieser Bach hier ist mehr wie auf einem Foto, mit kunstvoll verstreuten Felsen, sich wölbenden grünblättrigen Ästen und einer Steinbrücke, gebaut vom freiwilligen Naturschutz-Korps. Abgesehen von Wasserspinnen und Mücken habe ich hier nie irgendwelches Leben gesehen, aber es ist doch immer erfrischend herzukommen. Ich wate in die Bachmitte und klettere auf einen Felsen, von dem aus ich einen Blick durch den

Blättertunnel habe. Vor zwei Wochen noch waren sie sommerlich unbewegt und staubig, aber der Regen letzte Woche hat sie, scheint es, aufleben lassen. Mir genügt das.

Das hätte ich nie von mir gedacht. Wonach ich mich auf der Farm sehnte, das war nicht Chicago, nicht die Straßen oder erleuchteten Fenster von Marshall Field's, sondern schwindelerregende Landschaften; mit Sicherheit Berge, unbedingt Wasserfälle, und vorzugsweise blendendweiße Eiskappen und tosende Brandung. Ich hatte eine Liste von Orten, die ich sehen mußte; ohne das würde ich nicht sterben: Neuseeland, Norwegen, Alaska, Japan und die Berge von Südchina und Peru. Mit vierzehn, ein unzufriedenes Alter, trug ich diese Liste in der Tasche mit mir herum und brachte viel Zeit damit zu, die richtige Reihenfolge meiner Reisen und die richtige Länge meines Aufenthalts an jedem einzelnen Ort festzusetzen. Es waren nie weniger als drei Monate. Ich malte mir aus, wie ich die Landschaft Tag um Tag in mich hineintrinken, es nie versäumen würde, mit jedem Nerv darauf zu reagieren. Während meiner Ehe stellte sich diese Sehnsucht gelegentlich wieder ein, auch wenn Pat es dekadent fand, sich nach dem Pittoresken zu sehnen, und ich plante Reisen und buchte sogar schon für Orte wie Kyoto und Auckland. Wir kamen bis zum Grand Canyon, Pike's Peak und den Blue Ridge Mountains. Seit der Scheidung bin ich nirgendwo mehr hingefahren, außer beruflich nach Washington und da und dort zum Camping in einen Nationalpark. In den letzten paar Jahren hätte ich sogar das Geld gehabt, zumindest für eine Reise nach Norwegen.

Ich könnte sagen, daß der Schrecken meiner Scheidung und die Nachwirkungen mich zahm, aus mir bis ins Herz hinein eine Buchhalterin gemacht haben, während ich doch Buschpilotin oder Naturforscherin hätte werden können, oder ich könnte sagen, wie die meisten Leute, daß ich es einfach nicht geschafft habe wegzukommen. Die Wahrheit scheint mir diffiziler; es hat mehr damit zu tun, wie schön dieser Flecken Erde ist, wie sehr ich es brauche zuzusehen, wie er sich durch die Jahreszeiten entwickelt, und nicht nur dieser, sondern noch drei, vier andere, alle weniger als eine Stunde Autofahrt von meinem Zuhause entfernt. Jedenfalls stehe ich komisch da, weil ich mich am Ende doch als bäurisch bodenständig erwiesen habe.

Als ich in der Abenddämmerung zum Picknickplatz zurückkomme, haben Joe und Michael das Essen ausgepackt und sind bereit anzufangen. Genaugenommen ißt Michael schon.

Michael erzählt: »Da war also dieser Typ, das klassische Mathe-Genie. Die Ausgangslage bei Stanley war, daß er in New York zur Schule gegangen war und nach dem System dort etliche Klassen übersprungen hatte, und als er an unsere Schule in Indien kam, war er erst neunzehn. Er redete viel daher, was für strenge Zensuren er geben und was für ein scharfer Lehrer er sein werde, und die Schüler bekamen's ziemlich mit der Angst zu tun, und vor dem Schlußexamen des Schuljahres begannen Eltern zu ihm ins Büro zu kommen, oder es fingen ihn Schüler vor der Stunde ab und schenkten ihm einen Messingteller oder eine Schale Mangos. Stanley sah darin nichts Ungewöhnliches. Ich nehme an, er hatte sein ganzes Leben lang Geschenke bekommen und sich angewöhnt zu glauben, daß sie ihm zustanden. Also hielt er die Prüfung und gab strenge Noten und rühmte sich noch, wie er die Freundschaft, die er für die Schüler empfand, vom Beruflichen trenne, und am Tag, nachdem die Zensuren herauskamen, gab es praktisch einen Aufruhr in der Schule, und alle Eltern kamen wütend angerannt. Und der Typ kapierte es nicht. Er kapierte nicht, daß er Bestechungsgeschenke angenommen und dann seinen Teil des Geschäfts nicht eingehalten hatte.«

Joe fragte: »Hast du's ihm gesagt?«

»Oh, damals gab ich mich wenig mit den Amerikanern ab. Und er war sowieso so ein Alleswisser, daß wenn man ihm irgendeinen Hinweis gab, er bloß rot im Gesicht wurde und nach Luft schnappte. Er haßte mich.«

»Ich hatte dieses Mädchen in meiner Übung in Wissenschaftsgeschichte«, sagt Joe, »sie saß immer in der ersten Reihe, direkt vor mir, und eines Tages fing sie einfach an, ihre Bluse aufzuknöpfen. Dabei schaute sie mich unverhohlen an und schob die Knöpfe durch die Knopflöcher, als wären es Lollipops oder so was.«

»Oder so was.« Sie lachen.

»Ich stand an der Tafel, und als ich mich an mein Pult setzte, warf sie mir so ein breites Lächeln zu, als hätte ich auf der Stelle eine Erektion bekommen.«

»Hattest du?«

»Na ja ...« Sie lachen.

Ich frage: »Also, was hast du gemacht?«

»Ich wartete, bis sie alle offen hatte, und dann ließ ich die Klasse Gruppen bilden. So schnell habt ihr im Leben noch keine Bluse zugeknöpft werden sehen.«

Michael legt etwas Obstsalat auf meinen Teller und packt mir dann ein Sandwich mit mariniertem Tofu und Avocados aus. Er sagt: »Ich wette, in der Bürokratie geht's verglichen damit ziemlich zahm zu.«

»Da gab es den Typ mit den Schuhen.«

»Wer war das?«

»Das wußte eigentlich keiner. Hin und wieder tauchte dieser gutangezogene Mann auf und machte sich auf den hinteren Fluren an Frauen heran oder paßte sie allein im Lift ab und bettelte sie an, ihn ihre Schuhsohlen lecken zu lassen. Er bedrohte sie nicht oder irgendwas, sondern flehte und winselte, bis die Frauen ihn ließen, ohne zu wissen, wie sie dazu kamen.«

Joe sagt: »Vermutlich der Gouverneur.« Wir lachen alle drei.

»Keiner wußte, ob er überhaupt aus dem Staatsdienst war. Niemand erkannte ihn, und es passierte bloß drei oder vier Mal. Es gab einen Plan, was wir tun würden, doch nachdem wir ihn gemacht hatten, tauchte er nie mehr auf.«

Ich esse. Michael erzählt noch eine Geschichte, dann erzählt

Joe eine. Die Dämmerung verdichtet sich, und hinter dem Geräusch ihrer Stimmen kann ich den Bach fließen hören. Die Heiterkeit über Michaels Heimkehr beginnt mich zu erfassen. Es ist wunderbar, sich einfach so zu unterhalten, als gäbe es keine untergründigen Erwartungen, die daher rühren, daß ich seine Mutter bin.

Ich wende den Blick von ihnen ab, hinaus in die Dunkelheit unter den Bäumen, vielleicht um mich von dem Gedanken abzulenken, der mir eben gekommen ist, nämlich, daß ich vielleicht nie wieder diesen Anblick zu Gesicht bekommen werde, der mich in den alten Zeiten immer so anrührte – daß sogar ihre Körper, besonders ihre Körper, Duplikate waren. Ich dachte nicht viel darüber nach, bis sie etwa drei waren und ihre kleinen Nacktheiten Gestalt anzunehmen begannen. Muttermale links am Nacken, gedrungene Brust, dünne Waden. Später, mit sieben, Hühnerbrüste, lange Arme, große Hände, große Füße. Immer zwei oder vier von allem. Sie waren hübsche kleine Jungen, die sich gerade hielten und nicht herumzappelten. Ich wäre auch auf einen stolz gewesen, wie ich auf die anderen einzeln stolz war. Aber ich gebe es zu, mein Stolz vergrößerte sich noch dadurch, wie sehr sie sich glichen. Während ich auf dieser harten Bank sitze, sehne ich mich plötzlich nach einem letzten langen Blick, nicht nur nach dem Anblick von Klein-Joe und Klein-Michael, sondern auch nach den anderen: Ellen, vier, und Annie, sieben Monate, wie sie sich einen Pfirsich teilen; Daniel, zwei oder drei, wie er sich von einem Ende des Wohnzimmers zum andern kugelte, bis er schwindlig war, dann aufstand und rief: »Und weg ist es!«, was heißen sollte, daß das Zimmer sich drehte. Während ich Joe zusehe, wie er Michael zusieht, wie der das Essen in sich hineinschaufelt, quält mich die Tatsache, daß ich sie nie mehr im Krabbelalter sehen werde.

»Weißt du«, sagt Joe, »ich habe wegen dieser Zustände, die du hast, im Lexikon nachgeschlagen, während du geschlafen hast. Alles in allem ist es nichts, was ich auch haben möchte. Es kann auf die Leber schlagen, oder sogar auf die Lungen.«

»In Indien haben die Leute das ihr Leben lang. So schlimm ist es nicht. Trotzdem brauche ich ein Rezept, weil man die richtigen Medikamente hier nicht so einfach kaufen kann wie dort.«

»Wahrscheinlich unterdrücken diese Medikamente bloß die Symptome, ohne die kleinen Scheißer wirklich zu erwischen.« Joe klingt verärgert.

»Ich weiß nicht.«

»Geh zum Arzt.«

»Ich sagte doch, daß ich geh, oder nicht?«

Die Gespräche flauen ab. Die abendlichen Insekten haben angefangen zu sirren und zu surren. Eine leichte Brise beginnt in den Blättern zu rascheln und übertönt das Rieseln des Wassers. Ich rolle meinen Pappteller zusammen und knicke die Enden um.

Joe sagt: »Also, wir holen Barbara und Kevin ab und probieren das Caruso's? Die haben Samstag abends einen guten Pianisten. Da wäre auch noch ein Jazz-Trio bei Handy's.«

»Klingt gut. Hast du Barbara angerufen?«

Sie gehen aus.

Warum nicht?

Aber es verschlägt mir trotzdem den Atem.

»Nur auf ein paar Stunden, Mom. Halb so wild, okay?«

»Halb so wild.«

Michael sieht von seiner Schüssel mit Himbeer-Blaubeer-Eis hoch. Sie starren mich beide an, um festzustellen, ob sie meine Gefühle verletzt haben. Das haben sie, obwohl ich nicht damit gerechnet hätte, und es wäre mir lieber, sie würden es nicht merken. Ich stemme mich vom Picknicktisch hoch und sage: »Michael, du solltest auch deinen Vater anrufen.« Aber auch wenn ich jetzt neidisch bin und mich ausgeschlossen fühle, werde ich doch wieder ich selbst sein, wenn sie erst mal fort sind, allein in der Stille meines Hauses, Bücher, Stricken, Fernsehen, Bett, Wäsche waschen. Ich war ein Einzelkind, das auf einer Farm aufwuchs. Ich hab mich zweiundfünfzig Jahre mit Erfolg selbst beschäftigt. Genau gesagt werde ich mir ein bißchen von meiner Musik auflegen, eine alte Aufnahme von Jussi Bjoerling, auf der er berühmte Tenorarien singt. Und an einzelnen Stellen werde ich mitsingen. Ein magerer Plan. Wenn Menschen weggehen, scheinen sie sich immer aus einem herauszuschneiden. Ich frage mich, warum ich meinen Gefühlen soviel Beachtung schenke, warum Joe das tut, warum Michael und Ellen. Wir sind wie diese Wissenschaftler, von denen Joe erzählt; wir bleiben auf dem Weg stehen und grübeln über Steine nach, nur daß die Steine nicht interessant sind wie die Lichtgeschwindigkeit oder das Wesen der Schwerkraft, sie sind bloß unser eigener Gefühlsschotter.

Als Strafe dafür, Wirkung gezeigt zu haben, muß ich den ganzen Weg zurück nach Hause Joes reuig beflissene Beobachtung erdulden und dann noch seine ach-so-fürsorgliche Hilfe beim Wegräumen der Picknicksachen.

Michael telefoniert mit dem umstrittenen fünften Mann. Ein Stuhl scharrt, als er sich zum Reden hinsetzt. Ich steige die Treppe hoch und empfinde eine plötzliche, verrückte Zufriedenheit darüber, wie vertraut mir diese Situation ist, als könnte ich alles in allem doch im guten auf die letzten zwanzig Jahre zurückblicken.

Tatsache ist, daß Pat und ich uns nicht im guten trennten. Wir benahmen uns in keinem Sinne gut. Die Eröffnungsszene des langen Dramas, das unsere Trennung war, spielte sich vor genau zwanzig Jahren ab. Wir waren in der umgebauten Küche unseres Hauses auf dem Land. Die Schränke waren neu. Der Bodenbelag war neu. Auf mein Drängen hin waren in die Wände nach Süden und Osten Fenster gebrochen worden. Die Decke und die Installationen waren neu. Seit sieben Monaten hatte ich diesen Umbau betrieben – wie ich damals dachte, um unserem Leben einen passenden häuslichen Rahmen zu geben. Im fünften Monat des Umbaus verliebte ich mich in einen Nachbarn, einen Schriftsteller, der tagsüber viel zu Hause war. Sein Auftritt auf der Szene war, dachte ich damals, nicht zu verantworten, aus dem simplen Grund, daß ich mit fünf Kindern, einem anspruchsvollen Mann, einer Mutter bei schlechter Gesundheit und einem größeren Umbau unmöglich auch noch Zeit für ihn würde haben können. Ich nahm mir die Zeit für ihn. Dann, an einem Samstagabend in der Küche, die kleineren Kinder waren im Bett und die größeren schliefen auswärts, merkte ich, daß das, was ich gebaut hatte, die Kulissen für ein Stück waren, das nun beginnen sollte. Die Hauptfiguren waren Pat und ich, der Schriftsteller, der Ed hieß, spielte eine entscheidende Rolle, und die Küche, ja die Küche stand, in dem flüchtigen Moment ihrer Vollendung, für das, was binnen kurzem eingerissen werden sollte. In die Luft gesprengt, sollte ich eher sagen.

Michael und Joe waren fünfeinhalb und sollten demnächst in den Kindergarten kommen. Die älteren Kinder waren vor dem Sommer jeden Tag bis drei in der Schule und nun im Sommerferienlager. Den ganzen Tag lang, jeden Tag, fast ein Jahr über, waren nur die Jungen und ich dagewesen. Das Haus und die zwei Hektar Garten waren uns eine Welt für sich, und es scheint mir, daß ich mich noch aus meiner eigenen Kindheit an das mollig Umhüllende, das solche Welten haben, erinnern kann. Der Garten war voll von vieljährigen Pflanzen – blühende Büsche, Beete von Tigerlilien, Fliedersträucher, Flecken von Iris, Geißbartstauden überall. Nicht weit vom Haus verlief ein Fluß, und zwischen Haus und Straße gab es einen lang abfallenden Hügel zum Schlittenfahren. Ein ganzes Jahr hindurch lebten meine Söhne und ich wochentags zwischen acht und drei ein idyllisches häusliches Leben. Der Herbst war bunt, der Schnee war tief, der Frühling feucht, die ganze Vegetation für sie gerade in Augenhöhe. Die Welt war voll von sicheren Verstecken, die fordernden älteren Kinder waren fort, sie hatten mich, sie hatten sich. Flüchtige Vollkommenheit. Sie war keine Einbildung, diese vollkommene Alltagswelt. In diesen Stunden des Tages war ich glücklich und produktiv und freute mich an meinen Söhnen wie sie sich an mir. Zwei Vormittage die Woche waren sie in jenem Sommer in der Kinderkrippe – eine Idee von Pat, um andere Freundschaften und allmähliche Unabhängigkeit voneinander zu fördern. Ich ließ die Bauleute im Haus zurück und ging über den Kiesweg zu Ed. Es war ein altes Haus, drei Zimmer und nach hinten hinaus eine Sommerküche mit einem bauchigen Herd aus dem Jahr 1884. Ed machte es gerade winterfest, und für mich hatte es den kargen Reiz einer vorübergehenden Zuflucht, wie ein Bergsteigerzelt in viertausend Meter Höhe.

Ein Samstagabend in der Ära Johnson. Der Mann und seine Frau, die Frau und ihr Mann, Protagonist und Antagonist, Opfer und Täter, standen nicht weit voneinander entfernt. Er hatte ein hellblaues Hemd und Trainingshosen an und machte eben den Eisschrank auf, um die Milch herauszunehmen. Sie hatte ihren rosa Kreppbademantel an und stand, die Hände auf den Hüften, in der Nähe der Spüle. Außer dem Licht aus dem Eisschrank war nur noch ein Licht an, das über der Spüle. Einen Moment lang wurden sie in der allgemeinen Düsternis des Raumes hell erleuchtet, und in diesem Moment sagte sie: »Pat, ich habe eine Beziehung mit Ed Stackhouse unten an der Straße, und ich werde nicht damit aufhören. Es ist eine sexuelle Beziehung und auch eine Freundschaft.«

Natürlich hatten meine Absichten nur vage und unrealistisch mit Ed zu tun; sonst hätte ich nicht den Mut gehabt zu sprechen. Pat nahm die Milch nicht heraus. Er schlug die Eisschranktür zu und machte einen Schritt auf mich zu, das Glas noch in der Hand. Er wirkte angeschlagen, und ich wußte, daß ich ihn überrascht hatte, zum ersten Mal überhaupt. Ich spürte, wie ich weich wurde, als lösten sich meine Rückenwirbel auf, und machte den Mund auf, um etwas weniger Entschiedenes zu sagen, als er mich so hart übers Gesicht schlug, daß ich auf den eben einen Monat alten Boden fiel. Dann warf er das Glas gegen eines der neuen Fenster, Scheibe und Glas gingen zu Bruch.

Am Sonntagnachmittag gab es ein gewaltiges Gewitter mit trommelndem Regen, krachendem Donner und fast ununterbrochenem Blitzen. Der Gewitterlärm war so groß, daß man die Sirenen, die vor nahenden Wirbelstürmen warnten, nicht mehr hörte. Wir saßen eineinhalb Stunden im Keller, unter die Werkbank gekauert. Pat sah mich weder an noch redete er mit mir, aber wir waren so lange verheiratet, daß jeder von uns genau wußte, wie er sich zu bewegen, was er vom anderen zu erwarten hatte, wie man soweit miteinander auskommen konnte, um die Kinder zu beruhigen. Zum Abendessen gab es Haschee aus der Dose; dann brachten wir die Kinder zu Bett. Als er sicher war, daß alle schliefen, ging er mit mir in die Küche und sagte mit geballten Fäusten, er erwarte von mir, daß ich meine Sachen packte und am nächsten Morgen, wenn alle aus dem Haus seien, verschwand, und wenn er mich beim Nachhausekommen zu Mittag noch antreffen sollte, werde er mich umbringen. Und wie um sicherzustellen, daß ich ihm glaubte, schlug er mich noch einmal nieder. Ich glaubte ihm. Trotzdem glaubte ich, daß er, wenn ich dem, was er wollte, zustimmte und ihm Zeit zum Abkühlen gab, ein neues Leben akzeptieren würde. Bekannte von uns hatten sich schon scheiden lassen. Jeder wußte, daß es schwer war. Aber die Übereinkünfte, zu denen diese Paare mühsam gelangt waren, waren uns anderen immer unvermeidlich erschienen.

Am Morgen küßte ich Ellen und Daniel und Annie und setzte sie mit einem Lächeln in den Bus ins Tagescamp. Annie hatte an diesem Tage Reiten, Ellen und Daniel Kanufahren. Ich erinnere mich an jedes Kleidungsstück, das ich für sie herauslegte. Ich zog Michael und Joe an. Ich küßte sie. Sie kletterten auf den Rücksitz des Pontiac. Ich machte einen Schritt zurück. Pat kurbelte das Fenster herunter. Als er die Handbremse löste, sah er mich an und sagte: »Ich meine es ernst.«

Ich war zu stolz, sofort Ed anzurufen. Außerdem hatte ich den Verdacht, daß er es nicht gutheißen würde. Ich ging zu einer Freundin. Als ich Dienstag anrief, wirkte Pat erschöpft, aber vernünftig. Er sagte: »Die Kinder waren ganz aus dem Häuschen, also hab ich ihnen erzählt, deine Mutter wär wieder krank geworden und du wärst hingefahren, um dich um sie zu kümmern. Ich sagte, du würdest Sonntag zurück sein. Können wir es einstweilen dabei belassen und Sonntag reden?« Ich war entwaffnet, weil er mich fragte, gerührt von seiner Müdigkeit, eine seltene menschliche Schwäche bei Pat. Die folgenden paar Tage brachte ich damit zu, die beiden Ers gegeneinander abzuwägen, mörderisch, verzeihend; ich mochte nicht wirklich glauben, daß unsere Trennung glimpflich verlaufen könnte, war aber bereit, den Glücksfall anzunehmen, wenn er sich bot. Es kam mir allerdings nie in den Sinn, an seinen guten Absichten zu zweifeln. Als ich am nächsten Sonntag anrief, um eine Zeit für meine Rückkehr und eine Strategie, es den Kindern beizubringen, vorzuschlagen, bekam ich ein Kein-Anschluß-unter-dieser-Nummer-Zeichen. Ich sprang ins Auto und raste zum Haus. Es war leer, unten an der Einfahrt stand ein Schild: »Zu verkaufen«. Als ich den Makler zu Hause anrief, sagt er: »Sehr hübsches Haus, drei Bäder. Das findet man normalerweise in diesen älteren Häusern nicht. Ist schon verkauft. Aber ich hab andere; die kann ich Ihnen zeigen.« Am Montagmorgen fuhr ich in Panik zum Tagescamp, aber sie waren fort. Ellen, Daniel, Annie – nirgendwo unter den Reitern oder Schwimmern oder Kanufahrern oder den Kindern, die aus Plastikschnüren Taue flochten. Ich ging zur Leiterin und tat zum ersten Mal den Riß in unserer Familie kund, indem ich fragte: »Wo sind die Kinsella-Kinder?«

»Sind Sie nicht Mrs. Kinsella?«

»Nun, ja.«

»Dr. Kinsella hat uns Anfang letzter Woche informiert, daß die Kinder am Wochenende in die Ferien fahren würden.« Und sie starrte mich an, außerstande, ihre Verwirrung zu verbergen. Na ja, sie war nicht die letzte Stelle, bei der ich nachfragen sollte, um herauszufinden, wo meine Kinder waren, und diese Kinder bei ihren Aktivitäten waren nur die erste Gruppe, die ich im Laufe der nächsten vier Jahre nach vertrauten Gesichtern absuchen sollte. In der Nachmittagspost war eine Nachricht von Pat, die lautete, er habe anderswo eine Stelle an einem Lehrkrankenhaus angenommen und schicke mir beiliegend einen Scheck über tausend Dollar. Die Telefonistin in Pats Labor sagte, ja, er sei in die Ferien gefahren und habe sich für die Zeit danach beurlauben lassen. Nach einer Pause kam seine Sekretärin an den Apparat und sagte: »Sind Sie das, Mrs. K.?«

»Ja, Donna.«

»Haben Sie von all dem gewußt? Er sagte ja, aber ich war mir nicht sicher.«

Jetzt war es an mir, eine Pause zu machen. »Nein, Donna.«

»Sie wissen nicht, wo er hin ist oder sonst irgendwas?«

»Nein.«

»Oh, Gott.« Und sie hängte auf.

Und was war mit Ed? Es stimmt, daß er nicht wußte, wo ich in dieser Woche war, und das Schild auf dem Rasen vor unserem Haus gesehen haben mußte. Als ich anrief, um mich mit ihm zu verabreden, zum Essen, nur um zu reden, weil ich vor allem sonst Angst hatte, nahm er, wie mir schien, mit einer an Begeisterung grenzenden Erleichterung an. Tags darauf rief er an und sagte, daß wir uns nicht wiedersehen würden, nicht mal zum Reden. Ich hatte die ausschließliche Konzentration bewundert, die es Ed gestattete, vormittags einen Roman über Alaska und nachmittags ein Buch über das Weiße Haus zu schreiben, so daß ich auf gewisse Weise die Tatsache bewundern mußte, daß er nie mehr ein Wort mit mir sprach.

Von Leuten in den Konzentrationslagern hieß es, wenn sie nicht glauben konnten, daß das möglich war, was mit ihnen geschah, die Wahrscheinlichkeit größer war, daß sie rasch starben, wie an Ungläubigkeit. Auf mich traf es zu, daß die Ungläubigkeit die Vorgänge in meinem Kopf fast zum Erliegen brachte; diese ersten Tage waren genaugenommen so seltsam, daß ich sie nicht als zu mir gehörig erkannte, noch viel weniger Pläne machte, mir eine Taktik ausdachte. Ich hätte an meine Tante »in der Anstalt unten in Norfolk« denken können, die ihre neuen Lebensumstände so unabänderlich und jenseits ihrer Macht liegend gefunden haben muß, wie mir die meinen schienen. Tat ich aber nicht. Ich hatte überhaupt keine Gedanken, nur ein grelles inneres Leuchten, das in die Netzhaut gebrannte Nachbild einer gewaltigen Explosion. Ich war in meinem blauen Corvair mit einem Koffer voller Kleider abgefahren. Mein übriges Leben – Kinder, Hunde, Haus, Möbel, Erinnerungsstücke, Bücher, Töpfe und Pfannen – verflüchtigte sich wie Rauch.

Etwa einen Monat später bekam ich per Post einen Zettel. Er war mit der Maschine geschrieben, und darauf stand: »12, Marlboro Crescent, London S. W. 11, England.« Es war in meiner ersten Woche in einem Job, den zu finden mich die ganze Zeit dazwischen gekostet hatte, als Tippse an der betriebswirtschaftlichen Fakultät der Universität. Die tausend Dollar waren für den Anwalt draufgegangen, den ich engagiert hatte, um die Kinder ausfindig zu machen und zurückzuholen, die gemeinsamen Bankkonten waren gesperrt. Mein Gehaltsscheck, neunundachtzig Dollar die Woche, deckte meine Miete und Essen und die Telefonrechnungen für Ferngespräche meines Anwalts. Genausogut hätten die Kinder am Südpol sein können. Es kostete mich neun Monate und einen Hagel von Briefen, Pat zu überreden, daß er mich sie wiedersehen ließ. Er mußte von Freunden gehört haben, daß ich verarmt und abgezehrt sei, daß Ed nicht mehr mit mir redete, daß ich keinen neuen Freund zu haben schien, daß ich restlos gedemütigt war.

Nun, gedemütigt war ich zwar nicht, wohl aber auf ein paar klare Standpunkte reduziert. Einer davon war Erleichterung über das Ende des Ehedaseins, den Anbruch eines eigenen Lebens; ein weiterer der Entschluß, zu einer abgeschlossenen Ausbildung und einem guten Job zu kommen. Der dritte war, wenigstens das teilweise Sorgerecht für wenigstens einige meiner Kinder zu erhalten. Die Klarheit dieser Ziele und die Tatsache, daß die Vergangenheit für mich tot war, gab mir einen Vorteil gegenüber Pat, der sich in einem Aufruhr von Wut und Sehnsucht befand, nach dem Verlorenen und danach, mit einer anderen Frau Ersatz zu schaffen. Er war ein verschlagener und mächtiger Gegner, gerissener als ich, wie eh und je. Es war dumm von mir gewesen, ihm von Ed zu erzählen, dumm, ohne die Kinder wegzufahren, dumm, den unerfahrenen Anwalt zu nehmen, den ich mir eben leisten konnte, dumm, Pats Rachsucht zu unterschätzen. Vor Gericht drehte sein Anwalt es so, daß »ihre Verbringung nach England« nach Verantwortungssinn klang, nach Entfernung aus zerrütteten und unmoralischen Verhältnissen.

Mehr als einmal glaubte ich, er werde mich töten. Einmal, im Büro seines Anwalts, stürzte er sich quer über den Tisch auf mich, und sein Anwalt, ein stämmiger ehemaliger Ruderer, mußte ihn an der Jacke und dann an den Schultern packen und zurückhalten. Ich stand da, ohne mit der Wimper zu zucken, klein und hart und bereit, mich töten zu lassen. Damals war ich schon auf alles gefaßt, so wütend wachsam wie ein Marder oder Nerz – eines dieser tückischen Tiere aus dem Norden, die sich nie zähmen lassen. Mut machte ich mir mit der Erinnerung, daß ich ihn schon einmal kalt erwischt hatte.

Ich hörte auf, überrascht darüber zu sein, wozu Menschen fähig sind, hörte auf, mir von Pat eine Erklärung zu wünschen, oder von Ed, oder auch nur die Gelegenheit, ein letztes Wort zu sagen, ein letztes Einverständnis zu erzielen. Und Pats Wut legte sich. Es wurde für ihn zunehmend bequemer, mich mehr von den Kindern haben zu lassen. Joe, der damals quengelig, scheu und schwer zufriedenzustellen war, lebte die meiste Zeit bei mir. Daniel machte eine Flegelzeit durch – schlechte Noten,

Marihuana rauchen, betrunken Auto fahren – und wurde eilends zu mir verfrachtet. Annie verbrachte ihre mürrischen Phasen in meinem Haus. Mit Ellen lag Pat im Dauerkrieg. Wenn sie sich schrecklich genug aufführte, schickte er sie zu mir. Sein Beutestück war Michael, Pats Liebling. Jahrelang kam er fast nie, und möglich wurde es erst durch den Unfall und das Anwachsen von Pats neuer Familie. Was die Trennung von Zwillingen betraf, so betrachtete er das als positiv und untermauerte seinen Standpunkt mit Statistiken über Testergebnisse und Theorien über Gehirnentwicklung. Seine Absicht, sagte er, sei es, ihnen über den Nachteil, als Zwillinge geboren zu sein, hinwegzuhelfen, und außerdem würde Joe, bei der Geburt ein Pfund leichter, seit jeher der Untergeordnete und Abhängige, am meisten davon profitieren, sein eigenes Leben zu leben. Meine Argumente, daß Joe Michael brauchte, vermißte, sich nach ihm sehnte, tat er ab.

Ich nahm, was ich kriegen konnte, weil ich wußte, daß nach der Vereinbarung über das Sorgerecht die Entscheidung bei ihm lag. Tatty bekam Babies. Ich hatte eine Liaison mit Simon Elliott. Eins nach dem anderen gingen die Kinder aufs College, machten ihren Abschluß, bekamen Jobs und Lebenspartner und sogar Kinder, und wir alle kamen an den Punkt, wo unsere alten Gefühlserschütterungen nicht mal mehr für uns selbst nachzuvollziehen waren. Nicht nachvollziehbar war auch meine Leidenschaft für Ed Stackhouse, was sein karges kleines Haus und seine Reiseerzählungen in mir aufgerührt hatten. Über seinem Küchentisch hing eine Weltkarte, übersät mit Stecknadeln, welche die Orte markierten, die er besucht hatte. Jetzt, da ich mich kaum mehr erinnern kann, wie er aussah oder wie sein Bett war, bin ich sicher, daß es mir eigentlich nicht darum ging, ihn zu lieben – ich wollte er sein.

Es ist fast Mitternacht, als ich hinuntergehe, um das Licht in der Diele anzuschalten. Das untere Stockwerk ist dunkel – beim

Weggehen hat Joe sparsam alle Lichter abgeschaltet –, und ich mache mir nicht die Mühe, sie wieder anzuschalten, als ich ins Wohnzimmer und in die Küche gehe, um ein paar Fenster für die nächtliche Brise aufzumachen. Eine dunkle Gestalt döst an einem Ende der Couch, und ehe mir in den Sinn kommt, Angst zu haben, erkenne ich Ellen. Ihr Kopf hängt nach hinten, was ihren Hals entblößt, und ihr Atem rasselt leise schnarchend. Alle Fenster sind offen, und im Luftzug haben sich Zeitschriften aufgeblättert, sind Papiere von meinem Schreibtisch auf den Spannteppich geweht. Ich bin verärgert genug, daß ich überlege, ihre nackte Kehle zu berühren und sie aufzuschrecken, aber sie ist zu schnell für mich. Sie sagt: »Wie spät isses denn?«, setzt sich auf und streckt sich.

»Ich wußte nicht, daß du da bist.«

»Alle Lichter waren aus. Ich dachte, du wärst mit Joe und Michael ausgegangen. Ich hab hinaufgerufen. Was hast du da oben gemacht?« Ihr Ton ist sofort herausfordernd.

»Gestrickt. Gelesen. Musik gehört.«

»Hier unten ist die Stereoanlage besser. Da hast du dieses große Haus ...«

»Was heißt, daß ich manchmal auch in meinem Zimmer sitzen darf.«

»Die Türen waren total offen. Es hätte jeder ...«

»Ist die Vordertür nicht abgeschlossen? Und der Seiteneingang auch nicht? Ich sagte Joe doch ...«

»Na ja ...«

»Na ja?«

»Na ja, eigentlich bin ich hinten reingekommen, nachdem ich's an den anderen Türen versucht hatte. Hast du nicht die Hunde von Malone in ihrem Zwinger bellen gehört?«

»Nein, und ich hab auch kein Klingeln gehört.«

Darüber geht sie hinweg und streckt die Hand nach der Lampe hinter ihr aus. Ihr Schein enthüllt, daß ihr Haar gekämmt, ihr Gesicht aber ein bißchen verquollen ist. Sweatshirt, keine Schuhe. Sie sagt: »Magst du auch 'n Eis?« und geht in die Küche.

Irgendwo liegt da ein Hund begraben, aber ich werde ihn nicht ausgraben. Ellens unangekündigtes Auftauchen in meinem Haus ist nichts Außergewöhnliches, nicht mal so spät in der Nacht, also werde ich andere Hinweise nicht erwähnen. Auf dem Weg in die Küche knipst sie jedes Licht an, an dem sie vorbeikommt, eine Gewohnheit, die sie schon immer hatte und die, vermute ich, meinem eigenen Gefühl gleicht, daß viele unbenutzte Zimmer einladend sind. Sie mag es, wenn auch die entferntesten Winkel für sie bereit sind.

Sie bringt die Alubox mit dem Zwei-Früchte-Eis und zwei Löffel; selbst schon am Löffeln, sagt sie mit vollem Mund: »Mmm. Das ist gut, Mom. Das mußt du für euer Picknick gemacht haben.« Da kommt noch was nach. Ist schon da. »War bestimmt schön, hä?«

»Wie immer. Es ist ein hübscher Fleck.«

»Zu schade, daß ihr nicht mehr Leute mitnehmen konntet.«

Ich lecke mir die Lippen und verberge damit ein winziges Lächeln. Dann sage ich: »Ich bin mir nicht sicher, daß Michael mehr Leute schon aushält.«

»Warum benimmt sich jeder, als wär diese Reise irgendeine lange Krankheit, von der er sich eben erholt? Wie kommen sie überhaupt aus miteinander?«

»Gut, glaub ich. Sie sind mit Kevin und Barbara aus.«

»Dem Senator und seiner Frau?«

»Ganz genau.«

»Fühlst dich 'n bißchen ausgeschlossen?« Sie fängt über den Rand der Eiscremebox hinweg meinen Blick auf und hält ihn. Ich lege den Kopf schief, eine Art Achselzucken. Sie grinst vergnügt und setzt sich, legt die Füße auf den Couchtischrand. Sie sagt, jetzt eher plaudernd als stichelnd: »Jennifer schläft bei uns.«

»Dann hast du endlich nachgegeben.«

»Sie ist so eine Wortklauberin. Den ganzen Tag stand Diane

einfach daneben und sah zu, wie Jennifer Fragen stellte. Wann ist bei euch Gutenacht-Zeit, Ellen? Ist das Bettgeh-Zeit oder Licht-aus-Zeit oder Einschlaf-Zeit? Kann ich noch mal aufstehen und ins Bad, wenn ich will? Kann ich mir was zu trinken holen, oder soll ich dich rufen? Ist im Bad ein Glas für mich? Wo?«

Ich kichere.

»Ich sah sie an, als ich sie zudeckte, und dann dachte ich, Joe würde sagen, das gehört sich so, also sagte ich: ›Willst du einen Gutenachtkuß, Jennifer?‹, und sie sagte: ›Meinst du auf die Lippen oder auf die Wange?‹ Diane liebt sie.«

Ich lege die Füße auf den Couchtisch und tauche den Löffel in die Eiscreme. So. Okay. Was für ein Glück ich habe, daß man immer auf diesen Trost zurückgreifen kann, die zufällige Berührung von Mutter und Tochter auf der Couch, die Aussicht auf eine Plauderei wie ein Seidenfaden, der uns durch die Hände läuft. Ich gebe zu, ich bin oft amüsiert und manchmal verärgert über Ellens rüde Art, aber das ist es, worum es ihr in Wirklichkeit geht, dieser seltene Seelentrost zwischen Mutter und Tochter. Kann sein, daß wir ihn nicht hätten, wenn unsere Geschichte konventioneller verlaufen wäre. Als Kind war sie streitsüchtig und resolut, mit einem Willen, das letzte Wort zu haben, der manchmal ans Selbstzerstörerische grenzte. Nachdem Pat die Kinder aus England zurückgebracht hatte, eröffnete sie ihre legendären Kriege gegen seine Tyrannei. Zur gleichen Zeit, da er vor Gericht gegen mich um das alleinige Sorgerecht kämpfte und zweimal heimlich mit den Kindern umgezogen war, so daß ich nicht mit ihnen in Kontakt treten konnte, setzte Ellen ihm mit ihrem Ungehorsam so gnadenlos zu, daß sie sich ziemlich freien Zugang zu mir verschaffte, und als er nach Chicago umzog, ein Jahr vor dem Unfall, kam sie zu mir und Joe. Ich war die Kriegsbeute und ihr dementsprechend teuer. Das gleiche empfand ich für sie, das muß ich zugeben. Sie genoß die zusätzliche Gewißheit, daß dies ihr Krieg gewesen war und sie ihn gewonnen hatte; ich war dankbar für mein Glück. Ihre Jahre bei mir waren wunderbar – kein Streit, kein Teenagertrotz –, aber seitdem denke ich mir, daß sie für ein ganz anderes Leben trainierte als das, wofür sie sich entschieden hat, und daß sie nie ganz verstanden hat, ihre Schwerter zu Pflugscharen umzuschmieden. Aber ich weiß es nicht. Das kleine Mädchen, an das ich mich erinnere? Als sie vier war, behauptete sie steif und fest, sie würde niemals schlafen. Als ich ihr nicht glauben wollte, brachte sie einen Monat damit zu, mich zu jeder Nachtzeit zu rufen, um zu verkünden, wie spät es war und daß sie hellwach sei.

Ich versuche das Rätsel meiner Kinder hinzunehmen, die unerklärlichen Abweichungen von den Erwartungen ihrer Eltern, die Tatsache, daß, wenn man alles zusammennimmt, was man von ihnen weiß oder in Erinnerung hat, nie der ganze Mensch herauskommt.

Am Sonntagmorgen bin ich schon angezogen und krame in der Speisekammer, als es in den Fenstern nach Osten hell zu werden beginnt, und ich sehe, daß es wieder ein wunderschöner Morgen wird, und ein heißer Nachmittag. Das hohe Gras neigt sich, grau vor Nässe. Ich beschließe, rauszugehen und ein paar Ringelblumen für den Küchentisch zu pflücken, und meine Turnschuhe hinterlassen dunkle Spuren im Tau. Gestern haben die Malones ihren Rasen gemäht; es liegt immer noch süßer Grasgeruch in der Luft, und die Ringelblumen duften stark, als ich mich hinunterbeuge – süß und scharf, was manche Leute nicht mögen, ich aber sehr. Der Garten meiner Mutter in Nebraska war natürlich riesig und wichtig – Reihen von Kohl und Tomaten und Kartoffeln und Rosenkohl und Rüben, aber dazwischen immer breite Zeilen von orangen und braunen Ringelblumen oder bunter Kapuzinerkresse. Ich halte mir die polstrigen kleinen Blüten ans Gesicht. Hinter mir – ich brauche mich nicht umzusehen, ich weiß, was da ist – liegt mein Haus im Schlaf.

Nun, Tatsache ist, daß ich jetzt seit dreißig Jahren Mutter

bin, eineinhalb Mal so lang, wie ich Kind war, und ich habe aus diesen dreißig Jahren genauso viele Gewohnheiten und Vorlieben wie aus meiner Kindheit. Die Körper im Haus, deren Gegenwart mich beruhigt, sind die Körper meiner Kinder, nicht mehr die meiner Mutter und meines Vaters. Und was mich beruhigt, ist nicht mehr meine eigene Sicherheit, sondern ihre.

Im Lauf der letzten zwanzig Jahre habe ich gelernt, das Mögliche mit offenen Armen anzunehmen und dem Rest nicht nachzuweinen. Ich denke nicht oft, wie letzte Nacht, an diese kleinen Jungen von fünfeinhalb, wie sie so vertrauensvoll auf die Rückbank des blauen Pontiac kletterten. Michael in blauen kurzen Hosen und weißem T-Shirt, einen Spielzeug-Betonmischer aus Metall in der Hand, am Knie eine halbmondförmige Kruste; Joe in kurzen Khakihosen und einem grüngestreiften T-Shirt, ein Block Papier und ein Bleistift gucken aus seiner Tasche. Selbst als ich meine Aufmerksamkeit Pat zuwende, höre ich Michael noch sagen: »17 und 27?« und Joe, wie aus der Pistole geschossen, antworten: »44.« Joe sieht Michael an und lächelt. Michael sieht mich an, aufmerksam; er weiß, daß etwas mit mir nicht stimmt. Doch immer noch umschließt sie diese mollig feste Welt. Ihre Bewegungen sind voll Selbstvertrauen, Ausdruck der Gewißheit, daß die Rückbank ihnen gehört, der Pontiac, das Haus und der Garten und Mami und Papi auch. Sie rutschen herum und setzen sich zurecht, bereit zur Abfahrt, und ohne einen Blick zurück lassen sie sich in die ungewisse Zukunft fahren.

Ich werfe einen Blick auf das Haus. Lange Lichtstrahlen lassen die gelbgestrichene Seitenwand aufleuchten und legen die schwarzen Schatten der Kastanien auf die Veranda; die Fliegentür schwingt sachte in den Angeln; Eichhörnchen hüpfen von Dach zu Ast und rennen dann kopfüber zu Boden. Der Tau verdunstet in der aufgehenden Sonne. Jetzt sind sie hier in Sicherheit, in meinem Haus, und glauben dabei, daß sie sich um mich kümmern. Ist das nicht ein Bild, das man neben das andere stellen sollte, ein Bild des Überlebens neben das Bild des Verrats? Heben sie einander nicht auf? Meine Freude an diesem Morgen, an dieser gewöhnlichen Schönheit, ermuntert mich zu glauben, daß es so ist.

Es muß gegen halb neun sein, als Joe herunterkommt, angezogen, den Bertrand Russell in der Hand. Wie immer geht er stracks zur Kaffeemaschine, macht sich welchen und stürzt die erste halbe Tasse runter, leckt sich die Lippen. »Hallo, Mom«, sagt er liebevoll.

»Hallo, Schatz.«

»Waren nicht allzu spät wieder da, Mom.«

»Habt ihr euch amüsiert?«

»Ganz okay, denk ich. Ja doch, es war okay.« Er rührt seinen Kaffee um, den Kopf in die Hand gestützt. Oh, er ist so launenhaft. Er sagt: »Michael hat sich, glaub ich, nicht besonders amüsiert. Ich fühl mich verantwortlich dafür.«

»Warum?«

»Na ja, das mit dem Ausgehen war meine Idee. Alles halb so wild.« Er nimmt die Schachtel mit den Weizenflocken und schüttet etwas daraus in seine Schüssel. Ich stelle die Milch auf den Tisch und fülle dann weiter Biskuitteig in die Springformen.

»Ich mein«, sagt Joe, »er klingt, als hätte er Tuberkulose oder was. Du solltest ihn hören, oben im Bad. So was von Husten und Räuspern hab ich im Leben noch nicht gehört. Ich könnte schwören, ich hab gesehen, wie er aus den Händen Wasser durch die Nase aufgezogen und dann ins Waschbecken gespuckt hat. Mom, ich glaube nicht, daß ich diesen Typen kenne.«

»Er scheint eine Menge zu husten.«

»Gestern Abend machte der Pianist mal 'ne Pause, und Barbara fing an, von ihrem Hundetraining zu reden, und es war ziemlich komisch, Kevin und ich mußten lachen – du weißt ja, wie Barbara eine Geschichte erzählt: Bei ihr hört sich Tomatenziehen auf der Veranda an wie ein Zirkus mit drei Manegen. Jedenfalls, Kevin und ich haben uns ausgeschüttet vor Lachen, und ich hab zu Michael rübergesehen, und er hat gelächelt, ich meine, sein Lächeln saß am Tisch, aber nicht er. Und eben, wie ich hingeguckt hab, war er dabei, sich noch weiter zu entfernen, als könnte er uns nicht ertragen oder was. Und ich hab mich dabei ertappt, daß ich dachte: Hunde abrichten? Anderswo sind Kinder am Verhungern! Lauter so'n Scheiß.«

»Er muß ziemlich müde sein.«

»Du hast recht. Tut mir leid.« Er steht auf und gießt sich noch eine Tasse Kaffee ein. Einige Minuten später kommt Michael herein, in Jeans und einem Hemd, barfuß. »Hallo, Mom«, sagt er mit Wärme.

»Geschlafen?« frage ich.

»Für nur acht Stunden recht gut.« Er legt ein großes, rundes rosa Ding neben seinen Teller auf den Tisch. Auch Joe schaut darauf. Wir werfen uns einen Blick zu. Michael läßt sich ein Glas Wasser einlaufen, setzt sich dann hin und steckt das rosa Ding in den Mund. Mit etwas Wasser und unter sichtbarem Würgen schluckt er es. Joe sagt: »Gott, was ist denn das?« Ich stelle die Kuchen in den Herd.

»Chlorochin. Chinin. Malaria, du weißt schon.«

»Du hast Malaria?«

»Vielleicht. Jedenfalls muß ich jeden Sonntag so 'ne Pille nehmen. ›Statt zur Kirche‹, sagen die indischen Ärzte immer.«

»Was nimmst du gegen die Tuberkulose?«

»Tuberkulose?«

»Na, das ganze Husten und Räuspern im Bad.«

»Oh. Was? Ach so, das. Das ist nur Gewohnheit. Indien ist so staubig, daß man im Hals überempfindlich gegen Schleim wird. Das geht weg, hör ich. Heh, Joe. Mach dir um mich keine Sorgen, in Ordnung?«

»Wie wär's damit: Ich werd nicht mehr davon reden.«

»Mom darf sich Sorgen machen. Sie ist mir was schuldig, für all die Briefe, die sie nicht geschrieben hat. Scheiße, ich bin völlig erledigt durch die Zeitverschiebung.«

»Du hättest was sagen sollen, bevor wir gestern abend losgezogen sind.«

»Warum?«

»Du hast nicht gewirkt, als wenn du dich sehr gut unterhalten würdest.«

»Ich hab mich nicht sehr gut unterhalten, aber ganz gut. Ich bin froh, daß wir gegangen sind. Barbara und Kevin wirken glücklich miteinander.«

»Es war 'ne hübsche Hochzeit«, sage ich.

»So was würd mir gefallen, glaube ich«, sagt Michael, »mit jemandem verheiratet zu sein, den ich seit der siebten Klasse kenne. Oder vielleicht, sich in der siebten Klasse in jemanden verlieben und ihr beim Erwachsenwerden zusehen, wie sie hübsch wird und kleiner als ich, und auch klug und witzig. Man müßte sich nie mehr verlieben. In Indien muß man sich überhaupt nicht verlieben.« Zwei Schüsseln Weizenflocken, ein hartes Ei, zwei Stück Toast, ein Glas Orangensaft. Er stößt sich vom Tisch ab. »Zeig mir den Rasenmäher.« Joe folgt ihm hinaus.

Ich vermute, ich habe immer noch das Vorrecht, in ihren Zimmern nach schmutziger Wäsche zu stöbern, aber ich muß sagen, daß ich kurz zögere, ehe ich es tue. Joe hat ein paar Hemden und Unterwäsche neben der Tür liegenlassen, und die sammle ich ein, aber als ich in Michaels Zimmer komme, weiß ich nicht, wo ich anfangen soll. Das Gepäck, das er mitgebracht hat – ein Rucksack und ein Matchbeutel – ist auf den Teppich geleert, ein ganzer Schwung von unvertrauten, dünnen Sachen, alles zerknittert. Da ist ein kleiner Haufen von etwas, was wie winzige Zigarren aussieht, jede mit einem roten Faden umwickelt. Da sind Sandalenpaare, ein paar bunte Bilder auf pergamentartigem Papier, einige Bücher, ein Stapel blauer Luftpostbriefe. Die, die zu sehen sind, tragen Joes Handschrift. Ich gehe zum Fenster und mache es auf, in der Absicht nachzufragen, was ich waschen kann, und sehe sie in der Garageneinfahrt über dem Rasenmäher kauern. Hinter ihnen liegt säuberlich aufgereiht das Werkzeug. Während ich hinuntersehe, hebt Joe den Motor heraus, und sie drehen sich um. Joe stellt den Motor auf ein Stück Zeitungspapier, und sie besehen ihn sich lange. Schließlich deutet Michael auf etwas, und einen Augenblick später wählt Joe ein Werkzeug aus und setzt es am Motor an. Danach ist es spannend zu beobachten, wie sie zusammenarbeiten, mit Nicken und Blickewechseln und Werkzeugzureichen und Lachen. Ich drehe mich um und gehe, über den Kleiderhaufen steigend, aus Michaels Zimmer.

Simon Elliott war auch so, ein geschickter Handwerker. Dieses Haus ist voll von Dingen, die er gemacht hat – neue elektrische Leitungen, neuer Kamin, Böden neu versiegelt, neue Dusche oben, Einbaubücherregale an der Wohnzimmerwand. Dabei ließ ich ihn gar nicht alles machen, was er wollte – Holzverschalung im Keller, Fliesen um den Kamin, Badezimmer unten. Sein eigenes Haus war die Art Projekt, wie es in Illustrierten beschrieben wird, wo jemand ein Haus ohne Böden kauft, mit fehlenden Wänden, kein Treppengeländer, ein Loch, wo das Klo sein sollte, und in der Küche als einzige Installation eine Spüle. Ich glaube, daß er in diesem Haus vollkommen glücklich war, umgeben von seinem Projekt. Und er stürzte sich keineswegs hinein. Um den Boden zwischen Keller und Erdgeschoß zu verlegen, brauchte er ein Jahr. Er war ein geduldiger Mann. Ich wüßte nicht, daß meine Kinder ihn je wirklich gemocht haben. Er muß ihnen um soviel langweiliger erschienen sein als ihr Vater. Er war nicht sehr gesprächig und lächelte auch nicht sehr häufig, obwohl ich, wenn er es tat, sein Lächeln entwaffnend fröhlich fand. Er las nicht viel und führte keine Gespräche über das Wesen von irgendwas – das Gehirn, das Leben, die Weltläufte. Und launisch war er auch. Simon war die Art Mann, die in den Augen meines Vaters und meiner Onkel einen guten Ehemann für mich abgegeben hätte – guter Job, praktische Intelligenz – und ebenso in den Augen meiner Mutter und meiner Tanten – steht nicht im Weg rum, läßt der Frau reichlich freie

Hand. Na ja, vielleicht hätte ich ihn ja auch geheiratet, doch er glaubte nie, daß er mich verdiente, und wagte nicht zu fragen. Und ich ließ den Augenblick verstreichen.

Um halb zwölf, als ich zu den Leserbriefen in der Sonntagszeitung komme und mir schon ein bißchen graut vor dem Mischmasch von Fehlinformation und starken Sprüchen, auf die ich dort im Zusammenhang mit dem Naval Weapons Support Center stoßen werde, kommt Joe rein und sagt: »Heh, rat mal, was diesmal übergeblieben ist.« Er streckt mir die geschlossenen Hände hin.

»Was?«

Er öffnet die Hand. »Nichts. Wir haben auch nichts verloren. Komm mit raus.«

Die Sonne ist schon heiß, und meine Turnschuhe kleben auf dem Asphalt der Einfahrt leicht an. Michael füllt eben Benzin in den Tank. Er tritt zurück, stellt den Kanister ab und überreicht Joe die Starterschnur mit den Worten: »Nach dir, Oliver.«

»Aber ich bitte dich, Stanley.«

»Alter vor Schönheit, Ollie.«

»Stanley!«

»Ja, Ollie?«

»Zieh die Scheißschnur.«

Wir lachen alle. Michael zieht die Schnur. Der Rasenmäher springt lärmend an, und Michael deutet auf den Griff und ruft: »Nach dir, Oliver.«

Beim Mittagessen machen sie immer noch weiter, allerdings ist Michael mittlerweile der Lone Ranger und Joe ist Tonto. An diesen speziellen Dialog erinnere ich mich gut, weil sie ihn vor Jahren schon entwickelt haben. Sie halten sich nicht immer an ihre Rollen, und manchmal ist einer von ihnen Silver, das Pferd. Als sie vierzehn waren und beide bei mir wohnten, hielten sie es zwei Wochen lang durch, Michael als Tonto und Joe als Silver, und stritten darüber, ob der Lone Ranger primär faschistoid oder primär »humanoid« sei. Ich stelle zwei Suppenteller vor sie hin, und Michael sagt mit tiefer bedeutungsschwerer Stimme: »Gute Suppe, Ma'am. Damals in dem Canyon, oben bei den Cheyenne, mußten wir sogar unsere Schuhe essen.«

»Schuh schmecken gut für roten Mann.«

»Tonto hier hat aber auch ein paar Eidechsen als Festschmaus für uns gefangen.«

Joe schneidet hinter vorgehaltener Hand ein Gesicht für mich. »Eidechse schmecken gut für Bleichgesicht. Roter Mann mag nicht, wenn kitzeln beim Schlucken.«

»Wie war das, mein treuer Kamerad?«

»War ›geht dich 'n Dreck an‹, Keemosabi.«

»Aber gewiß doch, mein guter Mann.«

Mir geht durch den Kopf, daß Michael und Joe mit genügend Reparaturen, eingespielten Blödeleien und Gesprächen über Musik und Sport möglicherweise doch in Frieden miteinander auskommen könnten.

Joe steht auf, um sich noch eine Tasse Kaffee zu holen, und beginnt im Kühlschrank zu stöbern. Bei dieser Unterbrechung legt Michael seine Gabel hin und reibt sich gähnend mit beiden Händen das Gesicht. Man vergißt so leicht, wovon er sich erst erholen muß. An sein Aussehen habe ich mich schon gewöhnt, und die anderen neuen Gewohnheiten – daß er mit dem Kopf wackelt, wenn er ein Ja nicken will, und daß er sich vorbeugt, weil er so lange Zeit immer nur mit kleinen Leuten geredet hat – schlagen in seinem Benehmen mal durch und mal nicht; sie mahnen mich, überzeugen mich aber nicht, daß ich meine Erwartungen an ihn ändern muß. Ich glaube, daß sie für Joe nicht mal eine Mahnung sind, weil Michael darauf achtet, neben seinem Zwillingsbruder ganz der alte zu sein. Oder vielleicht bringt Joe das in ihm bloß zum Vorschein. Jedenfalls, als Joe sich hinsetzt, ist Michael wieder ganz Vorwitz und Ironie. »Heh, Mom«, sagt Joe. »Rat mal, was.«

»Was?«

»Kevin hat 'nen neuen Job. Er arbeitet doch tatsächlich in der

Verwaltung der Parteizentrale der Republikaner. Ist das zu glauben?«

»Ich dachte, er hat 'ne Stelle auf Zeit in der Forschungsstelle der Parlamentsbibliothek.«

»*Hatte* er. Über diese Zeitarbeitsfirma. Aber das war vor einem Jahr. Jetzt ist er aufgestiegen.«

»Schön für ihn«, sage ich.

»Na«, sagt Joe, »*schön* finde ich das nicht. Ich finde es irre. Und er arbeitet schon vier Monate in diesem Job und hat sich bis jetzt noch nicht mal getraut, es mir zu sagen. Ich finde es schäbig und korrupt.«

Michael reckt das Kinn und blickt Joe an. Ich sage: »Na ja ...«

»Ich meine, das ist derselbe Typ, der in seinem ersten Jahr auf der High-School *Wir werden siegen, USA raus aus Vietnam, 23. April* auf die Mauer der Sporthalle gesprayt hat.«

»Das war Kevin?«

»Jetzt bist du außer uns die einzige, die es weiß.«

Ich mache den Mund auf.

»Wir haben nicht mitgeholfen«, sagt Michael.

»Aber wir haben die Spraydosen vernichtet. Gott, erinnerst du dich noch? Auf allen stand *Nicht gewaltsam öffnen, nicht erhitzen*. Ich dachte, sie könnten explodieren oder so was. Wir haben Handschuhe angezogen, um keine Fingerabdrücke zu hinterlassen. Er nannte sich ›der Senator‹, weil das subversiv war. Aber jetzt, glaub ich, meint er's ernst. Die Republikaner, mein Gott.«

Michael sagt: »Ich bewundere, daß er was getan hat, anstatt nur zu studieren, verstehst du? Ich meine, die meisten dieser alten Linken enden doch im Seminar für Politologie oder so was. Ich denke, er wird am Ende wirklich was wissen.«

»Ich denke, er wird am Ende überhaupt nichts wissen.« Joes Stimme klingt gepreßt. »Weniger als nichts wissen – etwas Falsches wissen und es für richtig halten.«

Michael ist beiläufig, aber ungläubig. »Verseucht, nur weil er ein paar Republikaner gestreift hat?«

»In verrauchten Hinterzimmern den Handlanger machen ist nicht bloß streifen. Er kriegt dafür gezahlt, was, fünfzehn, achtzehntausend? Blutgeld.«

Ich sage: »Waren es nicht die Demokraten, die in verrauchten Hinterzimmern ihre Versammlungen abhielten?«

»Alles Scheiße.« Michaels Ton ist mit einem Mal schroff.

Joe ist aufgeschreckt. Er lehnt sich auf seinem Stuhl zurück, schnappt kurz nach Luft und starrt Michael an. Michael schiebt sich das Haar aus der Stirn. »Weißt du, was Blutgeld ist? In Indien hab ich gesehen, was das ist. Wenn jemand verhaftet wird, weil er in einer Stadt, die am Verhungern ist, Lebensmittel hortet, und er zahlt ein bißchen Schmiergeld und darf behalten, was er hat, und sich noch mehr unter den Nagel reißen, und andere verhungern tatsächlich. Wenn die Polizei dafür bezahlt wird, wegzusehen, wenn ein paar Leute beschließen, hinzugehen und den Sikhs eine Lektion zu erteilen, indem sie sie in ihren Häusern verbrennen. Ich finde nicht, daß die Arbeit für die Republikanische Partei aus Kevin einen Anwärter für den untersten Kreis der politischen Hölle macht.«

»Okay, und wodurch wird Kevin sich in zwanzig Jahren von den Typen von Union Carbide unterscheiden, die überall in den Medien waren, mit lauter Entschuldigungen und Ausreden für die Sache in Bhopal? Du mußt sie doch gesehen haben – oder?«

»Was hat das damit zu tun? Ich sehe da keinen Zusammenhang. Es ist doch bloß ein lausiger Job bei der Staatsregierung, nicht mehr. Ich find, du bist nicht sehr logisch, ehrlich.« Er wippt auf seinem Stuhl zurück. Er ist sehr cool.

Joe nicht. »Ich bin eigentlich immer logisch. Du bist es, der den Zusammenhang nicht sieht, aber der Zusammenhang besteht, klar? Glaubst du, daß diese Typen wissentlich lügen? Natürlich nicht. Auf die Weise wären sie nicht wirkungsvoll. Sie glauben tatsächlich, was sie sagen – die guten Absichten der Firma und die tiefe Betroffenheit, die der Vorstandschef angesichts der Tragödie empfindet. Die Firma macht sie so, indem sie sie einstellt und darauf trainiert.«

»Wahrscheinlich tut es dem Vorstandschef wirklich leid.«

»Er scheißt sich vor Angst in die Hose, daß ihm in Zukunft die Versicherungskosten durch die Decke wachsen. Das tut er.«

»Worüber streiten wir hier?«

Joe schwitzt. Michael auch, ein bißchen. Joe sagt: »Es ist doch kein Fehler, weiterzustudieren.«

Michael zuckt die Achseln. Sie sitzen schweigend da, ohne einander anzusehen. Schließlich springt Joe auf und sagt: »Ich mähe noch den hinteren Teil«, und poltert aus dem Haus. Nach einem Moment sage ich zu Michael: »Willst du noch was?«

»Nein. Ja. Ein Glas Wasser. Ich hol's mir schon.« Doch er bleibt sitzen und wippt bloß wieder mit seinem Stuhl vor. Er sagt: »Heh, Mom. Stell dir mal vor. Ich hab überhaupt nicht begriffen, daß wir gestritten haben, fast bis zum Schluß. Ich konnte es nicht sehen. Ich konnte ihn nicht sehen. Er war wütend, oder?«

»Fast von Anfang an, würde ich sagen.«

»Ma, ich war seit zwei Jahren nicht mehr wütend. Ich weiß nicht, wie das Gefühl dabei ist, wie es aussieht, außer wenn ich es in Indien auf der Straße sehe, Leute, die sich prügeln und anschreien. Ich hab vergessen, wie wütend er werden kann. Ich meine, währenddessen sah ich ihn plötzlich, wie er dieses Riesengewicht auf mich zuschleppte, irgend etwas unerträglich Schweres, das er gleich auf meinem Schoß abladen würde.«

Ich sage nichts. Er läßt sich ein Glas Wasser ein, räuspert sich, hustet, schnieft, seufzt, stellt erst das Glas hin und legt dann den Kopf auf den Tisch. Er sagt: »Ma, ich könnte sechs Tage durchschlafen.«

»Dann leg dich 'n bißchen hin.«

»Okay.« Und er wankt hinaus wie völlig entkräftet. Ich beginne die Torte zu glasieren, grün, weil Diane nichts lieber mag als Schokoladetorte mit grüner Glasur. Während ich sie in den

Kühlschrank stelle, erstirbt der Lärm des Rasenmähers, und etwa eine Sekunde später stößt Joe die Fliegentür auf. Ich denke nach, was ich sagen könnte – daß ich aufs Klo muß, in den Laden, zur *K-Mart*, nach nebenan, irgendwohin, jetzt gleich. Bloß den sich anbahnenden vertraulichen Gesprächen entkommen. Es ist ein körperlicher Drang, ein Zurückschrecken – nicht vor Joe, sondern davor, wie ich in der nächsten Viertelstunde sein soll – beruhigend, objektiv, beschwichtigend, irgendwie fett; eine Art, die ich bei Joe immer eher hatte als bei den anderen. Jeder von ihnen kam mit einer unterschiedlichen Frage zu mir – bei Ellen war es: »Was ist wahr?«, und ich war immer erleichtert, ihr nach bestem Wissen und Gewissen Auskunft zu geben. Bei Daniel war es: »Ist es in Ordnung, wenn ich das mache?«, und ich war stets imstande, ja oder nein zu sagen. Und seine Reaktion war immer, daß er es so oder so tun wollte. Bei Annie sagte jeder Blick und jede Geste: »Siehst du mich denn auch?«, und also ist sie flamboyant und überdreht und ausgelassen lustig. Michael hatte die simpelste Frage, allein an mich gerichtet, und sie lautete: »Hast du mich am liebsten?«, und meine Antwort, allein an ihn gerichtet, war: »Ich kann nicht.« Wir wissen, wo wir stehen.

Aber Joe – Joes Frage geht immer aufs Ganze und ist nicht zu beantworten. Sie lautet: »Bin ich okay? Sag mir, daß ich einfach okay bin, das reicht mir.« Er ist okay. Er ist klug und nachdenklich und sieht gut aus. Er hat Erfolg in einem prestigeträchtigen Studienprogramm an einer guten Universität. Wenn er mit jemandem ausgehen oder eine Freundin haben will, so kann er das. »Du bist okay«, sage ich. »Du mußt das ja sagen, du bist meine Mom«, sagt er; oder aber, stelle ich mir vor: »Du bist meine Freundin, du bist meine wichtigste Ratgeberin, du bist mein Freund«. Nichts kann ihn dazu bringen zu glauben, daß er okay ist. Wie konnte ich das übersehen, als er noch klein war? Ich erinnere mich an Loben, Knuddeln, Aufmerksamkeit-Schenken, Sich-Freuen. Waren es einfach zu viele? Aber wir dachten, wir würden ihnen etwas Gutes tun, indem wir ihnen außer uns selbst noch viele andere gaben, von denen sie lernen und denen sie nahe sein konnten. Pat hatte selbst sechs Geschwister und sprach begeistert vom Rummelplatz Familie, von dem Vergnügen, das es ihm machte, wenn er hörte, wie seine Mutter ihn mit »Tim-Jackie-Joe-Jimmy-*Patrick*« rief, als hätte er auch schon all die Eigenschaften, die er an seinen älteren Brüdern so bewunderte. Ich dachte an meine Onkel und Tanten, die verklärt von ihren Abenteuern als Kinder auf der Farm erzählten und eine viel schönere Zeit gehabt hatten als ich mit mir allein. Die alten Rechtfertigungen. Fünf Kinder in fünf Jahren ist eine Menge. Heutzutage würde niemand so was gut heißen. 1963, als Ellen einen Einkaufswagen mit dem einen Zwilling, ich einen zweiten mit dem anderen schob und Daniel und Annie hinterhertappelten, lächelte uns jedermann zu. Fünfzig 1963er Dollar an der Kasse hinblättern? Eine Summe, auf die man stolz sein konnte.

Joe sagt: »Es ist nichts mehr da. Wir denken nicht mehr gleich. Ich bin jetzt allein.«

»Scheinst aber gut zurechtzukommen, Schatz.«

»Aber früher dachten wir gleich. Wir dachten dieselben Gedanken. Das sagten wir beide immer. Du kennst doch die Figur aus der Sesamstraße, den Russen mit den zwei Köpfen, der immer mit sich selber streitet?«

»Joe ...«

»So waren wir. Wir haben uns kringelig gelacht darüber und sind durchs Fernsehzimmer gelaufen und haben auf Blödelrussisch rumgeschrien.«

»Joe, ihr seid erwachsene Männer. Willst du so werden wie die Zwillinge, die sich gleich anziehen und ihr Zwillingsdasein für immer und ewig kultivieren? Ich weiß, daß du das nicht willst.«

»Du willst das nicht, Dad will es nicht, Michael nicht, aber ich schon.«

»Schatz ...«

»Ist das nicht schrecklich? Ich bin ein Mann! Wie kann ich da so was sagen? Wenn ich es nur ausspreche, packt mich der Ekel vor mir selber. Ich wollte, wir wären Mädchen oder was. Ich kenne Zwillingsschwestern. Bei denen kommt so was nicht vor. Getrennte Identitäten sind für sie bloß eine Möglichkeit. Für uns sind sie die einzige.«

»Aber es ist doch für niemanden gesund ...«

»Woher weißt du das? Woher weiß irgendwer das, wenn er selber kein Zwilling ist? Ma ...«

»Was?«

»Sag mir, daß alles bloß halb so wild ist.«

»Ich weiß nicht, ob es halb so wild ist. Zunächst mal könnte Michael im Moment gar nicht er selbst sein, und ich finde auch, du setzt ihn ziemlich unter Druck ...«

»Das stimmt.« Er knickt sofort ein, wie immer, bei jeglicher Kritik. »Als Louise mit mir Schluß machte, hatte ich solche Sehnsucht nach ihm. Ich dachte, wenn ich schon sie nicht haben kann, ihn werd ich immer haben. Es ist ein Beschiß. Warum mach ich mir Sorgen? Du hast recht. Männer müssen allein zurechtkommen.«

»Alleinsein hat ja auch einiges für sich.«

»Na ja, ich weiß, daß du das denkst. Erinnerst du dich nicht, einmal, als ich so etwa vier war, bin ich dir ins Bad nachgekommen, und du hast gesagt: ›Joe, ich möchte gern allein sein, verstehst du das nicht?‹, und ich sagte: ›Nein‹, und ich tat's auch nicht. Ich hab's nie verstanden.«

»Sieh mal«, sage ich. »Michael schläft, und wir müssen nicht vor sechs bei Ellen sein. Erinnerst du dich, als wir in der Ausstellung in der Stadt waren und sagten, wir würden gern noch mal wiederkommen und uns mehr Zeit nehmen? Es ist das letzte Wochenende. Machen wir das doch. Laß uns mal raus hier.«

»Nein, Mom! Darum geht's nicht! Vergiß es!« Er ist aus dem Zimmer, ehe ich noch irgendwas sagen kann.

Als wir bei Ellen ankommen, ist Jerry auf der Straße und fährt auf dem Rad freihändig Achten. Diane und Tracy sehen zu. Er ist gut. Manchmal läßt er das Rad absichtlich ins Schlingern kommen, als würde er gleich hinfallen, und die Mädchen kreischen. Als sie uns sehen, kommen sie gelaufen, und ich gebe Diane die Torte. Ich sehe, wie sie die Zunge herausstreckt und die Glasur leckt. Sie sieht, daß ich sie sehe. Wir lächeln. Ellen kommt zur Vordertür raus, einen Krug Wasser in der Hand. Sie sagt: »He! Ihr seid schon da.« Sie stellt den Krug neben den Topfgeranien auf der Veranda ab und kommt für die Begrüßungsküsse herüber. Ihr Blick streift Jerry, ohne auf ihm liegen zu bleiben.

Nach einem schweigsamen Nachmittag haben Joe, Michael und ich uns während der Fahrt höflich miteinander unterhalten. Behutsam. Jetzt schwenkt Tracys Blick von ihrer Mutter zu ihrem Vater und wieder zurück, dann sagt Ellen, ohne Jerry, der mit seinem Rad stehengeblieben ist und sich mit den Füßen auf dem Bürgersteig abstützt, wirklich anzusehen: »Abendessen um halb sieben, okay?«

»Okay«, sagt Jerry.

»Komm rein, Mom.« Für uns hat sie ein Lächeln. »Ich hab ein paar Flaschen Wein im Kühlschrank, aber Diane meinte, ich muß auch Kool-Aid anbieten, also habe ich Kool-Aid mit Limone.«

Wir bleiben im Wohnzimmer stehen und sehen uns nach Sitzgelegenheiten um, doch sie ruft aus der Küche her. »Kommt hier rein, wo ich euch sehen kann.«

»Für mich Kool-Aid«, sagt Joe.

Sie stellt ein Glas Wein vor mich hin und bleibt vor Michael stehen, die Hände in die Hüften gestemmt. »Hast du 'n Bier?« fragt er.

»Budweiser.«

»Nehm ich.« Diane kommt mit der Torte zur Hintertür herein. Sie sieht okay aus, aber ich frage mich, was sie in den letzten fünf Minuten damit gemacht hat. Ich sage: »Schätzchen, stell das besser in den Kühlschrank, damit die Glasur nicht schmilzt.«

»Kann Jennifer rüberkommen und nach dem Abendessen ein Stück abhaben?«

»Jennifer war die letzten sechsunddreißig Stunden ununterbrochen hier, Liebes. Wir sollten ihr vielleicht eine Pause gönnen.«

»Sie will keine Pause.«

»Vielleicht will ich eine.«

»Oh, Mam!« Dianes Stimme hebt zu einem Quengeln an. Ellen verdreht die Augen und sagt: »Schon gut, schon gut. Geh jetzt nach draußen, okay? Sie kann um halb acht wiederkommen.«

»Um sieben.«

»Viertel nach sieben. Laß uns um Gotteswillen wenigstens Zeit zum Essen.«

Diane läuft hinaus.

»Die wär genau dein Fall, Joe«, sagt Ellen.

»Was ist ihre Spezialität?«

»Sie scheint mir eine Generalistin zu sein. Heute morgen beim Frühstück hat sie sich eingeprägt, wo jeder saß; dann, beim Mittagessen, hat sie genaue Erkundigungen darüber angestellt, warum wir nicht auf denselben Plätzen sitzen; dann, wo ich die Stühle herhabe und weshalb sie nicht zusammenpassen.« Sie lacht, nimmt sich wieder zusammen. »Ich sollte mich nicht über sie lustig machen, aber es ist so verlockend.«

»Oh«, sagt Joe, »das brauchen sie. Es ist ein Dämpfer für ihr Gefühl, was Besonderes zu sein.«

Ellen hat ein Faible für kleine, schnell hingeworfene Charakterskizzen. Wenn jemand ein Langweiler ist und nie irgendwas gemacht hat, das der Erwähnung wert wäre, denkt Ellen sich etwas aus: »Wunderst du dich nicht auch über Ray Bradley, Mom? Er wirkt so was von fade. Genau der Typ für einen schrecklichen Rauschgiftsüchtigen – einer, der sich's in den

Augapfel spritzt, weil er sich schon jede Vene im Körper ruiniert hat.« Jedesmal, wenn Joe mit einem seiner Genies daherkommt, zieht Ellen ihn wegen des Neids auf, den sie aus seiner Stimme heraushört: »Und wer war Kafka schon? Bloß noch ein Kerl, der sich von Frauen umsorgen ließ. ›Franzi‹, sagt sie, ›da lang. Da geht's zur Post.‹« Joe gefällt das – seine grundlegenden Annahmen bleiben davon unberührt –, er lacht und malt sich seine Genies mit Gesichtern und Verhaltensweisen aus.

Sie hätte Medizin oder Jura studieren sollen. Ich glaube, wir alle nahmen an, daß sie das tun würde, besonders Jerry, der einmal ihre Unterlagen durchging und alle ihre Empfehlungsschreiben kopierte: »Die beste Studentin, die ich je hatte«, »Ein brillanter Kopf«, »Höchste Intelligenz, aber mehr noch ein unerhörter Wissensdrang und eine phantastische Vorstellungskraft«, »Ein Talent, Informationen zusammenzufassen, das fast genial ist«. Sie erzählte ihren Professoren, es schwebe ihr eine akademische Karriere vor, und bekam auch ihre Empfehlungsschreiben, aber sie schickte ihre Unterlagen niemals irgendwohin, reichte nie auch nur eine Bewerbung ein. Sie heiratete Jerry, der damals siebenunddreißig war, und bekam sofort Diane und dann Tracy. Sie hatte Ausreden, die beinahe auf Gründe hinausliefen. Jerry sei zu alt, noch lang auf Kinder zu warten, sie habe sich nicht entschieden, welche Art Karriere sie wolle, kein Geld fürs Studium durch den Buchladen und all das. »Ich bin einfach faul«, meinte sie schließlich, und das ist seit Jahren ihr Standpunkt geblieben. Jerry sagt: »Es ist ein Verbrechen.«

Einmal trugen sie diesen Streit vor mir aus – heute ist es mehr Frotzelei als sonstwas –: »Es ist kein Verbrechen. Nicht mal ein Vergehen. Ich kann tun, was ich will.«

»Du vergeudest deine Begabung.«

»Ich glaub nicht, daß die viel wert ist, ehrlich. Aufs höchste überschätzt. Gar manche Blume ist geboren, im verborgenen zu blühen und an Wüstenluft ihre Süße zu vergeuden, du weißt schon.«

»Das ist englische Lyrik. In Amerika kannst du so was nicht machen.« Und diese Zankereien enden immer mit einem Achselzucken. Mein Ansatz war anders – Kinder können soviel Aufmerksamkeit nicht ertragen, sagte ich, besonders wenn es nur zwei sind. Sie müssen auch mal unbeaufsichtigt bleiben, um ihr Innenleben entwickeln zu können. Ein Achselzucken. »Ich arbeite im Buchladen, Mutter. Das nimmt viel Zeit in Anspruch.« Ich weiß. Was soll man noch sagen? Joe, denke ich, würde gern ihre Empfehlungsschreiben eintauschen. In seinen heißt es immer: »Kinsella war in den letzten Jahren einer meiner aufgeweckteren Studenten«, und Joe meint: »Gott sei Dank sind alle Genies Techniker. Sonst würde ich überhaupt nicht auffallen.«

Manchmal habe ich ein bißchen das Gefühl, in den Genuß eines Privilegs zu kommen, wenn ich dasitze und zuhöre, wie Ellens Erzählungen in die Luft steigen und sich verflüchtigen wie Seifenblasen, und ich erinnere mich, daß die Gespräche mit Pat auch so waren, und spüre einen Stich von Verlust. Ellen hält Jerry und mir empört vor: »Ist es nicht in Ordnung, einfach zu leben und zu sterben? Warum muß es immer ein Werdegang sein?« In den letzten acht Jahren hat ihre Weigerung, etwas aus sich zu machen, sich zu einem Prinzip verhärtet. Ich frage mich, warum es mir überhaupt etwas ausmacht. Vielleicht ist es ein nachhaltiger Stolz, wie der auf Michael und Joe – der Stolz, ein Phänomen hervorgebracht zu haben. Ich würde das Werk gern mal ausgestellt sehen.

Als ich Pat heiratete, wurde ich verstockt und lautstark ehrgeizlos. Allzeit unbeeindruckt, so war ich. Lee Salk reiste zu einem Vortrag an, und Pat führte ihn herum. Nichts hätte mich kälter lassen können. Irgendein Medizinnobelpreisträger aus England kam wahrhaftig zu uns zum Abendessen. Ich trat Pat und ihm in meinen Hausschlappen an der Tür entgegen. Ich war wie meine Onkel geworden, die im stillen fragten: »Aber kann er einen Hund kastrieren? Einen Zaun bauen? Das Vieh bei einem Schneesturm in den Stall treiben?« Ich besah sie mir alle mit nordisch kühler Skepsis. Hätte ich, wenn diese großen Männer auftauchten, meine Tanten und Onkel um mich haben können, die über Ruhr und Winterweizen redeten, mit Schlamm an den Stiefeln und Werkzeug in den Taschen ihrer Latzhosen, und dabei manchmal in den halb englischen, halb norwegischen Dialekt verfielen, den sie untereinander sprachen, wenn Fremde dabei waren, ich hätte es getan. Und als die Lehrer in der Grundschule über Ellen ganz aus dem Häuschen waren, spielte ich es stets herunter. Vielleicht habe ich so mein eigenes Phänomen abgewürgt. Heute würde ich es nicht mehr tun. Heute weiß ich, daß sie ein seltener und wertvoller Mensch ist, aber sie weigert sich, es einzusehen.

Sie saugt immer noch Wissen in sich auf. Im Buchladen sitzt sie auf einem hohen Hocker an der Kasse und liest. Und über der Uhr im Laden ist ein kleines Schild, auf dem steht: »Sie können in den Büchern gern lesen. Knicken Sie nur nicht die Buchrücken.« Jetzt lehnt sie sich zurück und schlürft ihren Wein, und ein Schauer durchläuft sie. Jerry überquert die Holzveranda vor der Fliegentür, und ihr Blick fällt auf ihn und geht wieder weg. Ich sage: »Der Rasenmäher ist repariert. Das Gras ist geschnitten.«

»Läßt du es zu Ballen pressen? Heutzutage kann man drei Dollar pro Ballen kriegen.«

»Können wir machen«, sagt Joe. »Machen wir aus Moms Garten eine Farm. Treiben wir Schweine und Truthähne zwischen Haus und Garage.«

Michael lächelt ein müdes Lächeln, nach dem Joe aus dem Augenwinkel Ausschau hält. Als es kommt, lächelt er mit. Als Joe sich wieder mir zuwendet, schaue ich auf das Tischtuch. Ja, ich bin pikiert über ihn. Er muß ja nicht jedes Gefühl so zur Schau stellen. Jetzt steht er auf und hebt die Topfdeckel auf dem Herd an, dann macht er den Backofen auf. Ein scharfer, würziger köstlicher Geruch wabert mir entgegen, voll von Kümmel und Pfeffer. Joe bückt sich und steckt den Kopf ein bißchen tiefer hinein. »Mmmh«, sagt er, »laßt uns essen.«

»Cholesterin spezial«, sagt Ellen. »Käse-Enchiladas mit Sauerrahm. Ich hab auch Guacamole und Bohnen und Reis gemacht.« Sie beugt sich zu Michael hinüber und boxt ihn in den Bauch. »Das ist was für dich, Freundchen. Wir kugeln nachher ja vielleicht unterm Tisch, aber du wirst zehn Pfund zunehmen.«

Michael sagt: »Heh, Joe, erinnerst du dich noch an das Mädchen, das du auf dem College gekannt hast, die in einem Semester zwanzig Pfund zunahm und immer noch so spindeldürr war, daß keiner sich vorstellen konnte, wo sie das alles hingegessen hatte; also kam sie eines Tages nach dem Abendessen, als ich eben bei dir zu Besuch war, in den Gesellschaftsraum, hob ihr Kleid hoch und streckte den Bauch raus, nur damit jeder ihn sehen konnte, und es war, als hätte sie eine Bowlingkugel verschluckt?«

»Lee Ann Clapper. Mit ihr wollte ich immer mal ausgehen.«

Nach dem Essen fängt Jerry mich in der Küche ab und sagt mit leiser Stimme: »Hat Ellen mit dir geredet?«

Ich trage einen Stapel Teller in den Händen. Ich stelle ihn hin. »Worüber?«

»Oh, na ja, heute nachmittag wurden ein paar Drohungen ausgesprochen.«

»In welcher Richtung?«

»In beide.«

»Und werden sie wahrgemacht?«

»Meine nicht. Bei ihr bin ich mir da nicht so sicher.«

»Was für eine Drohung?«

»Die große.«

»Unmöglich«, sage ich.

»Bei Ellen schien so was bisher immer unmöglich, aber sie steuert darauf zu. Sie fängt davon zu reden an. Du weißt ja, was Updike sagt.«

»Was?«

»Wenn erst die Rede davon ist, dann passiert es auch.«

Ich stütze die Hände in die Hüften und sage: »Das ist doch kein Ruderboot, das auf die Niagarafälle zutreibt, Jerry. Wenn es etwas gibt, worüber ihr euch zankt, kannst du dir helfen lassen, es zu regeln.«

»Hab ich noch nie gemacht. Du?«

»Hast du es je gewollt? Ich nicht.«

»Ich weiß gar nicht genau, was es ist. Wir streiten nie wegen Geld oder den Kindern. Wir haben sogar aufgehört, uns über Sex zu streiten. Wir streiten darüber, was wir argwöhnen, daß jeder vom anderen denkt. Es hat nicht mal was mit Liebe zu tun, überhaupt nicht. Sie wirft mir vor, daß ich grundlos wütend auf sie bin; dann werf ich ihr vor, daß es ihr nicht gefällt, wie ich meine Freizeit verbringe, das Fliegenlernen und all das; und dann brüllen wir uns einfach an! Und ich denk mir: Ja, ich bin oft wütend und ich lasse mich auf diese zwecklosen Passionen ein, die Geld kosten und zu nichts führen, zu keiner Karriere oder so was, und, ja, sie wertet immer alles und ist überrational und erwartet, daß alles, was man tut, ordentlich und vernünftig ist. Und dann seh ich uns als diese keifenden Neurotiker, die in nichts zusammenpassen außer im Ausmaß ihrer falschen Vorstellungen. Und dann gehe ich ins Bad und starre mich im Spiegel an und denke daran, daß ich sechsundvierzig bin und eigentlich nie richtig gut ausgesehen hab, und daß sie mir vielleicht in Wirklichkeit sagen will, daß ihr ein anderer Mann besser gefällt, irgendein dreißigjähriger Junge mit einem Körper in Hochform.«

Ich sehe an Jerry vorbei, und da ist Ellen, mit hellen Augen. Sie sagt: »Schüttest Mom dein Herz aus, was? Mach nur weiter. Mir egal. Wollt ihr Kaffee? Ich hab keine Zeit für 'nen anderen Mann.«

Ich lächle.

»Worüber lächelst du?« fragt Ellen.

»Über nichts.«

»Tust du doch. Du hast zweifelsfrei gegrinst. Ich mein, es war nicht fröhlich, aber es war ein Grinsen.«

»Ich hab wohl nur den Mund verzogen. Es ist nichts.«

Sie schaut mich mißtrauisch an, setzt mir aber nicht weiter zu. Ich fange an, das Geschirr zu spülen. Das Mädchen, Jennifer, kommt durch die Schwingtür herein und sagt: »Kann ich noch ein Stück Torte haben, Ellen?« Dann, zu mir: »Rachel, hast du die Glasur absichtlich grün gemacht?«

»Ja.«

»Warum.«

»Weil Diane die Farbe mag.«

»Aber ...« sagt Jennifer. Ellen reicht ihr einen Teller mit einem Stück Torte drauf und sagt: »Geh jetzt raus spielen, Jennifer.«

»Kann ich den Teller und die Gabel nach draußen mitnehmen?«

»Ja.«

»Wo soll ich ihn hinstellen, wenn ich ihn wieder reinbringe?«

»In die Spüle, das reicht.«

»Und wenn Krümel auf dem Teller sind?«

»Das macht nichts. Geh raus, Jennifer.«

»Okay.« Sie geht, aber nicht ohne vorher auf alles im Raum einen langen Blick zu werfen, mich eingeschlossen.

Ellen sagt: »Mit ihr red ich in einem Ton, wie ich ihn bei niemand sonst anschlagen würde. Ich bin sicher, jeder macht das. Irgendwie gereizt und überdirekt. Sie ist erst sieben. Wie ist sie nur so geworden, und das so schnell? Jedenfalls, Diane liebt sie, liebt die Art, wie sie sich mit gespreizten Beinen mitten im Zimmer aufpflanzt und alle Erwachsenen mit Vornamen anredet, sogar die Lehrer in der Schule.« Bei dem Gedanken wirft Ellen den Kopf in den Nacken und lacht. »Okay, Mutter«, sagt sie. »warum hast du gegrinst?«

»Ich wollte gar nicht.«

»Ja, du wolltest verbergen, was du eben dachtest, genau wie du's immer machst.«

»Ich sag, was ich denke.«

»Du bist ehrlich. Aber du bist nicht offen. Also sag schon.«

»Ich mußte bloß an was denken.«

»An was?«

»Warum drängst du mich? Es muß ja gar nichts mit dir und Jerry zu tun haben.«

»Ein Grund mehr, daß du's mir sagst.«

»Ellen!«

»Mach schon, werd wütend. Mir macht das keine angst; ich will es wissen, und ich werde dich tagelang löchern, bis du mir's sagst.«

»Es ist etwas, woran ich schon lange nicht mehr gedacht habe und das mir eben mal eingefallen ist. Alles halb so wild.«

»Jetzt hörst du dich an wie Joe. Jedesmal, wenn Joe das sagt, heißt das, daß es wirklich wild ist. Ich behalt dich im Auge, Mutter.« Das meint sie auch so. Sie trägt die Kaffeekanne durch die Schwingtür hinaus.

Als sie in die Küche zurückkommt, wo ich mit dem Geschirrwaschen fast fertig bin, sagt sie: »Willst du wissen, worüber wir meiner Meinung nach gestritten haben?«

»Worüber?«

»Ich mein, abgesehen von der ewigen Frage, ob Frauen einen Sexualtrieb haben, ist es diese Art, daß Jerry mich immer aus dem Haus haben will. Ich mein, ich gebe zu, ich bin heute schlecht aufgelegt. Aber sowie ich ihn heute morgen gebeten hab, mir das Brot rüberzureichen, hat er gesagt, ich soll doch irgendwo hingehen. In die Sauna, außer Haus frühstücken. Es ist so, als hätte er Angst, ich könnte was kaputtschlagen oder so. Es ist bloß schlechte Laune, keine mörderische Wut. Nur, daß er so dasitzt, zu den Kindern schscht macht und das Zeitungsrascheln unterdrückt, und im Nu ist es eine mörderische Wut! Ich will nicht weggehen. Ich hasse Weggehen. Ich will genau hier sein, oder vielleicht im Wohnzimmer. Warum versteht er das nicht an mir? Er ist es, der ausgehen will und Soloflüge machen und mit dem Rad nach Bloomington fahren will.«

»Du erzählst mir bloß, oder? Du erwartest von mir keine Antwort?«

»Nein. Nein, tu ich nicht. Es ist sowieso vorbei. Komm Kaffee trinken.« Sie nimmt die Kanne und geht durch die Schwingtür hinaus.

Ich dachte natürlich an Ed, daran, daß ich trotz allem Zeit für ihn hatte. Wer ist der meistbeschäftigte Mensch auf der Welt, beschäftigter als eine Frau mit fünf Kindern und einer Küche im Umbau? Wäre ich dieser Mensch gewesen, ich hätte trotzdem noch Zeit für ihn gefunden.

Im Eßzimmer unterhalten sich Jerry und Michael über Indien, und Joe sitzt an der Tür zum Wohnzimmer auf dem Boden und sieht einen Stapel Bücher durch. Jerry sagt in einem fort: »Du machst Witze?«, und seine fortgesetzte Ungläubigkeit läßt Michael anscheinend warmlaufen. Er sagt: »Nein, wirklich. Wir sind bis in über viertausend Meter Höhe gekommen, und es war wie nichts. Ich mein, stell dir mal vor: Man ist tausend oder dreizehnhundert Meter höher als, sagen wir, in den Tetons, und überall um einen herum sind immer noch Gipfel so hoch über einem, als stünde man eben nicht auf den Tetons, sondern auf Meeresniveau. Es ist wie nichts, das man je gesehen oder gefühlt hat. Ich mein, die Welt ist soviel größer, als man je gedacht hat.«

Jerry beugt sich auf die Ellbogen gestützt vor und sagt: »Toll. Hast du Fotos gemacht?«

»Na ja, es war zu groß für Fotos. Ich hatte keine gute Ausrüstung, nicht mal ein Weitwinkelobjektiv, und außerdem war es arschkalt. Also hab ich mir gedacht, Scheiße, das hier vergess' ich sowieso nie.«

»Ich kann dir gar nicht sagen, wie ich dich beneide.«

Ich auch.

Michael wippt mit seinem Stuhl zurück und sieht an die Decke. Dann sagt er zu Jerry: »Ich frag mich, ob du das solltest. Ich mein, ja schön, ich hab's gesehen, und es war wunderbar und unvergeßlich, genau wie die ganze Reise. Aber jetzt fühle ich mich so plattgewalzt, wie mit dem Nudelholz ausgerollt, und kann mich nicht wieder einkriegen und auf irgendwas konzentrieren. Ja, das ist es. Bin ich eben erst draufgekommen. Ich möchte jetzt überall hin – Japan, Neuseeland, in die Antarktis Gott behüte –, aber wenn du dahin fährst, klapperst du die Orte irgendwie einfach nur so ab, und wenn du dir im Kopf ein Bild davon machst, kommst du dir vor wie ein Luftballon, der sich aufbläst und immer dünner wird, nur damit er alles fassen kann. Alles wird frustrierend. Solang man da ist, kann man nicht ganz da sein, und wenn man irgendwie verstanden hat, was es heißt, da zu sein, ist man schon nicht mehr da. Ich glaub, die Menschen sind genetisch darauf programmiert, das ganze Leben an einem Ort zu bleiben. Ich glaub, ein Ort ist genau so viel, wie man verstehen kann.«

Ellen sagt: »Warum ist die Geschichte der Menschheit dann die Geschichte des Reisens? Mir scheint, die Menschen organisieren ihre Gesellschaften auf zweierlei Weise – entweder nomadisch, wo jeder im Leben Tausende von Meilen zurücklegt, oder als Ansiedlungen, aus denen jeder flieht und dann wieder zurückkehrt. Ich glaub, die Menschen sind genetisch aufs Gehen programmiert. Einfach gehen, bis die Batterien leer sind.«

»Die Augen sind es«, sagt Joe aus seinem Winkel. »Die Augen machen einen glauben, daß man wo ist, wo man in Wirklichkeit gar nicht ist. Ich mein, denk mal drüber nach. Ein Mann geht die Treppe hinunter. Er sieht die Eingangstür und draußen sein Auto, und weil er sie sieht, ist er in Gedanken schon dort, ist er schon die Treppe runter, obwohl er immer noch darübergeht. Ein Stück Teppich ist lose. Sein Fuß, der genau dort ist, wo er in Zeit und Raum ist, verfängt sich im Teppich, und er stürzt die Treppe runter und bricht sich das Genick. Er hat sich fatalerweise von der Illusion täuschen lassen, die die Augen einem vorgaukeln, daß das Dort wichtiger ist als das Hier und daß, weil Zeit und Raum ja dasselbe sind, die Zukunft wichtiger ist als das Jetzt.«

Jerry sagt: »Ich würd's trotzdem gern sehen.«

Ich auch.

Ich sage: »Hättest du's lieber nicht gesehen?« Michael betrachtet mich lange – in Wirklichkeit nicht mich, sondern seinen eigenen Gedanken. Wir schauen ihn alle an, wartend. Er sagt: »Es wär mir lieber, ich würde nicht von Erfahrungen geformt. Ich hätte sie lieber einfach, ohne sie zu verinnerlichen.« Er seufzt.

»Du wärst also gern ein Computer«, sagt Joe.

Es erweist sich, daß Jennifer über Nacht bleibt, obwohl sie erst letzte Nacht hier geschlafen hat. Als Ellen Jennifers Mutter anruft, sagt die Frau: »Oh, schön.«

Nun ist es schon nach neun. Wir sitzen auf der hinteren Veranda. Joe und Michael, zwischen denen ich noch immer eine gewisse Steifheit feststelle, und Jerry und Ellen, dito, trinken Bier. Ich sitze bei einem weiteren Glas Wein, und seit etwa fünf Minuten hat keiner mehr gesprochen. Es gibt keine Beleuchtung außer dem schwachen Widerschein der Lichter der Stadt am Himmel. Ich kann ihre Gestalten, ziemlich bläulich, um mich herum verteilt sehen und ihre Bewegungen hören. Ellen sagt träge: »Also, Mom, warum hast du in der Küche gegrinst?«

Ich gebe zu, ich bin perplex. Dieses Gespräch scheint eher passend für die Küche, bloß zwischen Ellen und mir. Nur daß sie natürlich nicht weiß, weswegen ich das Gesicht verzogen habe, und das vielleicht für eine Möglichkeit hält, mich aufzuziehen, was sie ja gern tut. Daß ich es nicht mehr weiß, kann ich nicht sagen. Ich kann etwas Allgemeines sagen – über das Verlangen vielleicht und daß, wenn ein Mensch etwas nur genug will, immer Platz dafür ist. Sie weiß, daß ich das Verlangen für die einzige Motivation halte. Oder ich könnte eine Geschichte über jemanden aus dem Büro erfinden, irgendeine Frau mit einem Haufen Kinder, einem Mann und einem Liebhaber nebenher. Sie läßt das Mittagessen ausfallen, die Aerobic-Stunde, sie holt ihre Kinder eine halbe Stunde später aus der Kindertagesstätte ab. Sie ist beharrlich auf dem Posten, wie ich es war. Ich könnte sie zum Leben erwecken, die andern zum Lachen bringen über sie, wie Joe und Michael über den Mann mit dem Schuhtick gelacht haben. Sie zieht sich jeden Tag ein bißchen besser an als früher, legt ein bißchen mehr Make-up auf, ist so konzentriert und aufmerksam, daß nicht nur ihre Arbeit stets erledigt, sondern ihr Schreibtisch stets geordnet ist. Sie räumt ihn zwanghaft auf, nicht wahr? Ein neues Leben durchströmt sie, anders als jedes frühere – nur ist sie diesmal verheiratet, und was sie empfindet, setzt sich zu gleichen Teilen aus Schrecken und Verlangen zusammen. Ich könnte sagen, daß sie weiß, was ich heute weiß, aber vor zwanzig Jahren nicht wußte, daß der Schrecken wie das Verlangen sich erfüllen werden, zu gleichen Teilen. Diese Frau kommt mir mit einem Mal so real vor, daß hier im Dunkeln an sie zu denken eine seltsame Wirkung hat. Ich denke mir, warum nicht? Sie sind doch erwachsen, haben ihre eigenen Leidenschaften gehabt. Ich habe nie jemandem erzählt, wie es mit Ed war und was daraus wurde. Ellen hat recht. Ich bin zwar ehrlich, aber immer schon verschlossen gewesen. Oder nein. Immer war ich nicht verschlossen. Früher war ich reserviert, und dann, vor zwanzig Jahren, wurde ich verschlossen.

Ein Schattenriß vor dem Silber des Hauses, setzt Joe sein Bier an und trinkt die letzten Tropfen. Den ganzen Sommer hat er mir zugesetzt, seine Erinnerungslücken zu füllen, aber nur bestimmte. Er hält mich für geschlechtslos, auf diese mutterhafte Art, und hat mich damit abgehakt, wie Männer immer Frauen abhaken, die sie sich nicht als Objekte der Begierde vorstellen können. Nun, ich hab ihn ja auch gelassen, oder nicht? Pat heiratete beim zweiten Mal eine schöne junge Frau und zeugte in den Vierzigern noch weitere Kinder. Doch meine große Leidenschaft war es, ein Haus zu kaufen, und ich benahm mich, als wäre Simon vor allem ein Handwerker gewesen, und küßte ihn nie vor den Kindern. Und erst Ellen. Unser gegenseitiger Trost, unser Verwandtschaftsgefühl, besteht aus Kindern, Kochen, Klatschen über den Buchladen und das Büro, doch nie über so was. Ich weiß, sie nimmt an, daß Pat an unserer Trennung schuld war. Ich sage mit ebenso träger Stimme wie Ellen: »Meiner Erfahrung nach schafft man Platz für alles, was man will, wenn man es genug will. Selbst für einen Mann zur falschen Zeit.«

Ellen wendet den Kopf und sagt: »Ach ja?«, aber die Männer rühren sich nicht. Ellens Augen sind dunkel, und ich kann nicht sagen, ob sie mir bedeuten: » Mach weiter«, oder: »Tu's nicht.« Ich mache weiter. Ich sage: »Ich hab ja auch Platz für Ed geschaffen.«

Joe sagt: »Wer war Ed? Ich kann mich an keinen Ed erinnern.«

»Ed war der dritte Eckpunkt in dem Dreieck, das die Ehe mit eurem Vater beendete. Er lebte in derselben Straße, in dem alten Farmhaus, das auf dem Anwesen stand, ehe es aufgeteilt wurde.«

»Auf dem Land?« fragt Joe. Er spricht vom Land, wie immer, in golden verklärtem, sehnsuchtsvollem Ton.

»Ja. Ich hab ihn kennengelernt, weil er ein altes Pferd hatte, auf dem er ohne Sattel die Straße rauf und runter ritt. Ich war früher in Nebraska auch ohne Sattel geritten, also kamen wir über Pferde ins Gespräch. Er war aber Schriftsteller. Edward Stackhouse.«

Ellen sagt: »Ich hab von ihm gehört.«

»Mmmm«, sage ich. »Es war ein altes Pferd mit stark durchhängendem Rücken. Wurde zusammen mit dem Haus verkauft. Er blieb stehen, wenn Michael, Joe und ich die Straße entlangkamen, und setzte Michael vor sich aufs Pferd. Joe wollte nicht, nie.«

Joe fragt: »War es ein weißes Pferd?«

»Ein geschecktes sehr helles Grau, ja. Ed lachte über alles, was ich sagte. Er blieb stehen, und ich machte eine Pause bei dem, was ich gerade tat, und wir redeten miteinander. Dann redeten wir länger. Seine Augen hatte eine eigenartige Farbe, eine Art Blau wie auf unserer Fahne. Er war schon überall gewesen, obwohl er erst in den Zwanzigern war. Seine Frau hatte ihn verlassen, also gaben wir, glaube ich, ein hübsches Bild für ihn ab, die Zwillinge, der Umbau, Rasen und Garten, Abendessen um sieben, ganz à la Kennedy. Er gab aber auch ein hübsches Bild ab. Asketisch, einsam, künstlerisch. Er hatte für einen von Kennedys Redenschreibern gearbeitet und schrieb jetzt an irgendeinem Buch über das Weiße Haus. Ich konnte einfach nicht die Finger von ihm lassen.«

An dieser Stelle kommen verschiedene Geräusche – von Michael ein Lacher, ein Grunzen von Joe. Von Ellen ein kleines Schnauben, scharf, aber fast unhörbar. Beim Reden fällt mir noch mehr ein. Jetzt kann mich nichts mehr aufhalten.

»Das einzige, was er je im Haus hatte, war Kaffee. Vor oder nach ihm hab ich nie Kaffee getrunken, aber mit ihm immer. Er machte mir welchen, sehr cremig und süß.«

»Und wo waren wir?« fragt Michael.

»Zunächst wart ihr immer bei mir, aber dann kam der Sommer, und euer Vater brachte die Älteren in einem Tagescamp unter und euch drei Vormittage die Woche in den Kindergarten. Ich war mir nie wirklich sicher, ob er sich freuen würde, mich zu sehen, wenn ich ohne euch ankam, also hab ich, auch als wir schon miteinander geschlafen und uns regelmäßig getroffen haben, immer eine kleine Ausrede erfunden, weshalb ich zu ihm kam. Der Teil war verrückt.«

»Der Teil?« sagt Ellen.

»Na ja. Ich mein, ich wußte, ich wurde erwartet, aber ich mußte trotzdem immer irgendwas mitbringen, Blumen oder einen Laib Brot, wie ein Gastgeschenk, und wenn wir dann anfingen, uns gegenseitig auszuziehen, mußte ich immer vor mir selber so tun, als hätte ich das nicht vorgehabt, als wäre dieser

Körper, der da aus meinen Kleidern auftauchte, für mich eine Riesenüberraschung.«

»Klingt nach Liebe, Ma«, sagt Michael.

»Ich weiß nicht. Es war nicht einfach nur Erregung. Das Gefühl war wie ein stetes, unstillbares Sich-Sehnen. Es war ständig da, sogar wenn ich bei ihm war. Ich ging hinüber, und in dem Moment, wo ich ihn sah, hörte es auf, aber nur für diesen einen Moment. Danach gab es soviel, das er vor mir zurückhielt, daß ich, wenn ich bei ihm war, genauso voll Sehnsucht war wie wenn nicht. Wenn wir uns geliebt hatten, schlief er, und ich lag wach und fragte mich, was ihr Kinder im Camp oder im Kindergarten wohl eben machtet.«

Joe sagt: »Klingt ja heiter, Ma. Klingt lebensbejahend.« Seine Stimme ist gedämpft.

»Hat Daddy das Haus überwachen lassen?« fragt Ellen. »Wurdest du von zwei Deutschen in einem schwarzen Lieferwagen verfolgt?«

»Er hatte keinen Verdacht, bis ich's ihm sagte. Vielleicht war das das wichtigste daran.«

»Was hast du ihm gesagt?«

»Daß ich mich mit Ed traf und nicht damit aufhören wollte. Aber ich hab damit aufgehört. Die Beziehung dauerte nicht länger als die Ehe.«

Michael fragt: »Warum hast du's ihm gesagt?«

»Na ja, zunächst mal war die ganze Sache ein fürchterlicher Streß.« Sie starren mich an, was diese Erklärung ziemlich banal wirken läßt. Ich vermute, alle Erklärungen, die ich in den vergangenen zwanzig Jahren erwogen haben, wirken banal, wenn man die Folgen bedenkt. Ich setze zu Rechtfertigungen an – »ich wußte nicht, was ...ich dachte ...« –, aber ich kann es nicht ertragen. Ich schaue von einem zum anderen.

Schließlich sage ich: »Ich wollte, daß er weiß, daß ich nicht ihm gehöre.« So eine Lappalie, wo sie mich doch so ansehen.

Nach einem Moment sagt Jerry: »Also dieser Ed, was war weiter mit ihm?«

»Ungefähr eine Woche, nachdem Pat euch alle nach England mitgenommen hatte, sagte er, daß er mich nie wieder sehen oder mit mir sprechen wollte. Er war ein sehr entschiedener Mensch. Manchmal hab ich ihn in der Gegend gesehen, aber er hat Wort gehalten. Er hat nie wieder mit mir gesprochen.«

»Warum?«

»Ich hab ihm ein paarmal geschrieben und ihn danach gefragt. Er hat nicht geantwortet. Damals dachte ich, daß er bloß grausam war oder mich haßte. Ich konnte es mir nicht anders erklären. Später dachte ich, daß er Angst hatte, vor mir und vor dem, was er getan hatte.«

Michael sagt: »Wie lange hast du gebraucht, um drüber wegzukommen?«

»Ungefähr ein Jahr danach hab ich aufgehört, Ed zu lieben. Wirklich aufgehört. Ihn im Supermarkt nicht mal mehr erkannt. Aber ich glaub nicht, daß ich je drüber weggekommen bin. Jedesmal, wenn ich mich danach für jemanden zu interessieren anfing, bin ich in einen solchen Gefühlswirrwarr von Verlangen und Defätismus geraten, daß es zu beängstigend war. Sogar bei Simon. Ich hätte Simon näherkommen können, aber ich konnte einfach nicht. Ich konnte mich nicht über einen bestimmten Punkt hinaus gehenlassen, ohne daß ich mich dafür umbringen wollte.«

»Dich umbringen wolltest?« Michael scheint sich hier eine Art Vorrecht anzumaßen, als ginge ihn das alles mehr an als die anderen. Wir wechseln einen Blick, und ich bin mir nicht ganz sicher, was ich da sehe, aber Überraschung ist es nicht. Ich sage: »Es war eigentlich nicht Traurigkeit. Es war das Gefühl, daß man weiter und weiter angezogen wird, ermutigt, Vertrauen zu fassen, sich zu öffnen. Ed liebte es zu reden, mich zum Reden zu bringen. Das war's, was wir am meisten gemacht haben. Und dann war es plötzlich vorbei. Es war unerklärlich. Es war das

Rätsel daran, weswegen ich mich umbringen wollte, nicht direkt der Verlust. Dieses Gefühl des Sich-Öffnens hat sich mit dem Gefühl einer rätselhaften Gefahr verknüpft. Aber sieh's mal so – ich hab mich gehenlassen und wurde dafür bestraft. Von Ed und auch von eurem Vater. Und ich dachte, daß ich es verdient hab. Und ich dachte, ich würde euch nie mehr wiedersehen. Also, nein, ich bin nie drüber weggekommen. Ich hab mich nie wieder gehenlassen, weil ich mich nie mehr umbringen wollen wollte.« Ich sehe Michael an, aber er schaut ans andere Ende des Gartens. Nach einem Moment sage ich: »Ich glaub nicht, daß ich Ed am meisten geliebt hab. Aber es sind nicht notwendigerweise die, die man am meisten liebt, auch die, die die größte Wirkung auf einen haben.«

»Also«, sagt Ellen, »wen hast du am meisten geliebt?«

»Oh, euren Vater, vermute ich.«

Jetzt sieht Ellen mich wieder an und sagt: »Komm schon, Mutter, wie konntest du denn?«

Ich sage: »Na ja, nicht weil er der erste war oder so was, oder auch nur, weil ich mit ihm am längsten zusammen war. Er war aufregend. Außerdem, was du von mir verlangst, ist nicht, die Gefühle, die ich für ihn hatte, mit denen zu vergleichen, die ich damals für andere hatte. Du verlangst von mir, eine Selbsttäuschung mit einer anderen zu vergleichen.« Wir kichern alle verlegen. Wieder gibt es ein langes Schweigen. Ich weiß nicht, wie die Geschichte auf sie gewirkt hat, aber daß ich sie erzählt habe, macht mich hohl vor Angst. Daß ich sie die ganzen Jahre für mich behalten habe, hat mir Kraft gegeben, und nun kommt es mir vor, als hätte ich das alles aufs Spiel gesetzt. Und dann sagt Ellen: »Ich hab auch eine Geschichte. Wollt ihr sie hören?«

Jerry setzt sich auf der Chaiselongue auf und sieht zu uns herüber. Er sagt: »Geht es darin auch um einen Liebhaber?«

»Nein«, sagt Ellen. »Es geht um Daddy, und du kennst sie schon, also warum holst du nicht noch ein paar Biere?« Jerry steht auf. Ellen blickt mich an, und als Jerry das Licht in der

Küche andreht, kann ich ihr Gesicht sehen. Ihr Blick ist weder vertraulich noch versonnen, sondern voll kühler Rachsucht. Jetzt ist es an mir zu denken, tu's nicht, zu begreifen, daß sie, als sie sagte: »Wie konntest du denn?«, meinte, wie ich es wagen könne, nach all den Jahren zu sagen, daß ich Pat am meisten geliebt hatte, nach diesem Verlassenwerden, diesen Kämpfen und dieser Feindseligkeit. Sie meinte: Wie konnte ich ihre Loyalität zu mir so lange im nachhinein noch verraten. Sie ist drauf und dran, etwas zu sagen, das meine Strafe sein wird, und mir schaudert davor, es anzuhören, doch ich bin auch begierig darauf.

Michael sagt: »Was ist deine Geschichte?«

Ellen wendet sich zu ihm. »Erinnerst du dich an Jenny? Sie war eine Holländerin, ungefähr fünfundzwanzig, die Daddy mit sich zurück in die Staaten nahm. Sie lebte ungefähr drei Monate bei uns und ging dann fort?«

»Blond?« sagt Michael.

»Ja. Sehr klein. Nicht viel größer als ich mit elf.«

Michael zuckt die Achseln.

»Die böse Stiefmutter?« sagt Joe.

»Oh nein«, sagt Ellen. »Sie war ganz nett. Einfach ein junges Ding. Dauernd am Keksebacken und Essen. Sie konnte nicht sehr gut Englisch, aber sie machte diese Kekse, und dann haben sie und Daniel und ich uns an den Küchentisch gesetzt und Kekse gegessen und uns angelächelt. Ich glaub, wir haben ihr leid getan, weil sie wußte, daß sie Daddy verlassen konnte, aber wir nicht.«

»Also?« sagt Joe.

Ellen lehnt sich zurück und sieht in den Garten hinaus. »Eines Tages, als wir in England waren, war ich wirklich früh schon auf und kam in die Küche, und dort saß Daddy, schon im Anzug, und trank Kaffee. Es war noch dunkel, also muß es Winter gewesen sein. Ich fragte ihn, warum er schon fertig angezogen war, und er sagte, er müßte schnell mal rüber nach Amsterdam, um Jenny zu holen, ob ich mich an Jenny erinnere, um sie herzubringen, damit sie sich um uns kümmert, ob mir das gefallen würde? Na ja, ich wußte nicht so recht, aber ich wußte, daß Holland auf der anderen Seite des Meeres lag und weiter weg war als eine Tagesreise, also fragte ich, ob wir mitkommen würden, und er sagte nein, Mrs. Frith, die Aufwartefrau, würde tagsüber nach uns sehen. Und ich sagte: ›Na, aber wer sieht abends nach uns?‹, und er sagte: ›Es ist ja bloß eine Nacht, und hier ist England, du bist schon elf, und Daniel ist auch schon ein großer Junge, und drum denke ich, wenn ihr die Türen absperrt und die Vorhänge zuzieht, wird schon alles in Ordnung sein.‹ Gleich danach trank er seinen Kaffee aus, stand auf, gab mir einen Kuß und ging, und ich weiß nicht, was er sich dabei gedacht hat. Was, wenn ich nicht so früh aufgestanden wär? Was, wenn ich ihn verpaßt hätte?«

»Er hat sich gar nichts dabei gedacht«, sagt Joe. »Er folgte seinem Schwanz nach Holland. Das ist es, was Vater immer getan hat.«

»Wie auch immer«, sagt Ellen, »bald danach wachte auch Annie auf, und ich hab sie angezogen, und dann Daniel und euch Jungs, und ich dachte, Mrs. Frith würde kommen, um uns zur Schule zu bringen. Wir waren alle fix und fertig, abgefüttert und angezogen, und saßen irgendwie an der Tür und warteten, eine lange Zeit. Doch Mrs. Frith kam erst gegen Mittag, und bis dahin machte jeder schon etwas anderes, also sagte ich ihr nichts. Sie war eine sehr fröhliche Frau, Mrs. Frith, aber vielleicht trank sie oder hielt uns für komisch, weil wir Amerikaner waren, denn sie stellte keine Fragen, und an einem Punkt sagte ich: ›Hat mein Vater Ihnen gesagt, daß er verreist?‹, und sie sagte: ›Nein, wieso, Liebes?‹, und darum sagte ich kein Wort mehr. Etwa um fünf ging sie.

Na ja, sie hatte uns was zu essen gemacht – das war das einzige –, und um sechs brachte ich es auf den Tisch, Punkt sechs, weil Daddy für diese Art Pünktlichkeit immer was übrig und ich das Gefühl hatte, wenn ich nur alles richtig machte, würde er schneller zurückkommen – früh genug, um uns am nächsten Tag in die Schule zu bringen. Das Komische dabei war, daß keiner fragte, wo er war, wenigstens keiner von den Jüngeren. Aber Michael und Joe zankten sich wie verrückt, brüllten und schubsten einander und heulten, von nach dem Abendessen bis um halb zehn, bis ich beschloß, daß jetzt Schlafenszeit war. Ich tat genau, was Daddy gesagt hatte – ich zog die Vorhänge zu, sperrte die Tür ab und weigerte mich, Angst zu haben. Daniel fing an, zum ungefähr zehnten Mal seine gesamte Comic-Sammlung durchzulesen, die er aus Amerika mitgebracht hatte, und Annie sah mich andauernd an, aber sie sagte nicht viel, und ich rückte freiwillig nichts heraus.

Am nächsten Tag hab ich alle lang schlafen lassen, aber selber schon im Morgengrauen Ausschau nach ihm gehalten. Mrs. Frith kam, und wir waren alle noch im Pyjama, aber sie sagte nichts. Sie fragte, wo Daddy sei, und ich sagte, er wär sehr zeitig ins Krankenhaus gefahren und hätte uns eine Nachricht dagelassen, daß wir nicht zur Schule müßten. Es war mir einfach furchtbar peinlich, daß er noch nicht wieder da war. Immerhin sorgte sie dafür, daß wir uns anzogen. Bis Freitag wurde sie noch mißtrauischer, aber ich erfand ein lange Geschichte, daß er gleich nach der Arbeit kommen würde, um mit uns eine Woche nach Irland zu fahren, und ich sagte sogar, sie könne ja im Krankenhaus anrufen und ihn selber fragen, wenn sie wollte, aber ich wußte, daß sie das nicht tun würde, weil sie ein tiefes Mißtrauen gegen das Telefon hatte und sehr ungern anrief, besonders Daddy, der es haßte, bei der Arbeit von irgendwem belästigt zu werden.

Na ja, ich weiß noch, daß ich am Freitag überzeugt war, daß er nicht wiederkommen würde und daß ich mir einen Weg würde ausdenken müssen, mich um alle zu kümmern und alles zu bezahlen – Mrs. Frith beispielsweise. Den ganzen Tag dachte ich daran, daß sie montags bezahlt wurde und daß, wenn der Montag kam, ich nichts haben würde, sie zu bezahlen, geschweige denn, Miete zu zahlen oder Essen zu kaufen, und den ganzen Freitag lang war ich irgendwie starr vor Angst. Michael und Joe führten sich wieder schrecklich auf – zankten und rannten herum und taten sich, wie ich glaubte, gegenseitig wirklich weh –, und Daniel sagte in einem fort, alle müßten mal raus und in den Park. Annie war sehr still, was mir ganz recht war, aber ich hatte Angst, sie könnte anfangen zu weinen.

Schließlich, am Samstag, ließ ich mich von Daniel überreden, in den Park zu gehen, und so zogen wir uns ordentlich an, damit keiner merkte, daß wir keine Eltern hatten, und machten uns in Reih und Glied auf den Weg in den Park. Ich hielt Annie an der Hand, und Daniel führte Michael und Joe, jeden auf einer Seite. Es war unglaublich weit, und es waren massenhaft Leute zum Einkaufen unterwegs, und irgendwann kamen Daniel und Michael angelaufen und sagten, daß Joe sich losgerissen hatte und verschwunden war, und er war wirklich weg, ungefähr drei Minuten lang konnte ich ihn nirgends sehen, und ich sah Annie an, und sie ließ das alles auf sich einstürzen, irgendwie entsetzt. Dann entdeckten wir Joe, er schaute sich eine Auslage an, und wir liefen hin und schnappten ihn. Danach meinte Daniel, daß wir doch nicht in den Park gehen sollten, weil das zu weit war und er nicht gleichzeitig auf Michael und Joe aufpassen konnte, also drehten wir um, gingen heim und aßen Kekse.

Sonntag beschloß ich, den Müll rauszutragen, und ich ging eben mit dem Papierkorb die Treppe des Apartmenthauses hinunter, als diese Frau, die ich schon ein, zwei Mal im Lift gesehen hatte, auf mich zukam und sagte: ›Ihr Kinder macht aber eine Menge Krach.‹ Also entschuldigte ich mich, und sie sagte: ›Euer Vater sollte mit euch in den Park gehen und den Mitbewohnern ein bißchen Ruhe verschaffen. Dein Vater ist dieser große Mann, oder?‹ Und dann machte sie eine Pause, starrte mich an und sagte: ›Ich hab euren Vater schon seit Tagen nicht mehr gesehen.‹ Und ich sagte, so kühl, wie's nur ging: ›Na ja, wirklich, er ist nach Holland gefahren, und ich glaub nicht, daß er wiederkommt.‹ Und ging weg.«

Sie hält inne, und es gibt Dinge, die ich sagen könnte, aber ich weiß nicht was. Wo war ich? Stand in meiner kahlen Wohnung auf, schlüpfte in die Kleider und zur Tür raus, schrieb Pat jeden Tag Briefe, flehte ihn an, die Kinder wieder heimzubringen. Bis zum Ende des Winters hatte er noch nicht einmal geantwortet.

»Am Montagmorgen stand sie vor der Tür, mit einer anderen Dame in einem Kostüm, die durch die Wohnung ging, in die Schränke und den Kühlschrank sah und mir einige Fragen stellte. Ich mein, ich war ja nicht blöd. Ich hatte damals schon *Oliver Twist* gelesen, und als ich sie sah, erkannte ich Mr. Bumble, den Büttel. Ich wußte, daß die Jungs in einem Haus sein würden und Annie und ich in einem anderen und daß man uns unsere Puppen und Bücher wegnehmen und uns am Ende an Banden von Straßendieben vermieten würde.« Sie lacht plötzlich auf, aber sie ist die einzige. »Also machte ich den ganzen Tag sauber und ließ auch Daniel mithelfen. Genau gesagt sperrten wir Michael und Joe fünf Stunden lang in ihrem Zimmer ein, damit wir den Laden auf ordentlich kriegen konnten, für den Fall, daß die Behörden sich dadurch überzeugen ließen, daß wir selbst für uns sorgen konnten. Ich holte alle Lebensmittel aus den Küchenschränken und stellte sie so um, daß es nach mehr aussah, als da war.

Am nächsten Tag um die Mittagszeit fährt draußen ein Wagen vor, auf dem ›Christliches Kinderheim South Kensington‹ steht, und ich holte Daniel, und wir stellten einen Stuhl gegen die Tür, liefen in eines der Schlafzimmer und versteckten uns. Wir sagten Annie und Michael und Joe, daß da Leute kamen, um uns wegzuholen – was die buchstäbliche Wahrheit war, oder nicht? –, und sagten, sie müßten ganz still sein, und dann saßen wir einfach da. Es war ein Klopfen an der Tür, dann Stille, dann noch ein Klopfen an der Tür und dann ein Schlüssel im Schloß!

Ich konnte nicht glauben, daß sie einen Schlüssel hatten. Ich dachte wirklich, wir seien verloren. Also robbe ich an die Schlafzimmertür und mache sie einen Spaltbreit auf, und Michael und Joe kriechen unters Bett, und ich sehe, daß die Eingangstür sich gegen den Stuhl öffnet und dann mit einem Ruck aufgeht, und der Stuhl fällt beiseite, und da ist Daddy, mit der Büttelfrau hinter ihm, und er ist mächtig in Rage und brüllt was von Einmischung des Staates in das Familienleben, staatlichem Gesundheitswesen und freiem Unternehmertum, eine dieser Gedankenverkettungen, in die Daddy hineingerät. Irgendwas über die Verkümmerung privater Initiative und daß die medizinische Forschung in England dem Untergang geweiht sei. Ich mein, er kam reinspaziert wie immer, machte das Fenster auf, um frische Luft reinzulassen, rief nach uns und nahm seine Krawatte ab, alles gleichzeitig, und was sollten sie tun? Was wollte ich, daß er tat? Ich war begeistert, ihn zu sehen.«

»Ich bin sicher«, sagt Joe, »daß er glaubt, er war nur ein oder zwei Nächte fort. Ich bin sicher, daß er das damals auch glaubte. Ich mein, erinnerst du dich, wie er uns oft eine überzog und dann sagte, wir wären ihm bloß in die Hand gelaufen?«

»Mmmm«, macht Michael.

Und ich sage gar nichts. Kann sie sich wirklich an so viele Einzelheiten erinnern? Aber das ist sowieso egal, oder? Ich frage nicht, ob diese Zehnjährige jemals an ihre Mutter dachte, je versucht war, mich auf der anderen Seite des Ozeans anzurufen. In ihrer Geschichte steckt eine perfekte Logik, das praktische Sich-Abfinden damit, erst einen Elternteil zu verlieren, dann den anderen, eine Reihe unerfüllbarer Aufgaben übertragen zu bekommen. Es ist eine Märchenlogik, genau die Art Logik, die einer Zehnjährigen völlig einleuchtet. Ich sage nicht: »Unglaublich! Unfaßbar!«, obwohl ich es Pat nie zugetraut hätte, sie sechs Tage in London allein zu lassen. Ich glaube es. Ich glaube es, weil Joe und Michael dabei so sachlich sind. Ich glaube es, genau gesagt, weil Ellens Geschichte so spezifisch ist. Ich glaube es, weil sie einen großen, genau passenden Teil im Puzzle ihres Erwachsenenlebens liefert, das Stück mit den Augen, könnte man sagen, den Augen, die sorgsam überwachen, Diane und Tracy, Jerry und mich. Wachsamsein ist für sie ein Achtstundentag. Ich glaube es, weil ich zwar schockiert, aber nicht überrascht bin. Pat war immer ungezügelt, jäh, leidenschaftlich, unbedingt. Die Kinder konnten genauso leicht in den Mittelpunkt seines Interesses rücken wie an den Rand. Und ich bin nicht überrascht, weil meine tiefste Furcht Wirklichkeit geworden ist. Das Dreijährige, das in den falschen Aufzug einsteigt, in den falschen Zug, genau in dem Moment, da die Türen zugehen, die Hand losläßt. Zusehen müssen, wie der überfüllte Zug abfährt, nach Saint Louis, Chicago, San Francisco. Das Sechsjährige, sogar das Zehnjährige, das im Gedränge verlorengeht, die Menge teilt sich, und es ist verschwunden. Es ist eine Furcht, größer als vor ihrem Tod. Ein Adler stürzt herab und reißt dir das Kind aus den Armen, das Wasser steigt und entwindet es dir. Das verlorene, lebendige Kind, schaukelnd auf den Wellen, sich selbst überlassen. Ich bin wahrlich bestraft. Die anderen reden weiter, gar nicht überrascht über ihren Vater. Ich kann nicht sprechen. Ellen wirft mir einige Blicke zu und sagt dann: »Ich glaub, ich schau mal nach den Mädchen, mal sehen, ob sie schon schlafen.« Sie weiß, sie hat mir meine Offenheit reichlich heimgezahlt, aber ihr Gesicht läßt keinerlei Skrupel erkennen. Ich habe den Verdacht, hier wird eine Weile nicht viel Trost zu holen sein. Ein wenig später gehen wir heim.

Joe fährt, Michael sitzt vorn. Ich sitze tief im Rücksitz, außerhalb des Lichtscheins der vorbeiziehenden Straßenlaternen. Sie sprechen über Pat, und ich höre zu. Joe sagt: »Glaubst du, Jenny war die mit den Brüsten? Erinnerst du dich, als wir alle um den Frühstückstisch saßen und er anfing, dieses Mädchen abzuküssen, und dann zog er ihr die Bluse aus und küßte ihre Brüste, während wir genau daneben saßen?«

»Und du hast ihm deinen Haferbrei auf die Hose gekippt?«

Sie lachen. Michael sagt: »Das war später, glaub ich. Damals waren wir mindestens sieben. Ich weiß nicht mehr, ob das war, als du noch bei uns gewohnt hast oder ob du bloß zu Besuch warst.«

»Na ja, es verschwimmt ja alles in einer gnädigen Unschärfe, Gott sei dank.«

Sie fahren schweigend weiter.

Michael sagt nüchtern: »Na ja, am schlimmsten war er zu Daniel, soviel steht fest.«

»Erinnerst du dich an das eine Mal, als ich mit euch zum Grand Canyon fuhr? Für wie lange war das, einen Monat? Und er gab für alles, was schiefging, Daniel die Schuld. Ich meine, sogar als er irgendwie Streit mit Tatty hatte, sagte er am nächsten Morgen beim Frühstück, daß Daniel im Schlaf geredet und sie geweckt hätte und daß das eigentliche Problem sei, daß sie es mit Daniel nicht aushalte und es an Daddy auslasse, und warum Daniel so lästig und unverträglich sei, ob er vorhabe, auch Daddys zweite Ehe kaputtzumachen? Daran erinner ich mich genau.«

»Ich erinner mich, daß ich dachte, das also ist mit Mom passiert, Daniel war's.«

»Ich auch.«

»Ich wette, Daniel auch.« Aber ihr Ton ist so sachlich, als hätten sie dieses Feld schon früher beackert. Und noch etwas ist wahr – mich haben sie auf diese zwillinghafte Weise vergessen.

Was sie erzählen, setzt mir ein großes und kompliziertes, aber lebhaft vielfältiges, neues Thema in den Kopf, die Geschichte meiner Kinder ohne mich, ihrem Vater ausgeliefert. Wußte ich denn nicht, daß er so war, ungezügelt und blind für die möglichen Folgen seiner eigenen Handlungen? Ehe wir heirateten, liebte er mich überall – in der Küche, an den Kühlschrank gelehnt, wobei die Möglichkeit bestand, daß jeden Moment sein Zimmernachbar reinkommen konnte, oft im Auto, manchmal direkt neben der Autobahn, wenn er mitten in der Fahrt rechts ranfuhr, mehr als einmal bei unversperrter Tür auf dem Boden in seinem Labor. Er war leidenschaftlich. Ich protestierte nicht. Ich dachte, ich wär eben unwiderstehlich. Als wir dann Kinder hatten, sagte ich wieder und wieder, immer lachend: »Komm schon. Man liebt sich nicht, wenn die Kinder in der Nähe sind.« Ich dachte freilich immer noch, ich wär unwiderstehlich. Wenn er in Wut kam, war seine Sprache stets ungezügelt, eloquent, eine weitschweifige Tirade gegen das Objekt seines Zorns (selbst gegen ein Kind, eine Sekretärin) und gegen alles, wofür es stand, erschreckend, erstaunlich, beängstigend, köstlich. Zwar ballte er die Fäuste, aber bis auf das Ende schlug er mich nie.

Ich kann sagen, na ja, er hat es getan, nicht ich. Zu denken gab mir damals nur, daß sie bei mir so ordentlich und artig waren. Ich wurde kaum je wütend auf sie, wie früher, als wir alle eine Familie gewesen waren. Das meiste, was sie taten, ging von mir aus in Ordnung. Weg von Pat, war ich ohne Zorn, ohne diese enervierende Beaufsichtigung, die ständige Forderung nach Aufmerksamkeit und Zuwendung. Ich stand nicht mehr zwischen dem Herrn und den Knechten, allen verantwortlich, die wundersam zerlegbare Frau, jeden Tag auseinandergerissen und jeden Abend wieder zusammengeflickt, auf daß sie am Morgen wieder auseinandergerissen werden konnte.

Ich fragte nie nach, wie er sie behandelte, oder stellte es mir auch nur vor, erinnerte mich immer bloß daran, wie er gewesen war. Das war doch das einzig Realistische, oder nicht?

Aber als ich aufhörte, mich zwischen Vater und Kinder zu stellen, ließ ich sie, ohne es zu wissen und doch auch nicht, auf sich allein gestellt zurück, oder? Wer immer es getan hat, ihnen wurde geschadet, oder nicht? Da ist noch etwas, woran ich mich bei Ed erinnere. Ein Jahr verging, und ich liebte ihn nicht mehr, ein weiteres Jahr verging und noch eines, und schließlich zog er weg. In diesen drei Jahren sah ich ihn von Zeit zu Zeit, und jedesmal wurde ich wieder zu einem Nichts. Selbst als ich begriffen hatte, daß er nichts von alledem gewollt hatte, daß seine Grausamkeit ein Mischung aus Furcht und Scham war, nicht

Mißbilligung und Feindseligkeit, löschte seine Gegenwart mich aus. Selbst beschädigt, beschädigte er mich. Eine Kleinigkeit. Bei weitem kleiner als die Beschädigung, die ich Pat antat, als die Beschädigung, die wir unseren Kindern antaten. »Ist das ein Seufzer?« fragt Joe auf dem Vordersitz.

»Ein ganz tiefer«, sage ich.

»Da sind wir«, sagt er und biegt in die Einfahrt. »Wir haben's überlebt, Mom«, sagt er.

»Was?« frage ich.

»Was was?«

»Was haben wir überlebt?«

Michael öffnet seine Tür, und das Innenlicht geht an, es fällt auf Joe, der sich auf seinem Sitz umgedreht hat und mich ansieht. Er sagt: »Bisher alles«. Sein Lächeln ist wunderschön und wehmütig.

»Ach, ich weiß nicht«, sagt Michael. Er schlägt die Tür zu, und das Licht geht aus. Ich kann Joes Profil sehen, den eindringlichen Blick auf seinen Zwillingsbruder. Alles, was ich von Michael sehen kann, ist sein Hinterkopf, von der Windschutzscheibe eingerahmt, seine rechte Hand, die einen Moment lang über das Lenkrad streicht und dann heruntersinkt.

»Was?« fragt Joe, eine einzige zarte Silbe.

Michael räuspert sich. »Du weißt, ich war verlobt.« Joe nickt. »Dann machte sie Schluß.« Joe nickt wieder.

»Ich wußte das nicht«, rufe ich aus.

Michael sieht mich an.

»Ich dachte, Joe würde es dir erzählen, Mom. Ich hatte die ganze Zeit vor, dir zu schreiben und von Margaret zu erzählen. Sie ist Schottin, sehr ...« Er blickt im Wagen um sich, auf der Suche nach Worten, glaube ich, dann starrt er mich eine Sekunde lang an, ehe er sagt: » Sie ist forsch. Nein, sie ist furchtlos und irgendwie sagenhaft gutherzig. Jedenfalls war da noch etwas anderes. Ich glaube nicht, daß ich, äh, Lucie erwähnte, nicht mal Joe gegenüber. Sie war die Frau des Schuldirektors.

Sie ist Französin, etwa fünfunddreißig. Sie haben vier Kinder.« Er dreht sich um und sieht mich an. »Nichts daran war hübsch, Mom.«

»Vermutlich nicht.«

»Kaum, daß Margaret und ich unsere Verlobung bekanntgegeben hatten, begann Lucie mit mir zu flirten.« Er hüstelt. »Sie war verführerisch und erfahren und all das, aber auch ziemlich zerbrechlich, und ich wußte das. Sie haßte Indien, und das wußte ich auch. Da war etwas an Margaret, was sie nicht mochte. Doch sosehr sie mich auch ausprobieren wollte, oder Margaret demütigen oder ihren Spaß haben, ich wollte sie eine Million mal mehr. Jedesmal, wenn ich mit Margaret zusammen war und wir eine glückliche, fröhliche Zeit verbrachten – rumalbern, reden, essen und lachen im Bett, all die schönen Dinge, nach denen ich jahrelang gesucht hatte –, konnte ich es nicht erwarten, Lucie zu sehen. Was ich mit Lucie tun wollte, war, in sie einzudringen, tiefer, als es überhaupt geht. Ich wollte ihre Organe, Zellen und Atome durchdringen. Auch sie wollte es, nachdem sie gemerkt hatte, was möglich war. Uns tat so leid, was wir einander antaten, weil es uns sosehr unter die Haut ging. Wir haben viel geweint. Margaret fing auch an zu weinen, als sie es herausfand, aber ich glaubte immer, sie würde damit schon zurechtkommen. Es gab keine Chance, daß Margaret, die ich liebte, mir unter die Haut gehen konnte, und keine, daß Lucie, die ich nicht liebte, mir nicht unter die Haut ging. Ich bat Margaret, mir einen Monat Zeit zu geben. Ich dachte, ich könnte mich selber dazu bringen, umzuschalten. Margaret ein- und Lucie auszuschalten. Ich wollte mich dazu zwingen. Ich würde die Dinge in Ordnung bringen, und dann würden wir unseren Plan ausführen, abzufahren, zu reisen und einfach zusammenzusein. Aber dann stellte sich raus, daß Lucie schwanger war. Sie hatte lange nicht mehr mit ihrem Mann geschlafen, so daß es nach einem ziemlichen Skandal aussah. Margaret machte Schluß mit mir.«

»Na ja«, sagt Joe.

»Wie lang ist das her?« frage ich.

»Nicht sehr lang.«

»Was war mit dem Baby?«

»Lucie hatte eine Abtreibung. Margaret brachte sie hin, weil sie außer mir die einzige war, die von dem Baby wußte.«

»Wann war das?«

»Vor etwa zehn Tagen.«

»Oh, Junge«, sagt Joe.

Während er spricht, wird mir klar, daß ich hinter seiner Übermüdung und Desorientiertheit noch etwas gespürt habe, was offenkundig Kummer sein muß. Doch dahinter, wie Berge hinter Bergen, erkenne ich das lagernde Dunkel der Erwartung, die aus solchen verzweifelten Erlebnissen erwächst. Ich erkenne ein Stück aus meinem Besitz, von dem ich gehofft hätte, meine Kinder würden nie Anspruch darauf erheben.

In der Küche macht Joe noch eine Kanne Kaffee. Michael zieht eine von diesen kleinen Zigarren mit dem roten Faden drumherum heraus und beginnt zu rauchen; er steht direkt an der Fliegentür und läßt den Rauch in die Nacht hinausstreichen. Er lehnt sich an den Türpfosten, das Knie abgewinkelt, den Fuß an der Wand, wie ein Mann an einer Laterne, und der Schein des einen Lichts über der Spüle übergießt ihn mit genau dieser Einsamkeit. Joe nimmt Tassen aus dem Schrank. Zwei. Seine Hand hält einen Augenblick inne, ehe er nach einer dritten greift. Ich sage: »Ich bin schon seit fünf auf. Ich schätze, ich sollte ins Bett gehen.« Um diese späte Stunde bin ich heilfroh wegzukommen, und es gibt zweifellos irgendeine brüderliche, zwillinghafte Tröstung oder Gesellschaft, die nur Joe bieten kann. Dazu hat man doch wohl einen eineiigen Zwilling. Meine eigene Stimmung ist in der Schwebe, treibend.

Ich drehe mich um und gehe aus dem Raum, doch ich gebe zu, ich bleibe im dunklen Flur stehen, wo sie mich nicht sehen können, und beobachte sie. Joe stellt die Tassen neben die Kaffeemaschine und beginnt mit dem Eingießen. Michael drückt das Ende der Zigarre zusammen, dann schnippt er es zur Tür hinaus. Alles an seinem Benehmen steht im Kontrast zu Joe. Ich kann nicht glauben, daß ich das erst jetzt erkenne. Früher hatte er mit Joe die Nervosität gemeinsam, jetzt aber ist er hart und wissend. Trotz seiner völligen Erschöpfung gefaßt. Er wendet den Kopf herum und sieht seinen Bruder an.

Er öffnet den Mund zum Sprechen, doch genau in diesem Moment blickt Joe auf und lächelt, und er sagt nichts. Was er sagen will, ist etwas, was er nicht sagen kann, solange Joe ihn ansieht. Joe geht zum Eisschrank, um Milch zu holen. Als er hinter der Tür verschwindet, sagt Michael: »Bevor ich aus Indien weg bin, hab ich einen Vertrag für Korea unterschrieben. Noch einen Zweijahresvertrag, als Mathelehrer.« Ich gehe noch einen winzigen Schritt weiter aus ihrer Sehweite – Michaels Ton ist so intim wie der eines Liebhabers und zugleich erfüllt von dem Wissen, daß er mehr Schmerz bereitet, als er empfindet. Joe schließt die Eisschranktür zu und richtet sich auf, ohne die Milch. Er sieht Michael an. Michael fährt fort: »Die Sache ist die, das Schuljahr fängt dort Anfang September an. Am zehnten.«

Mir fällt auf, daß meine Mutter auch bei mir eine solche Gefaßtheit erlebt haben muß, kurz bevor sie starb, als ich wußte, wo die Kinder waren, aber nicht, ob ich sie je wiedersehen würde. Ich frage mich, ob sie, wie ich jetzt, auch betroffen und doch vage erleichtert zur Kenntnis nahm, daß ihr Kind am Ende der Unerfahrenheit angelangt war.

»Ist das der zehnte nach unserer Zeit?« fragt Joe.

»Nein, nach unserer Zeit ist das der neunte.«

»Sag mir nur, wann du unterschrieben hast.«

»Ende Mai.«

»Unsere Zeit?«

»Unsere Zeit.«

»Du hast mir nachher fünf Briefe geschrieben und mir nichts davon gesagt.«

»Ich schätze, ja.«

»Die ganze Zeit hab ich dir geschrieben, daß ich schon 'ne Wohnung für dich und Margaret suche.«

»Ja.«

»Vorher hab ich dir dieses Vorlesungsverzeichnis zugeschickt.«

»Ich hab dir gesagt, ich bin nicht interessiert an einem Fachstudium. Das ist mehr dein Revier.«

»Na ja, ich schätze, ich weiß gar nicht mehr, was dein Revier ist?«

Michael atmet tief ein und legt den Kopf nach hinten an die Wand.

Schließlich sagt Joe: »Willst du denn dahin?«

»Ja.«

Joes Stimme wird ein wenig lauter. »Willst du dich in irgendeine Koreanerin verlieben, Kinder haben und für immer dort leben? Denn das wirst du tun, weißt du.«

»Ja.«

»Ja, was?«

»Ja, ich weiß. Ja, tu ich. Ich will das.« Sie starren einander an. Michael sagt: »Heh, ich geh mal nach draußen, in Ordnung? Nur mal Luft schnappen. In Ordnung?«

»Wer hält dich auf?«

Michael dreht sich durch die Tür, und sie schlägt hinter ihm zu. Joe zieht sich einen Stuhl heran, setzt sich an den Tisch und starrt auf die Tür. Vielleicht ist es das Gespräch über Ed, die Gedanken an Pat, an die vielen, die fortgegangen, und an die vielen, die noch übrig sind, aber ich weiß genau, was er jetzt empfindet, als wäre die Zeit überhaupt nicht vergangen, als könnten Schock und Schmerz aus dem Gedächtnis ausströmen und genauso wieder hinein, von neuem die Nerven flattern lassen. Es ist, als wäre in unserer Familie der eine notwendige

Mensch, auf den jeder von uns fixiert ist, eben der eine, den jeder von uns nicht haben kann.

Ich stehle mich davon, auf die Treppe zu, so leise wie möglich. Wenn Joe weint, will ich nichts davon wissen.

Pat liebte Mahlzeiten. Obwohl er nicht an Gott glaubte, sagte er immer das katholische Tischgebet, bis hin zu »Mögen die Seelen der im Glauben Verstorbenen durch die Gnade Gottes in Frieden ruhen.« Dann holte er tief Luft, grinste und blickte über den Tisch – fünf Köpfe wie die Orgelpfeifen, ich, die ich mir beim Hinsetzen die Hände mit einem Geschirrtuch abwischte, die Hunde, glänzend schwarz und aufmerksam beobachteten sie den Schöpflöffel, während er das Essen austeilte. Wenn Verwandte zu Besuch waren, um so besser. Wenn wir zeitweise eine Haushaltshilfe hatten, saß sie mit uns am Tisch. Wenn ich schwanger war, rief er dem ungeborenen Kind zu: »Heute abend gibt es grüne Bohnen! Eines Tages wirst du grüne Bohnen mögen! Und da sind noch Maiskolben!« Er war ein so junger Mann, so guttaussehend und gescheit. Seine Familienbegeisterung war, jetzt erkenne ich es, die Leidenschaft eines wahren Egomanen, für den Frau und Kinder und Hunde Glieder des eigenen Körpers sind. »Rachel?« sagte er. »Rachel, hörst du zu? Ellen, sag's ihr nochmal.« Seine Augen forschten die meinen aus, bis ich seinen Blick nicht mehr erwidern konnte. Im Rückblick ist es schwer auseinanderzuhalten, was ich damals wußte und was ich später lernte. Ich hatte gewiß keine Absichten, bloß Neigungen.

Er wollte Reaktionen, aber ich konnte nicht sprechen, weil ich wußte, wie genau er mich hören würde, wie klar er durch das, was ich sagte, wissen würde, was ich dachte. Nach einer Weile konnte ich nicht mal mehr zuhören, obwohl ich mir Mühe gab. Ich war eine langsam brennende Zündschnur, aber eben doch eine Zündschnur, die unvermeidlich die kleine Versammlung um den Tisch sprengte. Wir gingen in die Luft, kopfüber wirbelnd. Man kann nicht darüber hinwegkommen, ich nicht und sie auch nicht; man kann nur, vermute ich, etwas hinzufügen. Wenn man Glück hat, es ausgleichen. Wie auch immer mein Leben für andere aussieht, für mich sieht es aus wie der Bauklötzchenturm eines Kindes, ohne Wissen und Plan gebaut.

Ich frage mich, ob mein Vater und meine Onkel Verlangen kannten oder nur Pflichten; wenn Verlangen zum Ausdruck kam, wie bei meiner Tante, dämmten sie es mit Gewalt ein und stellten sicher, daß so etwas nie mehr passieren konnte. Ihr Leben machte mir immer angst – wortlos und monolithisch, als wären meine Onkel nicht Menschen, sondern bloß Teil ihrer flachen Landschaft. Und so ließ ich mich vom Licht meines Verlangens leiten, wie es auch Pat tat, und unsere Kinder haben das von uns gelernt. Trotzdem haben wir nicht immer gewußt, was wir wollten, oder oft nicht oder niemals, nur daß wir wollten.

Ich denke an Joes Lächeln, als er zur mir sagte, wir hätten bisher alles überlebt. Ich möchte nicht zuviel daraus machen. Wie Joe sagen würde, Kinder hungern und all das. Er wird es überleben. Michael wird diese Katastrophe überleben, genauso wie alles, was ihn jetzt forttreibt und ihn doch, wenn er geht, innerlich wie tot macht. Ellen wird verheiratet bleiben oder auf eine Scheidung zusteuern, die Sache, die sie am meisten verabscheut und die ihr doch nicht aus dem Kopf geht. Was immer sie tut, sie wird es überleben.

Trotzdem, als ich mich aufs Bett setze, meine Strümpfe ausziehe und meine zweiundfünfzig Jahre alten Zehen massiere, denke ich, daß auch ich das getan habe, was ich am wenigsten wollte, daß ich meinen Kindern die beiden grausamsten Geschenke gab, die ich zu geben hatte, die Erfahrung vollständigen Familienglücks und das sichere Wissen, daß es nicht von Dauer sein konnte.

GUTER WILLE

AUGUST

Während des ersten Teils des Interviews, als wir auf der Veranda sitzen, mit Blick ins Tal, bin ich mehr als alles andere um Genauigkeit bemüht – 343 Dollar 67 Cent. Sie ist beeindruckt; das gefällt mir, erst bin ich selber auch von mir beeindruckt, und dann schäme ich mich, so daß ich sage: »Und vierundsiebzig Cent davon hab ich gefunden, also hab ich in Wirklichkeit nur 342,93 Dollar eingenommen. Ich vermute, irgendwo sind noch ein paar Pennies, in einer Tasche oder so.« Sie schreibt es mit einer Art verlegen schwungvollem Zug auf – mit einem Bic-Kuli, zehn Stück für neunundneunzig Cent plus Steuer, wenn man sie zu Schulbeginn kauft –, und ich kann das momentane Innehalten sehen, während sie eine Bestandsaufnahme all der Dinge an sich macht, die sie nicht haben könnte, wenn ihr Einkommen im vergangenen Jahr, wie meines, 343,67 Dollar gewesen wäre. Der Ausblick auf das andere Ende des Tals, die verstreuten Häuser von Moreton an der Westflanke des Snowy Top, klart plötzlich aus dem Augustdunst auf, und eine Minute später spüre ich eine starke Brise von Südwesten. Bis Nachmittag wird es Regen geben.

Die anderen Leute in ihrem Buch, ein paar Sortenverbesserer, ein Obstbaum-Fanatiker, ein Hochbeetspezialist, ein Typ, der Getreide auf prähistorische Sorten zurückzüchtet, werden alle als Beispiele für innovativen Gartenbau aufgenommen. Mich hätte sie, glaub ich, nicht genommen, wenn ich einen Job nebenher gehabt hätte oder wenn Liz, meine Frau, einen hätte. Wir sind auf keinem neueren Stand als Rodale, und sie, das heißt Tina, die Interviewerin, wird über meine Methoden Bescheid wissen, wenn sie sich die Beete ansieht. Aber das Geld, das macht sie an. Ich sage: »Bevor Tommy geboren wurde, schwankte unser Einkommen um die hundertfünfzig Dollar im Jahr. Aber mit hundertfünfzig im Jahr kann man einfach kein Kind großziehen.« Ein Kind hat zum Beispiel gern hübsche Schulsachen. Ich rechne damit, im September mal zu K-Mart zu fahren und sechs Dollar oder so für Schulsachen auszugeben. Tommy fährt gern hin. Er sucht sorgfältig aus.

Die Gärten liegen wie ein riesiges Hufeisen um das Haus herum, fünf Reihen, fünfundvierzig einzelne Pflanzenbeete, manche gepflegt, andere zerzaust, aber alle ertragreich. Nichts, womit man angeben könnte vor ihr; sie kennt sich aus, und überhaupt, um diese Jahreszeit steht jeder wie ein toller Gärtner da. Die Pflanzen sind saftig und tragen Früchte, sind aber nichts Besonderes. Sie befühlt die Blätter, holt ein wenig Erde unter dem Mulch hervor, sucht nach Schädlingen. Da sind ein paar, aber nicht viele. Ich vertraue auf Zwischenfruchtbau, Fruchtwechsel und Gartenhygiene. Es funktioniert, aber danach fragt sie nicht. Das Lob, das sie zu bieten hat, liegt in der Sinnlichkeit, der Genüßlichkeit ihrer Gesten, in der Art, wie sie über jedem Beet stehenbleibt.

So ist es besser. Daß vorher der Schwerpunkt so eindeutig beim Geld lag, gefiel mir nicht. Geld ist genau das, worauf Liz und ich keinen Wert legen, und deshalb verdienen wir auch so wenig. Mir fällt auf, daß, sobald die Rede aufs Geld kommt, ein soziologisches, dann politisches, dann moralisches Gespräch daraus wird. Ich würde lieber übers Essen reden, oder übers Schwimmen, die Truthahnjagd oder Möbeltischlerei. Am besten wäre es, Liz dazu zu bringen, daß sie sagt: »Oh, Bob kann alles selber machen«, in dieser sachlichen Art, die sie an sich hat, mehr erklärend als angeberisch, aber Liz paßt die ganze Prozedur mit dem Interview nicht, das Licht, das es auf unser Leben wirft, und die Art, wie es aus uns eine Story macht. Mein Versprechen an sie war, daß Tina ihr keine Fragen stellen würde und daß sie und Tommy nicht auf Fotos erscheinen müßten.

Tatsache ist, daß dieser ungewohnte Blick auf die Familie

Miller mich eigentlich freuen sollte, Robert, Elizabeth und Thomas auf ihrem kleinen, aber bemerkenswert ertragreichen Anwesen knapp außerhalb von Moreton, Pennsylvania. Tatsache ist, daß ich mir vor Jahren, als ich das Land gerade gekauft hatte und hinter dem Hühnerstall die großen Komposthaufen aufschichtete, immer vorstellte, daß eine Interviewerin genau wie Tina vorbeikäme, von genau ihrem Format, Ansehen und fachkundigen Interesse. Ich machte mir einen Plan, wie ich sie zwischen den Beeten, damals noch ungegraben, umherführen wollte, ihr das Haus, damals noch ungebaut, zeigen, ihr Platz anbieten, sie von meinem Tisch bewirten, auf der Veranda unterhalten wollte. Ich sah alle Details vor mir, an denen sie Gefallen finden mochte. Ich stellte mir vor, daß ich ihr erzählen würde, wie ich es während des Interviews dann auch tat, der Schlüssel sei die Vorstellungskraft – wenn ich erst einmal wußte, was genau ich wollte, baute ich es mir entweder, oder es fand sich ein. Und da ist sie nun, obwohl ich schon längst aufgehört hatte, Ausschau nach ihr zu halten, genau zur richtigen Zeit, und reagiert, wie sie reagieren sollte. Das ist ein Privatvergnügen von mir, keines, das Liz mit mir teilen wollte, aber auch keines, das ich aufzugeben geneigt wäre.

Wahr ist, daß ich sogar vorhergesehen habe, daß sie das Hauptgewicht aufs Geld legen würde. Darauf legte ich früher selbst noch viel Gewicht, daß ich dieses großartige Stück Land bei einer Grundstücksauktion für nur dreitausenddreihundert Dollar erstanden hatte, das waren etwa sechzig Dollar pro Morgen, als wären alle Morgen untereinander austauschbar. Das Geschäft war eine Gelegenheit, ein gutes Omen, ein Ersatz dafür, daß ich nicht wußte, was ich tat. Jetzt hat das Land Charakter, ist in Geld nicht zu bewerten, und jeder Morgen ist mehr oder weniger nützlich, schön oder reif zur Verbesserung. Das mit dem Geld ist mir peinlich. Ich hätte weniger genau sein sollen. Ich hätte sagen sollen: »Wir haben etwas verdient. Genug. Ich weiß nicht, wieviel.« Aber darin läge auch eine falsche

Bescheidenheit; ich weiß ja, wieviel, weil ich Grundsteuern bezahle und Schulsachen und Tommys Jahreskarte für den Schulbus kaufe. Tina steht auf und sieht lange ins Tal hinunter, dann holt sie tief Luft. Als wir auf meine Werkstatt zugehen, sagt sie: »Dieser Flecken ist ein Paradies, stimmt's?«

Auf der Farm meines Großvaters in Ohio war die Werkstatt sauberer als die Küche, das Werkzeug glänzte mehr als das Besteck. Für mich ist die Werkstatt immer noch ein Bereich für sich. Wir versuchen, uns Ordnung anzugewöhnen, aber im Haus machen mir die Ebbe und Flut von Schulbüchern, angefangenen Arbeiten, Kleidungsstücken und Spielzeug nichts aus. Stapel häufen sich an und werden weggeschafft. Hier häuft sich nichts an. Wenn ich nicht arbeite, sieht es hier aus wie im Schauraum eines Museums – Galerien von schmalen Regalen mit Hobeln, Meißeln, Messern, Tischlersägen, Feilen, Hämmern, Fäusteln, Linealen, Hohleisen, Sandpapier. Durch die offene Oberluke und die Fenster über der Werkbank strömt Licht herein. Jeder Platz ist säuberlich beschriftet, benennt das Werkzeug, das hierher gehört, verlangt nach einem, das fehlt. Der Fußboden ist gefegt (vor Jahren band Liz den Besen, wollte ihn aber nicht im Haus haben und schickte ihn hier heraus). In gewisser Weise ist diese Werkstatt bares Geld, da sie einen unersetzlichen Schatz von Werkzeugen beherbergt, aber abgesehen vom Sandpapier kam jedes Stück als ein Geschenk, ein Erbstück, ein ausrangiertes Exemplar auf mich. Die Hobel beispielsweise mit ihren schweren Buchenholzkästen und den blauen Stahlklingen wurden von Tischsägen und Fräsen verdrängt, und wenn ich sie früher körbeweise mitnahm, bedankten sich die Versteigerungsleiter bei Farmverkäufen noch bei mir. Ich schliff die Hobelkästen ab und setzte die Eisen neu ein. Jetzt sagt man mir, daß die Leute die Antiquitätenläden nach alten Hobeln durchstöbern, um ihren Wohnzimmern einen »rustikalen« Look zu geben. Die meinen hier zu ersetzen könnte ich mir nicht mehr leisten. Tina blickt sich höflich um und sagt: »Sehr hübsch«, ehe sie zurück nach draußen geht und wieder die Gärten mustert. Als ich ihr folge, bemerkt sie: »Der beste Austrieb bei Karotten, den ich je hatte, lag bei fünfzig Prozent, und das war zu einer Zeit, als ich jedes Samenkorn mit einer Feile gekerbt hab.« Ich hüstle. Karottensamen haben etwa die Größe von Sandkörnern.

Auf der Veranda winkt Liz mir zu. Mittagessen ist fertig. Obwohl ihr das mit dem Interview nicht gefällt, möchte sie dem Besuch alles recht machen. Jeden Tag hat sie wegen der Speisenfolge fürs Mittagessen bei mir nachgefragt, ob sie das Sauerteigbrot aus Vollkorn- oder Weißmehl (unsere größte Ausgabe nach den Grundsteuern) machen soll, ob ich glaube, daß die Melonen schon soweit sein werden, wie die Chancen stehen, daß Tina die Wildgewächse – Portulak, Brombeeren, Angelika – nicht mag, die wir regelmäßig essen und genießen. Ich andererseits wollte Eindruck machen. »Die Truhe da hab ich aus einer schwarzen Walnuß gemacht, die Liz und ich selbst gefällt haben. Die Achsen und Räder für diesen Karren hab ich vom Schrottplatz. Die Kiste hab ich selbst gezimmert. Die Forelle haben wir erst heute morgen gefangen. Wir haben den Reihenanbau schon aufgegeben, ehe irgendwelche Bücher darüber herauskamen.« Meine eigene Angeberstimme ging mir tagelang bei jeder Arbeit nach. Es ist unmöglich, diese Aufgabe, die ich mir gestellt habe, die Aufgabe, die Freuden unseres Lebens in diesem Tal mitzuteilen, selbst einem Ohr, das nur zu gerne davon hören will.

Ich würde beim Gewicht und dem Baumwollduft der Quilts beginnen, die wir selbst gemacht haben, einen mit der »versammelten Mannschaft« auf dem Bett, an der Wand einen mit einer großen Blockhütte in Regenbogenfarben auf schwarzem Grund. In sechzehn Jahren haben wir zwölf Decken angefertigt, eine davon verschlissen, in eine andere ein Loch gebrannt. Im Winter verwenden wir der Wärme wegen zwei oder drei, und das erste, was ich morgens, im weißen Licht unseres weißgetünchten Schlafzimmers, sehe, sind die schreienden Farben der Decken, die sich vor mir über das Bett ergießen. Als nächstes spüre ich den versiegelten Bretterboden unter den Füßen. Die Fenster haben keine Vorhänge oder Jalousien und sind normalerweise stumpf grau vom Morgennebel. Das alles ist vertraut und heimelig.

Oder ich könnte mit etwas noch schwerer Vermittelbarem anfangen, und das wäre die Steifheit von tags zuvor ausgearbeiteten Muskeln, die man in der Sekunde nach dem Aufwachen von neuem spürt. Ich glaube, mein Bewußtsein muß vor den körperlichen Empfindungen wach werden, denn es gibt immer einen schmerzfreien Moment, und dann strömt der Kater ein. Ich mag Muskelkater. Er sagt mir, was ich gestern geschafft habe, legt mir nahe, was ich heute tun, und sogar, wie ich es angehen könnte. Die Arbeit auf einer Farm muß keine Knochenmühle sein. Sie kann genauso gesunde Bewegung und kräftigende Belastung sein wie irgendein Training. Liz nennt dieses »Sportschaufeln« meine private Obsession; ein Frühmorgengenuß freilich ist auch das schläfrig bewundernde Kraulen ihrer Fingerspitzen auf meinen Brust- und Bauchmuskeln.

Oder da wäre noch Tommys Zimmer, wenn ich morgens als erstes an seiner Tür vorbeikomme und Tommy noch tief und fest schläft. Er scheint auf seinem Bett dahinzutreiben, unter seinem Quilt, ein grün-orange-gelber »Gatterzaun«. Auf den Regalen, die ich gebaut habe, liegen die Spielsachen, die wir für ihn gemacht haben. Er schläft in einem Hemd, das Liz gewebt hat (ich hab den Webstuhl gebaut), auf einem Strohsack, den wir drei zusammen ausgestopft haben. Gegenüber im Zimmer, das er von Geburt an kennt, steht die Wiege, die ich nach einem Bild in einem Buch, das ich mir aus der Bücherei lieh, aus einheimischer grauer Walnuß gebaut habe. Die Leisten an Kopf- und Fußteil sind zu Spiralen wie dicke Taue geschnitzt; die Spiralen wiederholen sich an den vier Streben, die die Wiege tragen. Das Lammfell auf der Matratze, die Liz gemacht hat, stammt von einem unserer Schafe. Von anderen kam die gesponnene Schafwolle der Babydecken. Liz' Mutter brachte mir das Häkeln bei, und während Liz strickte, häkelte ich. Wenn ich in das Zimmer meines Sohnes schaue, ist es mir ein Genuß zu wissen, daß ich hier mein ganzes Sein eingebracht habe – nicht nur Hände und Hirn, sondern auch Samen, und nicht nur Samen, sondern auch Hände und Hirn. Wenn er wirklich dahintriebe, würde sein Bett ans Fenster stoßen, und er könnte in den Obstgarten hinaussehen, den ich gepflanzt habe, dann gegen die Regale, die ich gebaut habe, wo er sich Kreisel und Autos und Bauklötzchen und Werkzeuge und Puppen herunterholen könnte, die wir für ihn gemacht haben; dies hier ist ein wunderschönes Meer, denke ich, ein winziges, freundliches Binnenmeer, ganz sein und nur sein.

Das Essen sieht nicht allzu wild aus – eine Platte mit aufgeschnittenen Tomaten und grünen Paprika, ein paar Forellen, kalte gekochte Kartoffeln, Mangoldgemüse, Brombeeren. Tommy läuft seiner Mutter ständig zwischen Herd und Eßtisch hinterher, auf eine Art, die ich lästig finde, und darum sage ich: »Setz dich hin, mein Sohn!« Es gibt ihm einen Ruck, er lächelt und setzt sich. Er ist ein braver Junge. Neben ihm sitzt Tina, und er reicht ihr den Krug mit kaltem Quellwasser, wie er es sollte. Sie sieht sich im Zimmer um.

Ich kann nicht anders. Ich lehne mich auf meinem Stuhl zurück und sage: »Wissen Sie, es ist schon bemerkenswert, was ich mit den Jahren alles gratis zusammengetragen habe. Wir haben Angeln, Ponys und Fahrräder, ein Kanu, jede Menge Werkzeug, Schafe, zwei Ziegen, einen Haufen Hühner. Vor ein paar Jahren haben wir's auch mit ein paar Truthähnen und einer Kuh versucht, aber sie gab zuviel Milch. Das Haus hat Doppelfenster, verzierte Messingtürknöpfe, eine Eingangstür mit einem großen ovalen Schleifglaseinsatz wie aus Perlmutt. Den Küchenherd hat mir ein alter Mann aus State College geschenkt. Er ist aus den zwanziger Jahren. Den hat er in seiner Scheune gefunden. Ein Mann, den ich in Moreton kenne, beförderte ihn mir hierher, im Tausch für drei Schafe. Wir kochen darauf das Essen, und er hält das ganze Haus warm. Die ersten fünf Jahre, die ich hier lebte, verbrachte ich damit, Leute kennenzulernen und ihnen Dinge anzubieten, dann fragte ich nach Sachen, die sie wegwerfen wollten. Wenn Leute im Umkreis von Meilen jetzt was loswerden wollen, schicken sie mir 'ne Karte. Die Post, die reinkommt, ist gratis. Hin und wieder raffe ich mich auf und kaufe für ein paar Dollar frankierte Postkarten für die Antworten.« Ich lächle. »Verglichen damit, sich in Vietnam durchzuschlagen, was ich gemacht hab, ist das hier keine große Sache.«

Wir fangen an, uns vom Essen zu nehmen. Tina fragt: »Was machen Sie in punkto Transport?« Ihre Art ist milde. Ich war es, der sich auf das hier gefreut hat; darum weiß ich nicht genau, warum mir jetzt die Galle hochsteigt. Ich sage: »Wir denken dran.«

Liz mag meine brüske Art nicht. Sie lächelt und sagt: »Er meint, daß wir im voraus planen. An den meisten Tagen fährt sowieso niemand wohin, außer Tommy mit dem Schulbus zur Schule.«

»Wenn ich 'nen Job habe oder was eintausche, ist ein Teil des Geschäfts, daß man herkommt und mich oder es hier abholt. Außerdem, in die Stadt sind es nur drei Meilen. Wir kommen zu Fuß auf Skiern hin. Tommy kann auf dem Pony hinreiten.« Die Tomaten sind köstlich, süß und fest und saftig. Ich pflanze nie Hybriden, nur altmodische Sorten wie Rutgers, Marglobe und Roma. Ich heb die Samen der besten Pflanzen und besten Früchte, ausgewählt nach Härte und Geschmack, auf. Es funktioniert. »Die Sache ist die, Weggehen sollte etwas sein, was man sich vorher überlegt, und nicht etwas, was man automatisch macht.«

»Könnten Sie weiter hinten in den Bergen auch noch so leben?«

»Sie meinen, wo es kälter, schwerer hinzukommen und felsiger ist?«

»Ja.«

»In Wirklichkeit meinen Sie, wenn schon dieses Extrem, warum dann nicht noch extremer, so extrem wie möglich? Warum nicht Alaska oder der australische Outback?«

»Das hab ich nicht gemeint, aber warum nicht?«

»Warum nicht wirklich vom Land leben. Raupen und Ameisen, Fische mit einem angespitzten Stecken harpunieren.«

»Bob, komm schon«, sagt Liz; dann wendet sie sich zu Tina. »Das haben wir vor fünf Jahren durchgemacht. Bob sah sich dauernd Prospekte über Land in Montana und in British Columbia an.«

»Wir haben aber die Antwortkarten nie eingeschickt. Ich hab damals Spaß gemacht, und ich tue es jetzt. Meine Absichten sind nicht extrem oder politisch. Mein Ziel war nicht, mir den härtesten Weg auszusuchen und zu beweisen, daß ich es schaffe. Es war das gleiche Ziel wie bei jedermann sonst. Es hieß Gedeihen. Auf hügeligem, felsigem Boden ist kein Gedeihen. Es ist teurer, in der Stadt oder weit entfernt von jeder Stadt zu leben, und weniger teuer, im Umkreis einer Stadt zu leben. Wir sind selbstgenügsam, nicht isoliert oder feindselig.«

Tommy schmeckt alles auf seinem Teller, Süßes und Pikantes, Gekochtes und Frisches, Gezogenes und Wildwachsendes, alles gleich gut. Er ist ein vorbildlicher Esser und würde auch Raupen, Ameisen und Wurzeln vertilgen, wenn sie auf den Tisch kämen. Ob Tina erkennt, was für ein wunderbares Kind er ist, wie begeisterungsfähig und offen und empfänglich für Anleitung? Ehe er geboren wurde, malte ich mir immer ein Erziehungsprogramm aus, das aus reinem Beispielgeben bestand. Ich würde an meine Arbeit gehen, und er würde mich begleiten und schrittweise Verantwortung für Aufgaben übernehmen, für die er schon kräftig und klug genug war. Es würde eine Menge lehrreicher Gespräche geben, dachte ich – wobei ich ihm Arbeitsweisen erklärte und er intelligente Fragen stellte. Die Realität übertrifft das noch. Er macht so eifrig mit, wie man es sich nur hätte erhoffen können, aber er übernimmt auch ganz allein das Reden. Ein Haufen Fragen ist dabei, doch viel davon sind auch Beobachtungen, Bemerkungen, kleine Geschichten, Stücke aus Liedern, die ihm durch den Kopf gehen. Es gibt auch eine große Kategorie von ungezielten Lauten, die ihm einfach herausrutschen, von Grunzen und Zischen bis zu Schreien, die er, hoffe ich, vernünftig genug ist zurückzuhalten, wenn er in der Schule ist, die ich aber wegen ihrer animalischen Qualität mag, der Art, wie sie sagen: »Dieser Organismus lebt.«

Das soll nicht heißen, daß Beispielgeben ausreicht. Ich finde, er braucht noch viel Formung und Anleitung, aber das ist eine andere Aufgabe, die wir uns vorgenommen haben, Liz und ich.

Nach dem Essen gibt es einige Routinearbeiten zu tun – das Vieh aus der Sonne in den Stall treiben, die Wasserkübel nachsehen, Eier ausheben –, zu denen Tina mich, denke ich, begleiten sollte, aber als wir uns auf unseren Stühlen zurücklehnen, hat Liz das erste Wort und sagt: »Tina und ich werden das hier abräumen. Warum kommst du mit Tommy nicht in einer Stunde wieder, und wir gehen schwimmen?«

In Anbetracht der Tatsache, daß sie, als ich sie vor ein paar Wochen fragte, was sie von diesem Interview hielte, zur Antwort gab, sie würde lieber in einem Schneesturm Schweine zusammentreiben, bin ich ein wenig überrascht. Aber es ist eine Erleichterung. Tommy läuft schon voraus, er weiß, daß er nach der Arbeit eine halbe Stunde auf seinem Pony reiten darf, ehe es Zeit für seinen Mittagsschlaf ist. Ihm fällt die schöne Aussicht nicht auf, mir schon; jedes Mal, wenn die Fliegentür hinter mir zuschlägt, bleibe ich stehen und schaue talwärts über die Wiesen auf Moreton, den Snowy Top und die im Dunst verschwimmenden Bergkämme dahinter. Daß mein Land daliegt wie ausgebreitet, täuscht – nur der kleinste Teil ist offenes Feld auf dem Talboden, aber alle diese Morgen sind vom Haus aus sichtbar, und alle sind sie flach. Die Steigung von der Talsohle zum Haus beträgt nur drei Grad, was in dieser Gegend ungewöhnlich ist. An dieser Stelle gab es seit jeher eine Farm, und die Scheune ist davon noch übrig, obwohl das ursprüngliche Haus 1904 abbrannte – es war ein großes Haus und ein großes Feuer, das die freiwilligen Feuerwehren von der Stadt aus sahen, an das sie aber nicht herankonnten, weil es auf der Straße auf anderthalb Kilometer Länge Schneeverwehungen gab. Eines der Kinder rannte brennend aus dem Haus, aber sie wälzten es im Schnee und retteten ihm das Leben. Der Bericht darüber nahm die halbe Titelseite des *Moreton Record* ein. Die Familie zog zu Verwandten in die Stadt, und ihre Nachkommen bewirtschafteten das Land von dort aus – sie nutzten es siebzig Jahre lang nur als Weideland und ließen darauf Schafe, Jungkühe und Pferde grasen. Als ich es kaufte, war der Boden so gut durchdüngt, daß ich nur die Grasnarbe unterzupflügen und Beete zu graben brauchte. Die Nebengebäude waren auch noch ziemlich gut in Schuß: die an die Scheune angebaute Werkstatt, ein gut gelüfteter Keller drei Meter unter dem Fundament des alten Hauses (als ich Dreck und eingetrockneten Schlamm von der alten Tür wegkratzte, entdeckte ich, daß sie außen durch das Feuer schwarz versengt war, aber die Bretterborde drinnen, auf denen früher Einmachgläser gestanden hatten, waren bloß staubig).

Der größte Teil des Landes, das mir gehört, verläuft schüsselförmig den Abhang bergan, auf beiden Seiten und hinter dem Haus, und das dazugehörige Waldstück war siebzig oder sogar hundert Jahre nicht angerührt oder genutzt worden. Ich brauchte allein drei Jahre, um das Fallholz rauszuschaffen, und ich beheizte mein Haus damit siebeneinhalb Jahre lang. Hätte ich damals schon das Mauerwerk um den Herd gehabt, das ich jetzt habe, es hätte noch einmal so lang gereicht. Wir halten es so, daß wir Mitte September erstmals einheizen und zusehen, daß jede Minute danach ein kleines Feuer im Herd brennt. Bis Mitte Oktober hat sich das Mauerwerk durchwärmt, und danach brauchen wir es nur noch warm zu halten. Es funktioniert. Ich verbrauche viel weniger Holz, als das Wäldchen hergibt, und es ist alles Hartholz. Wir verbrennen schwarze Walnuß und Kirsche, Holz, das Möbelschreinereien mir teuer bezahlen würden, wenn sie wüßten, daß ich es habe. Das ist mein Luxus, meine Form von Konsumwahn – ich verheize schwarze Walnuß.

Vom Haus aus gesehen, ist alles perfekt. Die natürliche Landschaft bietet abgeschirmte, heimelige, gefällige Rundungen, weichgezeichnet vom Augustdunst und üppiger Vegetation – Zuckerahorn, Schwarzkirsche, Hickory, Graunuß, Walnuß, Rotbuche, Gelbbirke und Weißeiche sind nur einige, die ich von hier aus sehen kann – und meine unfehlbare Regung dabei ist Liebe (»Respekt« und »Inspiration«, Betrachten und Einatmen). Von überall sonst auf dem Besitz muß ich das sehen, was mir mißlungen ist, das Haus. Ich hab es gebaut – jawohl, ich selbst –, größtenteils aus Pflastersteinen aus den Straßen von State College, Pennsylvania, und Kiefernholz-Paletten, aus denen ich die Nägel einzeln herauszog. Meine Leistung dabei zu sehen bedeutet nicht, daß ich je damit zufrieden war. Mehr als der Mangel an Geräumigkeit mißfällt mir der Mangel an Größe. Was ich einfach halten wollte, wurde bescheiden, und ich wählte den Standort falsch, weil ich dachte, es würde leichter sein, das alte Fundament zu benutzen, als ein neues zu legen. Wenn wir jetzt ausbauen wollten, müßten wir außen anbauen und ein unansehnliches, flaches Gebäude schaffen. Hätte ich weiter hinten gebaut – in den Hang hinein, wie ich es anfangs vorhatte –, wäre es ein leichtes gewesen, oben auszubauen, einfach das Dach abzutragen und ein zweites kleines Haus auf das alte zu stellen. Und wir hätten es näher zum Brunnenhaus gehabt. Manchmal sehe ich die Anlage, die ich hätte bauen können, so klar vor mir, daß die Enttäuschung über das, was ich zustandegebracht habe, explosiv wird. Hier leben wir, hier werden wir immer leben. Keine Gärten, Ställe, Schuppen werden je die Dauerhaftigkeit dieses Fehlers mildern können.

Als ich mit meinen Arbeiten fertig bin, gehe ich zurück. Die

Frauen sitzen am Tisch, immer noch, und unterhalten sich über Heimunterricht. Tina wirkt skeptisch, was Liz dazu bringt, mit mehr Nachdruck zu reden und keinen der Zweifel zu äußern, die sie mir gegenüber geäußert hat. Der Heimunterricht ist meine Idee, und ihre Argumente sind dieselben, die ich ihr vorgehalten habe. »In Wirklichkeit«, sagt sie eben, »zeigen Studien, daß sie besser mit anderen Kindern auskommen, wenn sie nachher aufs College gehen, weil sie echtes Selbstgefühl und ein Gefühl für die eigenen Fähigkeiten haben.«

»Aber fehlen ihnen die anderen Kinder nicht?«

»Ich weiß nicht, ob es bei Tom so wäre. Wir haben ihn in den Kindergarten geschickt, weil wir ein schlechtes Gewissen dabei hatten, ihn so sehr zu isolieren. Er macht sich ganz gut, aber ehe man über Heimunterricht nicht wirklich nachgedacht hat, begreift man, glaube ich, gar nicht, was für ein Kompromiß die Schule ist, wie reglementiert alles ist und wie sehr die anderen erwarten, daß man sich einfügt. Und hier in der Gegend gibt es nicht viel zu tun, also treffen sich die meisten jungen Leute aus der High-School an einem der großen Teiche, betrinken sich und fahren dann im Auto herum, gefährden sich und andere. Hier ist es nicht wie in einer großen Schule in der Stadt, wo sie vielleicht, aber nur vielleicht, Neuem ausgesetzt würden.«

»Na ja, für Libby war die Gemeinschaft immer wichtig, seit dem Kindergarten ...«

Libby muß eine Tochter sein. Die beiden haben in meiner Abwesenheit eine Menge durchgenommen, und irgendwie bin ich schockiert über den Namen »Libby«, er klingt nach reich und überspannt, als wäre dieses Projekt nur eine Laune von Tina, nicht engagiert oder ernsthaft, wie wenn sie keine Kinder hätte oder wenn ihre Tochter, sagen wir, Susie hieße.

»Aber sie ist ein Mädchen. Bob war in der Schule ein Einzelgänger. Ich nicht. Ich glaube, ich hab dabei mehr versäumt als er. Ich machte genau dieselben Erfahrungen wie alle anderen.

Ich hab nicht das Gefühl, daß mein Leben überhaupt ein Ganzes war, ehe ich hierher kam.«

»Es ist wirklich wundervoll ...«

»Und wissen Sie, am Anfang habe ich es gehaßt. Ich hatte überhaupt keine inneren Ressourcen. Ich dachte, ich würde vor Einsamkeit sterben, sogar an Tagen, an denen Bob mit mir redete.« Sie lächelt mir verschmitzt zu. »So hatte ich mir mein Leben nicht vorgestellt.«

»Ich finde nur, es braucht viel Stärke, ein Kind zu Hause zu haben, für alles verantwortlich zu sein, was in seinen Kopf kommt. Wie denkt Tommy darüber?«

Jetzt melde ich mich zu Wort. »Die Idee gefällt ihm, aber wir haben ihm noch ein Jahr in der Grundschule versprochen, ehe wir uns endgültig entschließen.«

Liz wirft mir einen Blick zu. Ich verbessere mich wahrheitsgemäß. »Na ja, immer gefällt es ihm nicht. Die Entscheidung über seine Ausbildung liegt aber bei mir. Das versteht er. Außerdem sind wir eine festgefügte Familie, und hier ist die ganze Zeit so viel los, daß er nichts davon versäumen möchte. Und was das betrifft, die Verantwortung dafür zu übernehmen, was in seinen Kopf kommt, das reizt mich.«

Tina lehnt sich zurück. Sie sagt: »Das Leben eines jeden von Ihnen ist sosehr aus einem Stück. Ich bewundere ...«

»Wissen Sie, ich stell mir immer vor, daß es mir sehr gefallen wird, bewundert zu werden, aber wenn es passiert, werde ich nervös; ich glaub, weil man nicht für etwas bewundert werden soll, was man tun mußte. Ich meine, ehe ich hierher zog, war ich so voller frustriertem Verlangen, daß es nur das hier gab oder den Selbstmord. Als ich in Tommys Alter war, dachte ich, es ist das Verlangen, auf eigenen Füßen zu stehen. Als Teenager dachte ich, es ist die Lust. Bei der Armee und in Vietnam dachte ich, es ist die Sehnsucht nach Zuhause. Doch es war nichts davon. Ich habe nie herausgefunden, was es war, aber es hat aufgehört. Tommy hat das nicht. Die Farm, die Tiere, das

Fischen begeistern ihn, und daß er uns helfen kann, beim Kochen und Dinge-zum-Wachsen-Bringen, alles, was wir hier tun und nicht tun könnten, wenn wir in der Stadt leben würden.« Jetzt eben setzt der Regen ein, warm und stetig, und läßt den Duft des Grases, des ganzen Vormittags im Tal, durch die Fliegentür hochsteigen – Wildblumen, Tomatensträucher, Walnußblätter, Pony- und Schafmist, das Regenwasser selbst. Es ist ein Geruch, so dick und vielfältig, daß ich ihn beinahe sehen kann, und ich hole tief Luft. Liz lacht und beugt sich zu Tina. »Schreiben Sie das mal in Ihr Buch. Bob tut so, als hätte er Ansichten, aber die Wahrheit ist, daß seine Sinne dreimal schärfer als normal sind. In Wirklichkeit ist er nur ein Tier auf einer Farm, das sich im Staub suhlt.«

»Stimmt nicht!« sage ich. »Was ich in Wirklichkeit bin, ist ein Körper, der mit einem Paar Hände verbunden ist, die nicht aufhören können, sich Dinge zu machen. Neigung geht vor Überzeugung. Ich will machen, daher habe ich beschlossen, daß Machen wertvoll ist. Je mehr ich machen will, desto wertvoller ist Machen.«

»Sehr hübsch, Liebling«, sagt Liz, steht auf und küßt mich auf den Scheitel. »Aber bevor du was machst, streichelst du mit der Hand über das Brett.«

Auf der Veranda taucht Tommy auf, tropfnaß, aber er kommt nicht herein. Er ruft: »Heh, Daddy, ich hab das Pony und das Fohlen reingebracht, bevor der Regen anfing. Sie sind überhaupt nicht naß geworden!«

»Hast du das Zaumzeug abgewischt?«

»Ja, Daddy.«

»Auch die Enden der Trense?«

»Ja, Daddy.«

Liz reicht ihm ein Handtuch, und er trocknet sich in der Tür ab. Er hat, was wir "den Ausdruck" nennen. Sein Gesicht strahlt zu sehr, sein Blick ist zu eifrig; wenn er stillhält, scheint ihn eine Art Verkrampfung zu erfassen, doch wenn er sich bewegt, sind die Bewegungen rasch und schmissig. Auch Liz erkennt es und sagt geduldig: »Schätzchen, beruhig dich erst mal, ehe du dich hinlegst. Willst du noch ein bißchen Milch, ehe du raufgehst? Setz dich zu Daddy, ich gieß dir welche ein.«

Vielleicht setzt er sich hin. Vielleicht läuft er ins andere Zimmer. Vielleicht wirft er seinen Stuhl um. Ich muß diesen Ausdruck auch gehabt haben, als ich in seinem Alter war, denn ich kann mich an das Gefühl genau erinnern, das Gefühl einer bevorstehenden Eruption, beängstigend, verlockend, unkontrollierbar. Es war, als stünde man in einem dämmrigen, warmen, kleinen Raum und als würde dann und wann ein erstaunlich grelles Licht angedreht, und wenn das Licht an war, konnte ich mich nicht mehr erinnern, wie es war, als es aus war. Im Alter von neun bis zwölf Jahren arbeitete ich stetig daran, den Raum Molekül für Molekül zu erhellen, bis das grelle Licht für mich kein Schock mehr und der Raum anheimelnd erleuchtet war. Ich weiß nicht mehr, was genau ich tat, aber ich erinnere mich an die Lichtempfindung, an das Gefühl, mich angestrengt zu haben, und an eine Bemerkung meines Vaters, daß ich doch noch ein braver Junge geworden sei, nicht mehr »überall gleichzeitig wie ein Verrückter«. Das erste Mal das Gefühl einer eigenen Leistung, das erste Mal, daß ich wußte, daß ich mich beherrschen konnte.

Vielleicht wegen Tina setzt Tommy sich still hin, trinkt seine Milch und stößt erst beim Aufstehen seinen Stuhl um. Liz stellt ihn mit demonstrativer Sorgfalt wieder auf, und ich sage: »Zeit, daß du dich hinlegst, mein Sohn. Wenn du wieder runterkommst, möchte ich, daß du mir das Kapitel zeigst, das du gelesen hast.«

»Wieviele Seiten?«

»Ein ganzes Kapitel.«

»Auch, wenn es zehn Seiten sind?«

»Ein ganzes Kapitel.«

Er beherrscht sich und marschiert ab. Alle diese Dinge passieren jeden Tag, und doch erscheinen sie mit Tina am Tisch, die sich im Kopf Notizen macht, seltsam. Ich bin versucht, mich zu entschuldigen, aber ich weiß nicht, wofür, also halte ich den Mund.

Als wir uns an diesem Abend fürs Zubettgehen ausziehen, gebe ich zu, daß das Interview eine schlechte Idee war. »Ich mein, ich hasse dieses Gefühl, so von allem abgehoben zu sein. Sehen Sie nur, wie mein Fuß unter die Laken schlüpft. Sehen Sie, wie meine Hände die Decken hochziehen, sind das nicht hübsche Quilts, sehen Sie sich meine Frau an, Liz heißt sie, wie sie die Lampe ausbläst.«

Liz lacht und langt unter die Laken, um mich ein bißchen zu kitzeln. »Sie hielt dich für ein Genie.«

»Was?«

»Du hast schon richtig gehört.«

»Wann hat sie das gesagt?«

»Nach dem Essen und dann nochmal, als sie abfuhr. Sie sagte: ›Alles, was er anfaßt, verwandelt er in etwas Schönes und Nützliches.‹«

»Was hast du gesagt?«

»Ich hab gesagt, daß ich da zustimme.«

»Das hast du?«

Sie streicht mir mit der Hand in der Dunkelheit übers Gesicht, eine gleichzeitig zärtliche und besitzanzeigende Geste. Sie sagt: »Ich hab gesagt, ich hoffe, daß sie das in das Buch reinnimmt, weil das die Wahrheit über dich ist.«

Nachdem wir uns geliebt haben, als ich schon fast eingeschlafen bin, spüre ich, wie sie aus dem Bett schlüpft, dann fühle ich, wie sie sich umdreht, neben dem Bett niederkniet und zu beten beginnt. Ich höre das Murmeln die ganze Nacht, sogar als ich sie im Schlaf längst wieder fühlbar schwer und ohne Bewußtsein neben mir weiß.

Der nächste Tag ist Samstag. Beim Frühstück sagt Liz: »Du erinnerst dich an das Kirchentreffen heute nachmittag?«

»Ich erinner mich.«

»Ich werd um sechs herum zurück sein, wenn nicht jemand mich bis zum Ende der Straße mitnimmt. Dann könnte ich schon zwanzig nach fünf oder so zu Hause sein.«

»In Ordnung.«

»Wirklich?«

»Liz, du brauchst nicht zu fragen. Es ist in Ordnung.«

»Gut. Ich freu mich schon.«

Vor etwa einem Jahr begann Liz sich nach einer Kirche umzusehen, der sie beitreten konnte. In Moreton gibt es ungefähr zehn Kirchen, und sie ging zu jeder, wobei sie mehr nach der Atmosphäre als nach der Lehre urteilte. Zwischen den beiden Quäker-Gemeinden, die noch vor einer Generation eine gewesen waren, herrschten extreme Animositäten, erzählte sie, die Episkopalen frönten zu sehr dem guten Leben, die Presbyterianer waren damit beschäftigt, ihren Geistlichen loszuwerden und so die ganze Reihe durch, bis sie sich für die »Gemeinschaft des Lichts« entschied, eine Pfingstlersekte, deren Prophet in Gambier, Ohio, residiert. Ich war ehrlich erstaunt, daß meine Frau, die bücherverschlingende Absolventin der University of Pennsylvania, sich an diesem Sammelplatz der ländlichen Armen, wenig Gebildeten und unbedarften Eiferer wohlfühlen konnte, aber genau so fühlt sie sich dort, sagt sie. Insgeheim glaube ich, daß sie das Gefühl hat, sich in Demut zu üben, ihre bevorzugte Lebenseinstellung. Sie trat im Januar bei und ist jeden Sonntag hingegangen. Wenn es schneite, fuhr sie auf Skiern; wenn es regnete, trug sie Gummistiefel und einen Poncho. Sie fragt mich, ob ich was dagegen hab. Das hab ich zwar, aber lieber wär mir, ich hätte es nicht, und ganz gewiß will ich sie nicht beeinflussen. Nichtsdestoweniger ist daraus eines dieser ehelichen Gesprächsthemen geworden, ein Riß, den zum Streitpunkt zu machen wir uns bewußt hüten. Meine eigenen religiösen Ansichten sind deistisch, könnte man sagen. Mir fällt auf, daß die Tage, an denen sie zur Kirche geht, aus irgendeinem Grund besondere Tage sind, die das glatte Dahinfließen der Zeit, wie ich es mag, behindern. Sie nimmt an, daß das mein Haupteinwand ist. Mir fällt auch auf, daß sie, wie verschieden sie sich auch die Zeit und die Beschäftigung mit Tommy und mir einteilt, es nie versäumt, sich vor dem Schlafengehen hinzuknien und ein längeres Gebet zu sprechen. Das, die unfehlbare Regelmäßigkeit wie auch die Störung, die es in unsere abendliche Routine bringt, ist der eigentliche Streitgrund. Ich bin schon lange mit Liz verheiratet – zwölf Jahre – und habe die Absicht, für immer mit ihr verheiratet zu bleiben, also bin ich vorsichtig mit Schlußfolgerungen, ob diese Sache etwas Vorübergehendes ist, etwas, das sich durch einen Kompromiß beilegen läßt, oder einfach ein großer, schwerer Brocken, der im Raum liegt, den Durchgang blockiert und den man grollend da liegen läßt, Jahr um Jahr.

Natürlich hab ich die Kirchenversammlung vergessen, also besteht meine Reaktion – denn reagieren muß ich – darin, mich ein bißchen abzusondern, hinaus in die Werkstatt zu gehen und mich in eines meiner Projekte zu vertiefen, anstatt etwas Geselligeres zu tun, wie etwa auf der Veranda Irissprosse sortieren. Was ich tue, ist mich daran erinnern, daß ich ein Genie bin, und als ich die Werkstatt betrete, verleiht das selbst den Küchenstühlen, die ich eben mache, den Abglanz von Schönheit. Sie sind aus jungen Eschenzweigen, mit Sitzflächen aus geflochtenen Binsen, und meine Werkzeuge bestehen im wesentlichen aus einer Ziehklinge und einem Eimer Wasser. Stühle wie diese gibt es in jedem Antiquitätenladen – gerundete Armstützen, Sprossenlehnen, vier Streben unter dem Sitz –, aber meine sind die bequemsten, auf denen ich je gesessen habe. Zum einen ist die Sitzfläche größer, und dann lasse ich die Seitenhölzer weichen und biege sie nach hinten, so daß man nicht das Gefühl hat, man wird gleich angeschnallt wie auf dem elektrischen Stuhl. Ich lasse auch die Zapfenlöcher weichen, bevor ich alles zusammenstecke, und beim Austrocknen ziehen sie sich so fest um den

Zapfen zusammen, daß der ganze Stuhl aus einem Stück geschnitten sein könnte. Sie sind fast fertig. Alles, was ich noch machen muß, ist die Schnitzerei aus Blättern und Ranken auf der obersten Sprosse der Lehne.

Nun, es ist ein schöner Tag. Ich sitze auf einem der Stühle, die ich gemacht habe, und verziere einen anderen. Die Kastanie über mir ist von Licht und Schatten belebt, es ist warm und leicht windig, meine Frau und mein Sohn gehen mit offensichtlicher Befriedigung ihren Verrichtungen nach. Das Tal, in dem wir zu Hause sind, ist wohltuend schön, sicher und in sich geschlossen. Wir essen eine Mahlzeit aus eigenem Anbau. Danach bin ich sosehr mit meiner Schnitzerei beschäftigt, daß ich ganz vergesse, daß Liz nicht da ist, bis ich sie die Straße entlangkommen sehe, und dann, egal, bei wem sie gewesen ist, ist alles, was ich will, ihr entgegengehen, sie küssen und zum Haus geleiten.

»Weißt du was?«, sagt sie.

»Ich bin ein Genie?«

»Ja. Weißt du, wieso ich das weiß?«

»Wieso?«

»Du hast vergessen, daß Dienstag die Schule anfängt.«

»Diesen Dienstag? Ich dachte, dieses Jahr erst nach Labor Day.«

»Montag ist Labor Day. Es ist jetzt schon vier Tage lang September.«

»Tina sollte doch am fünfzehnten August kommen.«

»Na ja, sie war zwei Wochen zu spät dran, und wir haben's nicht mal gemerkt. Das sollte sie in ihr Buch reinnehmen.«

»Du bist doch letzten Sonntag zur Kirche. Ist dir nicht aufgefallen, was für ein Datum das war?«

»Es wurde nicht erwähnt. Es ist nicht so wie bei den Katholiken, wo man immer von einem wichtigen Feiertag an vorwärts- oder zurückrechnet.«

»Na ja, ich schätze, das zeigt, daß der Prophet ein sehr heutiger Mann ist. Er rechnet damit, daß jeder weiß, welcher Tag ist.«

»Wenn du's wirklich wissen willst, er rechnet damit, daß jeder Tag genausogut der letzte sein könnte.«

Wir haben über die Einzelheiten ihrer Glaubenslehre nie viel geredet, aber ich gehe nicht darauf ein. Jedenfalls kommt Tommy aus dem Stall, wo er die Ponys für die Nacht gefüttert und getränkt hat, und begrüßt seine Mutter, als wäre sie seit Weihnachten weggewesen. Sie nimmt ihn mit Schwung hoch und geht weiter, seine Arme um ihren Hals und seine Beine um ihre Mitte. Die Stimme meines Vaters sagt mir, daß er dafür schon zu groß ist, aber meine eigene Stimme widerspricht und sagt, daß Jungen viel zu früh isoliert werden, daß er, solange er unsere Körper sucht, sie auch finden soll. Und da ist auch dieser beruhigende Schauer von Eifersucht, ein leichtes Rieseln, von dem sich mir die Nackenhaare aufstellen, das mich daran erinnert, daß die Freuden der Ehe und die Freuden der Vaterschaft ihre Pikanterie daraus beziehen, daß man, selbst ausgeschlossen, zusieht, wie sie schnäbeln und kichern und sich necken. Er versucht nie, sich bloß bei ihr wichtig zu machen; sie versucht nie, ihn zu bremsen. Seit unserer Heirat haben wir keine Verhütungsmittel benutzt, und sie wurde nur einmal schwanger. Die meiste Zeit vergesse ich, daß es wieder geschehen könnte. Im geheimen habe ich mir immer bloß ein Kind, einen Jungen, vorzustellen vermocht. Vielleicht ist auch dabei die Vorstellungskraft der Schlüssel. »Ein wunderschöner Sonnenuntergang«, sagt Liz, und Tommy sagt: »Zum Abendessen haben wir grüne Tomaten mit Basilikum gebraten.«

»Mmm«, sagt seine Mami. »Das mag ich aber sehr.«

Wir spazieren die Straße bergan auf das Haus, das Essen auf dem Tisch zu, und was wir erwarten, ist zu essen und zufrieden zu sein, sich in der Gesellschaft der anderen wohlzufühlen, den Tag gehen und die Nacht kommen zu lassen, in aller Gemütsruhe den geordneten Rückzug von jeder Grenze anzutreten, die uns umschließt – Tal, Hof, Haus, die Decken, das Wachsein. Ja, natürlich bin ich dankbar, und natürlich steigt ein Gebet von mir auf, aber nicht um Menschliches geht es dabei, keine Verallgemeinerungen, ja nicht einmal Worte – die Richtigkeit jedes Dings hier drückt sich durch meine Wertschätzung von selbst aus.

OKTOBER

Ich gebe zu, ich bin gern auf alles vorbereitet. Ein Leben ohne Geld gründet auf Voraussicht (wenn es auch vielleicht vom Unerwarteten geformt wird). Wenn man verheiratet ist, geschieht mehr Unerwartetes; und noch mehr, wenn man ein Kind hat. Meistens macht der Eintritt des Unerwarteten mich verwirrt und schwerfällig, und genau das passiert, als der Tag kommt, die Sommerschafe zu schlachten. Ich habe nicht die geringsten Bedenken gegen das Töten der Tiere, weil es ja keine niedlichen kleinen Lämmchen mehr, sondern blöde, plumpe Schafe sind. Ein Schaffell, eine Hammelkeule sind für mich schöne Dinge. Eine Herde Schafe, die sich in Panik tottrampeln, nicht. Sie geraten oft in Panik. Sie trampeln oft. Mein Widder und meine sechs Mutterschafe, die ich von verschiedenen Züchtern habe, sind nicht miteinander verwandt und bringen gesunde mischerbige Lämmer hervor. Durch Inzucht vermehrte Tiere sind anfällig für Parasiten, Krankheiten und Immunschwächen, die ich mit meinen Wurmmitteln aus Knoblauch, Kraftnahrung und gesunder Weidehaltung womöglich nicht unter Kontrolle halten kann, also haben die Lämmer in meiner Herde keine Zukunft.

Beim Aufstehen an dem Tag, als ich die Schafe schlachten will, fühle ich mich gut. Liz ist auch schon munter, weil es eine Menge Arbeit gibt. Wir legen im Herd ein paar Scheite nach und genießen die Morgenkälte. Ich stehe auf einem Stuhl und krame eben in den oberen Schränken nach meinem 45er Militärrevolver aus dem Zweiten Weltkrieg, den ich bei einer Versteigerung entdeckt habe, und nach der Schachtel Patronen, die ich letzten Herbst gekauft habe, als Tommy weinend in die Küche kommt.

Tommy ist schon fast acht, also war er schon bei acht Schafmassakern dabei und hat wenigstens vier davon mitbekommen; darum dauert es eine Weile, bis ich verstehe, daß es der Tod der Lämmer ist, was ihn so aufregt. Als ich es verstehe, das gebe ich zu, haue ich mit der Faust auf den Tisch, eher verärgert als froh darüber, daß er im vergangenen Jahr groß genug geworden ist, sich die Sache vom Standpunkt der Schafe vorzustellen. Er schnieft über seinem Frühstück. Ich brülle: »Nun, du wirst mithelfen! Hier muß man das lernen. Wenn du etwas essen willst, mußt du mithelfen, es zu erzeugen. Willst du Vegetarier werden?«

Er schüttelt den Kopf. »Magst du Schmortopf mit Lamm? Oder Forelle? Oder Wurst?«

»Ja, Daddy.«

»Na, und?«

»Ich will nicht.«

»Willst was nicht?«

»Zusehen, wie du sie umbringst.«

»Warum nicht?«

»Ich will nicht.«

»Otto Normalverbraucher, der Typ, der sich im Laden ein Steak kauft. Weiß nicht, woher es kommt, weiß nicht, was es heißt, es zu essen. Willst du so werden?«

»Nein, Daddy.«

»Wir haben gut für die Lämmer gesorgt. Sie haben saftiges Gras gefressen und viel frisches Wasser bekommen, und jetzt werden sie nicht mitkriegen, was mit ihnen passiert. Für ein Lamm ist das ein gutes Leben, Tommy, bis ganz zum Schluß und darüber hinaus.«

»Ich will nicht.«

Ich stehe vom Tisch auf. »Komm mit nach draußen.«

Zuerst scheren wir die Schafe und gewinnen ein paar Pfund hübscher weicher Wolle, und dann schieße ich sie in den Kopf und schneide ihnen die Kehle durch, um sie ausbluten zu lassen.

Wir leisten gute Arbeit – rasch, fachmännisch, ohne die Lämmer sehr zu verängstigen. Ich bringe sogar jedes einzeln hinter den Stall, aus der Sicht der anderen, um die Tat zu vollbringen. Bis Mitte des Nachmittags sind acht Schafhäute an die Stallwand genagelt, und das zerteilte Fleisch liegt bereit für meinen Freund Martin Summerbee, der es, im Tausch gegen eine Hälfte davon, abholt, einpackt und über den Winter für mich einfriert. Tommy war so folgsam – er hielt die Lämmer beim Scheren fest, half mir, sie nach dem Schlachten an den Beinen hochzuhieven und das Blut aufzufangen –, daß ich den Streit vom Morgen schon vergessen oder verdrängt habe. Das ist am Samstag. Am Mittwoch darauf kommt er mit einer Mitteilung von Miß Bussman, der Lehrerin der zweiten Klasse, von der Schule nach Hause. Sie lautet:

Sehr geehrter Mr. Miller,
heute zur Mittagszeit, als die anderen Kinder beim Essen waren, ging Tom in die Garderobe und fand dort einige Spielsachen, zwei Puppen, die einem anderen Kind, Annabel Harris, gehören. Er verbog die Puppen, bis sie auseinanderbrachen, und zerriß zum Teil ihre Kleider. Annabel weiß zwar, daß sie die Puppen nicht in die Schule hätte mitbringen sollen, aber Tom nahm sie aus ihrer Schultasche. Er sagt, der »Unfall«, wie er es nennt, tut ihm leid. Ich habe Mrs. Harris versprochen, daß die Puppen ersetzt werden. Es handelt sich um eine »Jem« und eine »Kimber«-Puppe. Ich würde gerne mit Ihnen über diesen äußerst beunruhigenden Vorfall sprechen.

Mit freundlichen Grüßen
Leona Bussman

Liz, die über meine Schulter hinweg mitliest, ist als erste fertig. Sie gibt beim Lesen einen kleinen Laut von sich, zwischen einem Aufschrei und einem Stöhnen, ganz weich, doch nachher sagt sie nichts mehr und wendet sich bloß wieder zur Spüle, wo wir eben Wäsche gewaschen haben. Tom sitzt am Tisch, vollkommen still, ohne auch nur mit dem Bein zu schlenkern oder dem Finger zu trommeln. Ich lese den Brief noch einmal und sage: »Hast du dich wegen der Schafe sosehr aufgeregt, mein Sohn?«

»Was?« Seine Überraschung über diese Gedankenverbindung ist echt und vollkommen. Wenn er sie nicht herstellt, sollte ich es tun?

»Ich dachte, du warst vielleicht immer noch aufgeregt wegen der Schafe und hast gedacht, das wär 'ne Möglichkeit, es mir heimzuzahlen, oder vielleicht einfach, deine Wut rauszulassen.«

»Die Schafe sind mir egal. Wir schlachten doch jedes Jahr welche.«

»Warum hast du dann mit den Spielsachen von jemand anders so was gemacht? Ich bin überrascht über dich. Dem Brief nach klingt es, als hättest du geplant, es zu tun, wenn die anderen nicht dabei waren.«

»Ich wußte, daß sie diese Puppen hat.«

»Aber warum hast du's getan?« sagt Liz leise von der Spüle her. Er wirft ihr einen langen, bedächtigen Blick zu und schaut dann wieder auf seinen Fuß. Wir warten. Der Wasserkessel auf dem Herd beginnt zu pfeifen, und Liz stellt ihn weg, als wollte sie ihn zum Schweigen bringen. Wir warten, bis er sagt: »Sie ist 'n Nigger.«

Liz hat manchmal einen Ton, der mich daran erinnert, daß ihre Familie mal Geld hatte, einen Ton, der zu verstehen gibt, daß es unerträglich ist, sich bestimmte Dinge anzuhören, und daß sie daher nicht gehört worden sind. Sie sagt: »Wie bitte?« Darin klingt nichts Mütterliches mit, und es zielt darauf, dem Übeltäter die Schmach aufzuzwingen, das Unaussprechliche zu wiederholen.

»Sie ist 'n Nigger.« Diesmal sagt er es lässig, und plötzlich ist das kleinjungenhafte Füßescharren, Ruckeln, Schniefen und

Herumrutschen wieder da, wie Musik nach einer langen Pause. Ich habe eine gewaltige Reichweite. Es kommt mir vor, als würden meine Hände im Bogen quer durchs Zimmer ausfahren und ihn an den Schultern packen wie ein Bündel Stroh. Es reißt ihm den Kopf nach hinten, als ich ihn zu mir ziehe, und dann tue ich etwas, was ich ihm vor zwei Jahren versprochen habe nie wieder zu tun, ihn übers Knie legen und ihm eine Tracht Prügel verpassen. Die Worte platzen im Takt der Schläge heraus: »Daß. Du. Mir. Nie. Wieder. Dieses. Wort. Sagst.« Als der eine Satz zu Ende ist, rutscht er von meinem Schoß, von einem kleinen Jungen auf ein Nichts zusammengestaucht, das heult, sich den Po hält und nach Luft schnappt. Doch dieses Bild ist nicht so eindringlich wie das andere, sein ungerührter Trotz, und so ist alles, was ich tun kann, mich soweit zurückzuhalten, nicht noch unter dem Tisch, wo er vor sich hinschluchzt, nach ihm zu treten. Liz geht ganz geschäftsmäßig zu ihm hin, nimmt ihn an der Hand und zieht ihn hoch. »Geh jetzt in dein Zimmer«, sagt sie, »wir reden später darüber.«

Es ist vielleicht zehn Minuten her, seit er uns den Brief gegeben hat. Alle Einzelheiten – die Schafe, die Puppen, das rassistische Schimpfwort, sein achtloses Benehmen, meine gewalttätige Reaktion – scheinen sich übereinanderzustapeln, jedes für sich, keines gelöst, und jedes führt auf eine Art zum anderen, die jede Lösung, selbst eine Diskussion verhindert. Es wäre falsch, ihm noch eine Ausrede für den Schaden zu liefern, den er angerichtet, oder die Sprache, die er benutzt hat, aber seine Missetaten scheinen doch zwischen meinem Beharren, daß er mir mit den Schafen helfen mußte, und der heutigen Tracht Prügel zu liegen und etwas über den Triumph meines Willens bei diesen beiden Anlässen zu sagen. Ich war unvorbereitet. Das Ergebnis ist peinliche Verwirrung.

Liz sagt von der Spüle her: »Ich fand es wirklich schrecklich, ihn so was sagen zu hören, aber ich weiß nicht, ob das Gewalt rechtfertigt.«

»Vielleicht merkt er sich's jetzt jedenfalls.«

»Aber wir wissen nicht mal, ob er versteht, warum du so auf ihn losgegangen bist. Du warst so schnell!«

»Alles ging so schnell. Ich hab ihn dieses Wort sagen hören, die Art gesehen, wie er dasaß, ich hab ihn dieses Wort vor fremden Leuten sagen hören und ihre Ablehnung gegen uns und die Art, wie wir hier leben, gespürt, ich hab mir vorgestellt, wie das kleine Mädchen ihre zerbrochenen Puppen findet, wie sie sie ihren Eltern zeigt und was die über uns denken würden, ich hab mich daran erinnert, wie ich in der Armee war, und an die Geschichte von Faulkner, wo sie diesen Kerl lynchen, und hab in diesen Figuren meinen eigenen Sohn gesehen.« Sie lächelt und kommt auf mich zu, fährt mir mit der Hand durchs Haar. Das macht es mir möglich zu sagen: »Ich hab's vermasselt, oder?«

»Ich weiß nicht, Robert, ich weiß nicht, was die richtige Reaktion darauf ist. Vielleicht ist die natürlichste Reaktion die richtige.«

»Das glaube ich eher nicht.«

Liz läßt sich in einen Stuhl fallen. Tatsache ist, daß uns das alles erschöpft hat, doch wir müssen noch die Wäsche fertig machen, eine Leine über den Herd spannen und die Sachen aufhängen, nach dem Waschen saubermachen, das Vieh füttern und tränken, die Ziegen melken, Abendessen richten, nach dem Essen saubermachen, zusehen, daß Tommy seine Schularbeiten macht, Holz reinholen, im Herd nachlegen, damit das Feuer bis zum Morgen hält, Wasser zum Waschen heiß machen, unsere Betten mit Ziegelsteinen anwärmen, damit man's aushalten kann, sich reinzulegen, und ein letztes Mal für diese Nacht nach den Tieren sehen. Ich sage: »Telefonieren wir und lassen uns 'ne Pizza kommen.«

Liz sagt: »Telefonieren wir und lassen uns ein Telefon kommen.«

»Telefonieren wir und lassen uns 'ne Straße kommen, damit sie liefern können.«

»Telefonieren wir und lassen uns 'ne Stadt mit einer Pizzabude kommen.«

»Nee«, sage ich, »ich hätte doch lieber was Chinesisches.« Unser Lachen versorgt uns mit gerade genug Energie, uns von unseren Stühlen hochzustemmen und an die Arbeit zu gehen.

Später, als wir alle Entschuldigungen und Erklärungen durch haben und zu der eigentlichen Frage kommen, wo Tommy das her hat, Annabel Harris »Nigger« zu nennen, sagt er: »Manche Lehrer reden so von ihr. Ich hab sie gehört, auch Miß Bussman.«

»Wann hast du das gehört?«

»Einmal, als wir Freistunde hatten und ich aufs Klo ging. Sie standen auf dem Flur.«

»Wann war das?«

»Schon ziemlich lang her. Ein paar aus der fünften Klasse haben es auch gesagt. Sie standen auf dem Jungenklo und sagten: ›Habt ihr schon das Niggermädel aus der Zweiten gesehen?‹« Er guckt mich an und leckt sich die Lippen. »Das war am ersten Schultag.«

»Kannst du dich erinnern, was die Lehrer genau gesagt haben?«

»Sie haben so leise geredet.«

Irgendwo im Haus muß es noch so was wie zehn Dollar geben, da ich vor zwei Wochen erst meine Grundsteuern bezahlt habe. Kann sein oder auch nicht, daß man für zehn Dollar zwei Ersatzpuppen kriegt. Jedenfalls wird es eine Menge Wege geben – in die Schule, zu einem Telefon, um die Familie Harris anzurufen, in irgendein Einkaufszentrum (das nächste ist in State College) –, und jeder dieser Ausflüge wird für alle, die es interessiert, die Schwächen unserer Lebensweise offenlegen, wenn es darum geht, mit dem Unerwarteten zurechtzukommen.

Am nächsten Tag komme ich zur Schule, als der Bus mit den Kindern auf dem Heimweg eben abfährt. Ich habe vorher nicht angerufen, und ich will sicher sein, daß Miß Bussman da ist. Ich treffe sie im Klassenzimmer beim Aufräumen an. Sie summt vor sich hin, doch als sie sich umdreht und mich sieht, wird sie angespannt. Sie sagt: »Besucher sollten sich im Büro anmelden.«

»Ich bin Bob Miller, Tommys Vater.«

Jetzt entspannt sie sich, aber ihr Blick ist unverhohlen prüfend, als würden Vermutungen bestätigt. Liz hätte kommen sollen. Ich sage: »Ich schätze, wir haben uns noch nicht kennengelernt. Ich hab kein Auto, darum kommen wir nicht sehr oft zu den Elternabenden. Sie wissen schon, wo sich alle kennenlernen?«

Sie setzt sich weit von mir weg, ohne zu lächeln oder mir die Hand zu geben. Sie ist jung, fünf- oder sechsundzwanzig vielleicht. Letztes Jahr hatte Tommy eine Lehrerin in meinem Alter. Sie konnte sich wenigstens noch an eine Zeit erinnern, als auch andere dieselben Ambitionen wie ich hatten, aber die hier nicht. Sie sagt: »Also, dieses Benehmen von Tommy hat die ganze Klasse durcheinandergebracht. Und mich genauso.«

»Mrs. Miller und ich waren sehr überrascht.«

»Nun, um ehrlich zu sein, Mr. Miller, ich nicht. Gegen Anfang des Schuljahres passierte noch so eine Sache, aber ich dachte, es sei vorüber und vergessen. Ich hatte unrecht, und ich hätte Ihnen schon damals eine Mitteilung nach Hause schicken sollen.«

»Was war das?«

»Also, eines Tages meldete Tommy sich ohne Anlaß in der Klasse zu Wort und sagte: ›Wie ist das Niggermädel hier reingekommen?‹ Ich war schockiert. Annabel reagierte eigentlich überhaupt nicht. Ich bin mir nicht sicher, ob sie das Wort je gehört hatte, und ich weiß nicht, ob sie überhaupt begriff, daß er von ihr sprach.«

»Ich wollte, Sie hätten mich davon wissen lassen.«

Sie lächelt ein gepreßtes, unbehagliches Lächeln. »Nun, Mr. Miller, ich war nicht wirklich sicher, daß es Ihnen etwas ausmacht, ich meine, daß diese Art von Sprache für Sie inakzeptabel ist.« Sie wirft mir einen herausfordernden Blick zu.

»Miß Bussman, ich kann mit Sicherheit sagen, daß Tommy dieses Wort zu Hause nie gehört hat. Genaugenommen sagt er, er hat zu Anfang des Schuljahres gehört, daß einige der Lehrer das Wort benutzten.«

Miß Bussmans breites, helles Gesicht verschließt sich, und sie sagt: »Das ist absurd, Mr. Miller.« Ich hätte mit den Fünftkläßlern auf dem Klo anfangen sollen. Wir starren einander einen Augenblick lang an und sehen dann auf den Tisch. Das Wissen, daß einer hier lügt, hat jedes Gespräch schon vergiftet.

Ich fasse mich in Geduld. Die instinktive Erkenntnis, daß Tommys Lehrerin, aus welchem Grund auch immer, voreingenommen gegen ihn ist, macht mich ein bißchen atemlos. Ich sage gewichtig: »Nun ja, ich danke Ihnen, daß Sie mit mir gesprochen haben. Sie sollten keinen Ärger mehr mit ihm haben, und das wegen der Puppen bringe ich mit den Harrises in Ordnung.«

»Mrs. Harris. Nur Mrs. Harris.«

»Schön. Ich lasse mir ihre Adresse geben.«

»Die hab ich.« Sie hält mich an der Tür zurück und kramt endlos in ihrer Handtasche. Die Wände des Schulzimmers sind mit großen Papierbogen behängt, auf denen bunte Sprüche stehen: »Die einzige dumme Frage ist die, die nicht gestellt wird«, »Heute schon gelächelt?«, »Lesen macht Spaß«. Sie sagt: »An der Bundesstraße drei. Die Telefonnummer ist 453-9876.« Sie hält meinem Blick stand, doch es kommt nicht mal mehr ein gepreßtes Lächeln; irgend etwas hat die Zügel, die sie ihrer Abneigung angelegt hatte, gelockert. Vor der Schule lodert mein Zorn plötzlich hoch, nicht auf Miß Bussman, sondern auf Liz, weil sie gegen den Heimunterricht war und und ein weiteres Jahr Schule wollte.

Ich fische einen Vierteldollar aus der Hosentasche und rufe die Nummer an. »Dr. Harris«, sagt sie mehrmals. »Dr. Harris.« Ich bin nicht mal sicher, daß sie hört, was ich ihr zu sagen habe, aber sie erklärt mir, wo sie wohnt, etwa eine Meile außerhalb, südwestlich der Stadt. Von dort zu mir sind es etwa sieben Kilometer auf der Straße, querfeldein fünf. Auf der Uhr im Drugstore ist es schon vier. Bis sechs wird es dunkel sein. Eines, das Liz und ich uns anerzogen haben, ist geduldig zu warten. Der andere wird heimkommen. Aber ich freue mich nicht gerade auf den langen dunklen Marsch, auf den ich mich mit leerem Magen machen muß, den ganzen Weg über die rätselhaften Missetaten meines Sohnes nachgrübelnd.

Das Haus ist hübsch, aus den zwanziger Jahren, so scheint es, mit zweiflügeligen Fenstern nach vorne hinaus und einem kleinen Fluß, dem Laurel Creek, der an der Westgrenze des Grundstücks vorbeifließt. Dr. Harris oder irgend jemand sonst hat eine Reihe Blumenbeete angelegt, und obwohl sie so spät im Jahr mit Reif bedeckt sind, lockt es mich doch, von meinem geraden, schmalen Büßerweg an die Tür abzuschweifen. Die Eingangstür könnte mich neidisch machen – zwei Seitenfenster und oben eine Lünette. Als ich läute, flammt der Lüster im Flur auf, und sein Glitzerlicht ergießt sich durch die Lünette über die Veranda. Die Tür geht auf. Eine angenehme Stimme sagt: »Mr. Miller? Kommen Sie rein.«

Man merkt sofort, daß Dr. Harris eine glückliche Hand hat. Das Vorzimmer und das daran anschließende Wohnzimmer sind hell, warm, gemütlich und stilvoll. Die hohen Decken, in fahlem Pfirsichrosa gestrichen, die weiße Vertäfelung, die lindgrünen Wände, der elegante dunkle Glanz des Treppengeländers, das sich in Spiralen in den Oberstock windet, die eingeschalteten Lampen. Ich habe so lange ohne Strom gelebt, daß das silbrig-goldene Licht der Lampen mich bezaubert. Die Möbel waren nicht teuer, darauf würde ich wetten – die gleiche Mischung von Beinahe-Antiquitäten und erschwinglichen neuen Stücken, wie sie auch andere, die ich hier in der Gegend kenne, haben –, doch ihre sind aufgearbeitet und neu gepolstert und sehen leuchtend frisch aus. Topfpflanzen und Strohblumengestecke sind über den Raum verteilt. In einem Erkerfenster nach Süden, das mir von außen nicht aufgefallen ist, sehe ich drei Gardenien. Zwei davon blühen. Ich schaue Dr. Harris an; sie trägt einen pfauenblauen Trainingsanzug. Sie ist nicht hübsch, hat aber ein sympathisches, wissendes Gesicht. Ihr Haar ist straff nach hinten gekämmt, was ihren Kopf aussehen läßt wie eine Skulptur. Ich frage mich, wieviel sie weiß. Ich würde sonstwas drum geben festzustellen, daß sie den Vorfall mit den Puppen bloß für einen Kleinjungenstreich hält, der jedem Mädchen hätte passieren können, nichts, das gegen Annabel ging, nichts, das Tommy angestellt hat.

Ich sage: »Ich komme, um mich für Thomas zu entschuldigen. Wenn es nicht so ein weiter Fußmarsch wäre, hätte ich meinen Sohn mitgebracht, aber wir haben kein Auto.«

»Danke, Mr. Miller. Annie hatte die Puppen eben erst zum Geburtstag bekommen, sonst hätte sie sie gar nicht in die Schule mitgenommen ...« Sie macht eine Pause. »Es sind alberne Puppen. Haben Sie sie schon mal gesehen? Gehören zu einer Mädchen-Rockband. Schlimmer als Barbie.« Sie lächelt. »Vielleicht haben sie den Schönheitssinn ihres Sohnes verletzt.«

»Danke, aber Sie müssen es ihm nicht noch mal durchgehen lassen. Ich bin sicher, daß Ihre Tochter sich sehr aufgeregt hat, und das tut mir leid. Jedenfalls werden wir sie ersetzen, aber dafür muß ich wissen, wo Sie sie gekauft haben, und ich muß Sie auch um Geduld bitten, weil es – ich hab kein Auto – ein paar Tage dauern kann, bis ich jemanden finde, bei dem ich mitfahren kann.«

»Ich habe sie bei Walmart in State College gekauft. Wenn Sie mir lieber einfach das Geld geben wollen ...« Ihre Stimme senkt sich taktvoll.

Es ist schwer zu beurteilen, was Fremde von mir wissen mögen. Bei meinen Freunden in der Stadt bin ich sozusagen berühmt, eine Zielscheibe für Frotzeleien wegen der langwierigen Umständlichkeit, die ich für ganz simple Erledigungen auf mich nehmen muß. Die Tatsache, daß sie mich damit aufziehen (»Lieber Bob. Wir machen diesen Freitag ein Potluck*. Du, Liz und Tommy sind eingeladen. Laßt uns nächste Woche, so früh wie möglich, wissen, warum ihr nicht gekommen seid. Liebe Grüße, die Herberts«), zeigt allerdings, daß meine Gewohnheiten sie eher amüsieren als verärgern. Vieles funktioniert unausgesprochen, und dabei geht es meist um Geld. Ich muß nie sagen, wie jetzt zu Dr. Harris: »Also, genaugenommen ist alles, was ich im Augenblick habe, zehn Dollar, aber bis zum Wochenende sollte ich mehr bekommen« – und überstürzt – »eigentlich wollte ich Sie fragen, was Sie dafür bezahlt haben, damit ich weiß, wieviel ich beschaffen und mitnehmen muß.«

Sie ist schockiert, also weiß sie gar nichts über mich. Rasch füge ich hinzu: »Es ist nicht so, wie es klingt. Dies ist kein Härtefall, glauben Sie mir, niemandem vom Munde abgespart oder so was. Ich sammle bloß kein Geld an. Ich bekomme fast alles durch Tausch. Eines Tages werde ich Ihnen mehr darüber erzählen. Aber ich will nicht, daß Annabel ohne ihre Puppen dasteht.«

»Sie haben dreizehn Dollar das Stück gekostet.«

»Schön. Ich sehe zu, daß Tommy sie ihr nächste Woche mitbringt.«

»Schön. Mr. Miller. Ich komme mir . . .«

Ich lege den Finger an die Lippen. »Sagen Sie's nicht. Tatsache ist, daß ich ein sonderbares Leben führe und die Leute unsicher mache. Doch das Wichtigste ist, daß Tom die Folgen dieses Moments, als er die Puppen zerbrochen hat, mitbekommt. Wenn Sie es mir leichter machen, macht es das für ihn auch leichter. Es darf aber nicht leicht für ihn sein, sonst lernt er die Lektion nie.«

»Das stimmt.«

»Danke.« Wir haben uns zur Tür zurückbewegt. Sie streckt an mir vorbei die Hand aus, um aufzumachen, und ich blicke

* Ein großes Essen, bei dem jeder etwas mitbringt. A.d.Ü.

mich noch ein letztes Mal um, mit dem Gefühl, in ein russisches Osterei zu schauen – der Anblick, lichtbeglänzt, ist unglaublich hübsch und in sich geschlossen, unerreichbar. Ihre Hand auf dem verzierten Türknopf ist schlank, kräftig, schön manikürt, eine Hand, fällt mir auf, die ganz anders ist als jede Hand, die ich seit Jahren gesehen habe, direkt vor meinen Augen und doch so weit entfernt wie eine Hand in einem Inserat in der Illustrierten. Ich bin durcheinander; dann bin ich wieder draußen auf der Veranda. Es ist kalt, und ich ziehe die Kapuze meines Sweatshirts über. Die Kapuzenkordel ist vor langer Zeit abgerissen; um sie zu ersetzen, häkelte Liz eine neue aus selbstgesponnenem Garn. Am Ende machte sie Quasten daran. Beim Zubinden befällt mich Sehnsucht nach ihr, und ich ziehe die Schultern hoch und gehe rasch die Verandatreppe hinunter.

Die nächsten vier Tage stellen eine planvolle Demonstration dar, um Tommy die Konsequenzen seiner Handlungen vor Augen zu führen. Als Martin Summerbee auf einen Besuch vorbeikommt, verkaufe ich ihm einen Teil des Lammfleisches für 26,50 Dollar. Tommy steht daneben. Ich nehme ihn mit, als ich Samstag in die Stadt gehe, um mich nach einer Fahrgelegenheit nach State College umzusehen, und er hört zu, als ich einer Freundin von Liz, Dinah Hart, verspreche, einen Vormittag im Mai ihre Blumenbeete umzugraben. »Tom wird auch helfen«, sage ich. Wir warten wortlos auf der Veranda, während sie sich fertigmacht. Die »Jem«-Puppen sind ganz hinten in der Spielwarenabteilung bei Caldor, was einen sehnsuchtsvollen Marsch durch all die Gänge mit elektrischen Eisenbahnen, Spielen, Malsachen, Lego-Baukästen erforderlich macht. Auf all das reagiert er mit kleinen Ahs und Ohs des Erkennens, möglicherweise mit der gleichen Verzückung, wie ich sie in Dr. Harris' lampenbeglänztem Vorzimmer empfand. In der Puppenabteilung stehen »Kimber« und »Jem« ganz oben rechts, eine Enttäuschung in jeder Beziehung, eine offensichtliche Verschwendung von Zeit, Mühe, der Lämmer und der Liebe und Pflege, für die sie stehen. Ich sage: »Mir tut es leid, daß wir unser Geld für diese Puppen ausgeben müssen, Tommy. Hättest du die von Annabel nicht kaputtgemacht, müßten wir das nicht.«

»Ich weiß«, sagt er geknickt, und auch danach rette ich ihn nicht, indem ich ihn eilig zur Kasse und zur Tür hinaus schleuse. Ich lasse ihn schauen, aber nicht anfassen. Das hätte womöglich den falschen Effekt gehabt. Als wir in der Vorhalle stehen und auf Dinah warten, murmelt er: »Hätten ja sowieso nichts gekauft.«

Ich bleibe gelassen, väterlich. Ich knie nieder und drehe ihn zu mir. Sein Haar ist dunkelbraun und kräftig gelockt, seine Augen rund und dicht bewimpert. Obwohl er dünn und schlaksig ist, sind seine Wangen rund und voll. Er sieht mich an, ich suche sein Gesicht ab und finde keinen Trotz darin. Ich sage: »Tom, Geld zu haben und es auszugeben, oder auch nicht, ist unsere Entscheidung. Aber wenn wir es verschwenden, gibt es für uns kein Entscheiden mehr. Begreifst du das?«

»Ja, Daddy.«

Und dann fährt Dinah vor, und ich muß ihm glauben. Am Montag nimmt er die Puppen in die Schule mit, und daheim ist er hilfsbereit und interessiert wie eh und je. Am Mittwoch bringt er eine weitere Nachricht nach Hause, auf einem halben Bogen pfirsichrosa Briefpapier mit dem Aufdruck: »Lydia Martin Harris.« Sie lautet:

Lieber Mr. Miller, liebe Mrs. Miller,
Annabel hat sich über die Puppen sehr gefreut. Danke, daß Sie sich ihrer so angenommen haben. Aus Vorfällen wie diesem können leicht Katastrophen werden. In diesem Fall hat Ihre prompte und verantwortungsvolle Reaktion das verhindert. Ich bin neu in Moreton, aber ich hoffe, daß Sie künftig in mir eine Freundin sehen.

Ihre
Lydia Harris

Und das tue ich. In dieser Nacht ist die Luft besonders klar, und als Liz ins Tal auf Moreton schaut, sagt sie: »Kannst du das Haus sehen?«

Wir brauchen eine Weile, und erst glauben wir, daß es nicht zu sehen ist – verdeckt von der Flanke des Snowy Top. Aber nein; die Straße am Laurel Creek macht erst lange nach dem Harris-Haus die Kurve um den Berg. Da ist es, seine Lichter scheinen zu flackern, als die Brise die unbelaubten Zweige vor dem Haus rüttelt. Als wir es entdecken, sagt Liz: »Eine Lünette über der Tür, sagst du?«

»Seitenfenster auch. Weißt du, auch für Bogenfenster ist das Rahmenbauen nicht so schwer.«

»Oooh«, sagt Liz. »Mmmm. Machen wir doch.«

»Übernahmeangebot durch Miller?«

»Miller-Gruppe weitet Holding neuerlich aus.«

»Wallstreet beunruhigt über Miller-Lünette – Sind die Millers noch zu stoppen?«

Liz lacht schallend auf und kugelt rücklings auf dem Bett, Füße in der Luft. »Ha!« sagt sie. »Was sind wir gierig. Die Leute haben gar keine Ahnung, wie gierig wir sind.« Sie zieht ihren Overall aus, und durchs Fenster legt das Mondlicht ein flaches, perlhelles Dreieck auf ihren Schenkel, heftet ihn an die Bettdecke, und alles, was ich noch will, ist mich in Schichten und Schichten von Behagen und Wärme und Stärke und Weichheit einzuwühlen. »Komm her«, flüstert sie. »Komm schon.«

NOVEMBER

Am Montag vor Erntedank komme ich mittags zum Essen in die Küche, und Liz sagt mir, daß sie errettet worden ist. Sie lächelt, ihre Augen funkeln, sie sieht sehr rosig und attraktiv aus, also glaube ich ihr. Ich setze mich an den Tisch. Ich weiß nicht, ob ich eines meiner Bücher aus der Leihbücherei aus dem Regal neben dem Tisch nehmen, ob ich auf mein Essen warten oder noch eine Weile wieder hinaus in den Stall gehen soll. In dieser Minute will ich nichts über die Umstände ihrer Seelenrettung hören, auch wenn es mich nicht überrascht. Vielleicht ist eine Krebsdiagnose so – daß man sterben muß, damit rechnet man, aber das genaue Datum zu erfahren ist ein Schock.

Als ich bei der Armee war, hatte ich einen Kumpel namens Larry Strunk. Wir wurden am selben Tag eingezogen, im selben Lager ausgebildet, wir bekamen denselben Job und wurden derselben Einheit zugeteilt. Eine Zeitlang teilten wir uns den Whiskey, und ein paarmal gingen wir gemeinsam auf Patrouille. In unserer Vorstellung verbanden sich unsere Schicksale auf unerklärliche Weise, und wir nannten uns sogar »die Brüder«, nur halb im Spaß. Eines Tages ging er hinaus und verlor bei einer Minenexplosion ein Bein. Danach machte ich mir den Vorwurf, daß wir das Schicksal herausgefordert hätten, indem wir Zwillinge aus uns machten, wenn auch bloß in aller Unschuld, im Scherz; daß wir, indem wir Übereinstimmungen und Ähnlichkeiten, Zuneigungen, die wir empfunden hatten, die aber auch hätten unausgesprochen bleiben können, laut aussprachen, uns selbst dazu verurteilt hatten, verschieden gemacht zu werden. Als ich Liz heiratete, hatte ich das Gefühl, daß da dieselbe Magie am Werk war. Nun, am Tisch, scheint es mir, daß sie sich genauso entfernt hat wie er und mich mit dem alten, guten Leben allein zurückläßt. Sie sieht es sicher nicht so.

Sie sagt: »Ich habe Suppe aus Süßkartoffeln gemacht, und es gibt Leinsamenbrot und Rahmkäse. Ich bin am Verhungern. Es sieht köstlich aus.«

»Ich möchte dich danach fragen, aber jetzt eben käme es mir irgendwie vor, wie dich nach allen sexuellen Details einer Liebesaffäre auszufragen. Kann ich damit warten, bis ich's bißchen freundlicher sehe?«

»Ich würd's dir gern erzählen.«

Sie sagt es ganz schlicht, so voll schierer Sehnsucht, sich mitzuteilen, daß es mir das Herz zusammenzieht. Wir hatten großes Glück, einander zu finden; wir haben wenig Konflikte und viel Freude in unserer Freundschaft; wir sind in dieser Schale von einem Tal sicher geborgen; wie könnte ich es ihr abschlagen? Ich sage: »Okay. Den Augenblick selbst. Laß mich den Augenblick selbst sehen.«

»Ich schnitt eben Süßkartoffeln klein und schaute ins Tal. Der Nebel hing irgendwie auf halber Höhe an den Bergen fest, als hätte er sich in den Baumkronen verfangen, und dann stieg er in großen Schwaden hoch, und die Sonne schien auf die Äste, und ich sah, einen nach dem anderen, die Gestalten der Bäume auftauchen. Also, der Verlauf der unteren Äste entsprach genau der imaginären Linie entlang der Spitzen der oberen, und es war schön und einheitlich – alle Bäume waren so. Und ich dachte mir, genauso ist es auch mit den Wurzeln. Dann dachte ich: Warum soll all das nicht der Liebe Gottes entgegenstreben? Warum sollte es nicht die Liebe Gottes sein, die es schön macht? Die gesamte Kulturgeschichte sagt uns, daß es die Liebe Gottes ist. Warum es nicht einfach akzeptieren, daran glauben? Warum nicht? Es kam mir leicht vor. Also tat ich es. Es war leicht.«

»Schatz, die Welt ist schön. Sie ist schön, weil sie und unsere Augen sich gemeinsam entwickelt haben.«

»Ich glaub immer noch an die Evolution.«

»Kannst du nicht unerrettet bleiben? Kannst du nicht einfach an Gott glauben und all das und nicht errettet sein?«

»Aber ich fühle mich errettet. Ich fühle mich völlig erleichtert.«

Ich esse meine Suppe. Ich könnte sagen, was ich fühle, »Verlaß mich nicht«, aber sie würde glauben, ich meine etwas Praktisches. Ich weiß, daß sie die Farm, unsere Ehe nie verlassen würde. Genaugenommen weiß ich, daß dieses letzte Ereignis für sie die Vervollkommnung dieses Kreises bedeutet. Ich liebe Liz jetzt seit zwölf Jahren, und unsere Liebe erwuchs größtenteils aus gemeinsamen Interessen, Ideen und Ambitionen. Wir haben gestritten und uns zusammengerauft und voneinander gelernt, und eines von den Dingen, die ich an ihr am meisten liebe, ist, wie sie mir nach dem momentanen Zorn neue Möglichkeiten nahebringt, mehr als Überlegungen denn als Streitfragen. Sie behandelt jeden mit Respekt, Tom eingeschlossen, mich eingeschlossen. Sie macht es einem leicht, von ihr zu lernen. Doch im religiösen Sinn errettet zu werden ist nichts, das ich lernen möchte, das zu lernen in mir steckt. Noch ist es, habe ich den Verdacht, etwas, was man überhaupt lernen kann, eher ein angeborenes Talent. Ich könnte möglicherweise die Formalitäten erlernen, aber den entscheidenden Sprung zum Glauben könnte ich nie machen. Liz könnte es nicht so wertfrei sehen; sie wird, ob sie will oder nicht, sicher dazu neigen, diesem Talent eine moralische Färbung zu geben und Worte wie »Entscheidung«, »Hingabe«, »gut« und »notwendig« zu verwenden. Ihre »Kirche des Lichts« läßt nicht genug Raum für Kompromisse, falls überhaupt irgendeine Form von Christentum das tut.

Sie löffelt ihre Suppe und ißt zwei oder drei Stück Brot dazu, mit nicht mehr Genuß als sonst – sie ist immer schon eine passionierte Esserin gewesen. Dann lehnt sie sich zurück und sagt: »Bobby, das ist eine gute Nachricht.«

»Auf welcher Ebene?«

Sie lächelt fröhlich. »Wie wär's mit der Jeder-Spatz-der-aus-dem-Nest-fällt-Ebene?«

»Gott ist froh?«

»Ich denke schon. Ich glaub, er ist froh, aber nicht übertrieben, so wie wenn du Salat anbaust und er treibt aus, aber nicht, wie du's wärst, wenn du in Pennsylvania Zitronenbäume pflanzen würdest und sie Früchte tragen. Ich stelle mir nicht vor, daß es für ihn ein Wunder ist.«

»Ist es für dich eines?«

Sie steht von ihrem Stuhl auf und läßt sich auf meinen Schoß plumpsen. »Nur für mich. Ganz privat. Ich mag es so. Es wird sich nichts ändern. Ich liebe dich nur mehr dadurch.«

Na ja, es ist leicht, an der Narretei der Verzückten Anstoß zu nehmen, an der Art Versprechen, die sie machen, ihrer Unwilligkeit zuzugeben, daß es einen Preis hat, der bald fällig sein wird, ihrer Selbstgewißheit. Also laß mich nicht daran Anstoß nehmen, wie auch Liz in der Vergangenheit über meine »großen Ideen« nicht die Augen verdreht hat. Laß uns weiter verheiratet sein, kuscheln, einer Meinung sein, essen, reden, um so präsenter sein, nun da wir auf ganz neue Weise um die Vergänglichkeit alles Irdischen wissen.

Am Mittwochmorgen gehe ich auf Truthahnjagd. Tatsache ist, daß ich bisher noch jedes Jahr einen erwischt habe, obwohl es mehr als einmal von Sonnenaufgang bis Sonnenuntergang gedauert hat. Truthähne sind leichter im Frühjahr zu jagen, zur Paarungszeit. Man kann vor Morgengrauen hinausgehen und sie schlafend auf den Bäumen hocken sehen, wie sie sich gegen den heller werdenden Himmel abheben, und bei Tagesanbruch kann man sie mit dem Ruf des Weibchens herunterlocken, und oft kommt der Hahn auf einen zugerannt. Im Herbst sind ihre Bedürfnisse dezenter – Nahrung und Freundschaft –, und sie sind weit argwöhnischer. Man muß weniger oft rufen, nicht mehr als zwei oder drei Mal die Stunde, und der Ruf muß, glaube ich immer, eher beiläufig klingen, entspannt, aber mitteilsam, als hätte der Truthahn, für den man sich ausgibt, ein gutes Gespräch über sichere und erfreuliche Themen zu bieten. Man muß auch so still wie möglich sein, denn sie haben ein außerordentliches Gehör und ihre Augen sind noch besser. Trotz aller Anstrengungen nähert sich ein Truthahn im Herbst immer noch voll Mißtrauen, Schritt um Schritt, also hat man Zeit, sich wieder und wieder zu überlegen, ob er schon in Schußweite ist oder nicht, ob man ein anständiger Schütze ist, ob man sich das ganze Jahr über hinsichtlich der eigenen Treffsicherheit etwas vorgemacht hat, ob man sich auch bei einer Menge anderer Dinge etwas vorgemacht hat, ob jetzt nicht die rechte Zeit wäre, das Fleischessen aufzugeben, ob einem schon kalt und unbehaglich genug ist, daß man heimgehen kann – und doch ist man immer noch wie festgenagelt, kann sich nicht bewegen, auf der Stelle gebannt durch die Macht, die man über den Truthahn hat.

Eine Schar hat dieses Jahr ihr Revier auf den hinteren Teil unseres Waldes ausgedehnt: Den ganzen Sommer über bin ich auf Abdrücke und Scharrspuren gestoßen. Ich habe vor, die Vögel dieses Jahr zu überlisten, und nicht soviel Zeit wie sonst darauf zu verwenden. Am Frühstückstisch sagt Tommy: »Heh, Daddy, holst du dieses Jahr keinen Truthahn?«

»Er wird da sein, wenn du von der Schule heimkommst.« Ich klinge wie ein Fürst.

Er sieht sich im Zimmer um. »Du hast gesagt, man muß sie überraschen, solange sie noch schläfrig sind.«

»Das ist im Frühjahr. Mach dir keine Sorgen. Dieses Jahr hab ich die Truthähne völlig durchschaut.«

»Berühmte letzte Worte«, bemerkt Liz.

»Red du nur. Wir werden schon sehen.«

Liz lacht. »Wie wär's mit einer Truthahnbrust aus pürierten Rüben? Mmmm.«

»Ich will Truthahn.«

»Und da gibt es einen Truthahn, der will dich. Sieh mal her. Also, wieviele Patronen hab ich in der Hand?«

»Drei.«

»Mehr nehm ich nicht mit. Eine, um die Schar auseinanderzuscheuchen, eine für den Vogel zum Essen und eine zum Herumspielen in der Tasche, als Glücksbringer.«

Er nimmt eine der Patronen in die Hand. Es sind die letzten drei aus einer Schachtel, die ich vor vier Jahren gekauft habe. Ich sage: »Noch besser, behalt die hier als Glücksbringer für den ganzen Schultag.«

»Als Glücksbringer, wenn du zu Erntedank Rahmkäse essen willst«, prustet Liz.

Tommy grinst, als er die Patrone in die Brusttasche steckt. Ich sage: »Zeig sie aber keinem. Sonst bringt sie kein Glück mehr, und wir bekommen zu Erntedank keinen Truthahn. Verstanden?«

»Ja. Ja. Ich glaub schon.«

»Das bleibt unser Geheimnis. Versprochen?«

»Versprochen.«

»Großes Zwei-Schuß-Truthahn-Versprechen?«

»Ja.«

Flüchtig befällt ihn »der Ausdruck«; er ballt die Faust, und ein, zwei Atemzüge kommen plötzlich und schnell, aber er ist gut – er spitzt die Lippen und bläst die überschüssige Energie aus, wartet eine Sekunde und macht sich dann daran, seinen Toast aufzuessen. Ich habe das Gefühl, eben einem rituellen Privatexorzismus beigewohnt zu haben, und ich möchte nicht eingreifen, indem ich es erwähne, also sage ich nach einer kleinen Weile: »Es wird großartig. Ich werd an dich denken, Sohn.«

Die Bäume sind nebelverhangen, und die Wolkendecke reicht tief genug, die oberen Bergkämme einzuhüllen – ein guter Tag für die Jagd, da das nasse Laub unter meinen Füßen kaum raschelt, als ich den Hügel hinter dem Haus hinansteige. Auf der »Rehlichtung« (eine Stelle, an der wir früher ein, zwei Mal pro Woche ein Reh sahen) bleibe ich, wie immer, stehen und schaue über das Dach des Hauses hinweg ins Tal. Das Hausdach ist schwarz vor Nässe und zum größten Teil von einem Gewirr von Zweigen verdeckt. Unsere Gärten, eingezäunt, laubbedeckt, ergeben ein säuberliches Muster, dem Haus zugewandt, wie Sitze in einem Amphitheater. Moreton verbirgt sich in dikkem Nebel. Überall sonst wäre es ein häßlicher Tag, aber hier ist es nur eine besondere Art von Tag, herbstlich und zum Drinbleiben einladend. Draußen zu sein gibt einem das Gefühl von Abenteuer.

Ich kontrolliere das Pumpenhaus und die Wasserleitung. Das klare, stille Wasser, dunkel in der Zisterne im dämmrigen Brunnenhaus, ist ungefähr einen Meter tief. Ein stetig rinnender Wasserstrahl fließt von oben zu – statt ein Rohr zu verwenden, nahm ich ein Stemmeisen und meißelte eine tiefe Kehlung in ein Stück Sandstein, das sich schon an der richtigen Stelle befand. Ich hielt das für eine besonders taktvolle Art, die Quelle anzuzapfen. Von der Zisterne läuft eine unterirdisch verlegte Leitung zur Pumpe unter der Spüle im Haus. Einen Meter fünfzig unter der Erde. Um den Graben dafür auszuheben, brauchten Martin Summerbee und ich einen ganzen Sommer, aber die Leitung ist noch nie eingefroren, nicht mal im kältesten Winter. Die Quelle gibt etwa vier Liter in der Minute, sogar im Sommer, und mir die geheime Sicherheit, einen vergrabenen Schatz zu besitzen – als ich das Land kaufte, dachte ich, ich würde den alten Brunnen verwenden, entdeckte jedoch im ersten Sommer, daß der tieferliegende Teil der Brunnenwandung eingebrochen war und daß einen neuen zu graben, wenn man mit dem Bagger überhaupt ins Brunnenhaus kam, tausend Dollar kosten würde – achthundert mehr, als ich hatte. Der Brunnenbauer sagte, er habe gehört, daß es auf dieser Kammhöhe überall Quellen gebe. Tatsache ist, daß ich früher dachte, der Genuß, die Geschenke der Erde zu empfangen – Wasser, Himbeeren, Feuerholz, Walnüsse –, werde sich mit der Gewohnheit verlieren, aber so war es nicht. Das ist noch ein Gebet – dankbar sein, weil man Glück gehabt hat.

Ich überquere die Kammhöhe zum Nachbarbesitz und stoße fast sofort auf Truthahnspuren. Nicht nur Tritte, sondern auch die schattenhaft runden Abdrücke, die ihre Kehllappen bei der Futtersuche im Staub hinterlassen. Ich stecke die Lockpfeife in den Mund und lasse zweimal ein leises Glucken hören. Fast sofort antwortet ein Truthahn, aus einer Senke nicht weit unterhalb von mir, wo, wie ich weiß, eine Quelle entspringt und eine Lichtung sich sanft abfallend bis zu einer alten Wilddeckung erstreckt. Zwischen mir und der Lichtung ist ein dichtes Gehölz von jungem Zuckerahorn und Gelbbirken. Ein Truthahn geht nicht ins Unterholz, also kann ich es als Deckung benutzen, von der aus ich Sicht auf die Quelle habe. Ich lade eine der Patronen, entsichere und pirsche auf das Gehölz zu.

Die Truthühner picken nahe der Quelle in einer Gruppe herum, der Hahn, drei Hennen und zwei Jüngvögel. Als ich mich auf einem großen flachen Felsen ausstrecke und ein einziges Glucken hören lasse, kommen die beiden Jungvögel sofort fünf oder sechs Schritte auf mich zu. Auch die nächststehende Henne blickt neugierig hoch. Sie ist mein Ziel, ein Tier von zwölf oder dreizehn Pfund, vermutlich nicht sehr alt. Ich lege an. Sie guckt weiter um sich. Durch das Visier wirkt sie größer und scheint Persönlichkeit zu bekommen. Ich suche sie aus wie den klügsten, muntersten Welpen aus einem Wurf. Ich mache mich auf den Rückstoß und das Krachen des Schusses gefaßt und ziehe den Abzug durch.

Bis der Knall verflogen ist, sind die Vögel längst in den Wald gestoben und nirgendwo mehr zu sehen. In einem Haufen Federn bei der Quelle liegt nicht die Henne, sondern der Hahn selbst; er muß mir in den Schuß gelaufen sein, den ich wohl falsch berechnet habe, weil ich bergab schoß. Ich hab nie ein Gefühl von Triumph empfunden, wenn ich ein Stück Wild zur Strecke brachte, eher eine Art Panik, weil man hingehen, es anfassen muß. Einen Moment lang sinkt mir der Mut, wie vor Erschöpfung, wenn ich an all die Arbeit denke, die vor mir liegt:

das Ausnehmen, Zurichten, Heimwärts-Stapfen, Absengen, Braten, ja sogar das Essen, und ich wollte, ich wäre noch in diesem glücklich unbelasteten Zustand vor dem gelungenen Schuß.

Das Heimtragen des Vogels durch den Wald, das Stampfen durchs Laub, der Blick über die Landschaft bringen mich wieder zu mir. Und Liz ist natürlich beeindruckt. Es ist noch nicht mal Mittag, und es ist der größte Truthahn, den ich je geschossen habe.

Um halb vier hören wir den Schulbus hochschalten, als er vom Ende der Straße, wo er Tommy abgesetzt hat, wieder losfährt. Für genau diesen Augenblick haben wir die Federn noch an dem Vogel gelassen. Liz spreizt ihm, auf Zeitungspapier auf der Veranda, schnell noch die Flügel, und wir verstecken uns hinter der Küchentür. Der Truthahn sieht aus wie einsachtzig lang, so groß, daß er auf gewisse Weise fast wie ein Mensch wirkt. Ich kann nicht widerstehen, hinauszuspähen und heimlich zu verfolgen, wie mein Sohn auf das Haus zukommt – es ist seit jeher eine Schwäche von mir, wissen zu wollen, wie Tom sich allein und unbehütet verhält. Zuerst ist sein Gang ein Latschen – er läßt seine Jacke fallen, tritt unabsichtlich drauf, hebt sie hastig auf und bürstet den Staub ab. Dann zwingt er sich zu mehr Achtsamkeit. Schließlich beschließt er zu laufen. Etwa drei Meter vor der Veranda bleibt er jäh stehen, verdutzt und vielleicht einen Moment geängstigt. Er reckt den Hals, um einen besseren Blick auf den Truthahn werfen zu können, erkennt, was da liegt, und steigt die Treppe hoch. Seine Ehrfurcht ist so groß, wie ich sie mir nur hätte wünschen können. »Mann«, sagt er. »Der Truthahn.« Er geht ganz rundherum, befühlt einige der Flügelfedern, stupst den Schnabel an, hebt einen der Füße hoch. Ich spüre, wie Liz sich anspannt, um hervorzuspringen und »Überraschung!« zu rufen, doch ich halte sie zurück, und wir beobachten weiter. Er tritt einen Schritt zurück und schaut mit verschränkten Armen den Truthahn an. Er schaut lange

Zeit, viel länger, als ich es bei ihm für möglich gehalten hätte. Er ist ein zappeliger Junge, einer, der es kaum aushält, einen halbe Stunde in seinem Zimmer zu lesen, den man bei Tisch wieder und wieder ermahnen muß stillzusitzen. Jetzt allerdings scheint er sich an diesem Truthahn erst mal sattzusehen. Kein Zehenwackeln, Kopfkratzen, Schniefen. Nichts. Als ich ungeduldig werde, hält Liz mich zurück. Und dann macht er einen Schritt vorwärts und streichelt mit dem Handrücken sachte über die Brust des Truthahns, dreimal. Er streckt die Hand nach dem Kopf aus. Wir können uns nicht mehr beherrschen – keiner von uns beiden –, wir springen hervor und rufen: »Überraschung!« Er fährt zurück, lacht, wird wieder ein Sohn und sagt: »Daddy! Du hast ihn erwischt!«

Ich ziehe die übriggebliebene Patrone aus der Hemdtasche. »Mit einem Schuß«, sage ich.

»Mann«, sagt er, und an diesem Abend verbringen wir einen romantischen Abend, alle verliebt ineinander, in unser Haus, das kommende Fest, den wohltätigen Truthahngeist, der zu Besuch gekommen zu sein scheint.

Am Tag nach Erntedank gehen wir in die Stadt, um bei den Claytons zu Abend zu essen. Es ist ein alljährliches Ritual – wir gehen zu Fuß in die Stadt, essen früh und und gehen dann in State College ins Kino. Dieses Jahr überlegen wir, uns *Platoon* anzusehen. Das habe ich entschieden, ich bin ja der einzige Veteran in der Familie, aber meinen Kriegserfahrungen zu begegnen ist doch nicht das, was ich an meinem einzigen Ausgehabend im Jahr tun will, also gehen wir statt dessen in *Radio Days*. Vor uns in der Schlange steht Dr. Harris. Ich kann nicht sagen, ob sie allein ist oder zu der Gruppe direkt vor ihr gehört. Sie trägt einen dicken, modischen Kamelhaarmantel, eine Pelzkappe und Lederhandschuhe. Ich winke, und einen Augenblick später winkt sie zurück. Ich frage mich, ob unser Benehmen anders wäre, wenn wir Freunde werden würden.

Dann, am letzten Tag im November, gleich nach dem Mittagessen, höre ich ein Auto in unseren Feldweg einbiegen und stehenbleiben. Das Zuschlagen der Tür hallt in der klaren kalten Luft. Ich bin in meiner Werkstatt und flechte Sitze für die Stühle. Ich mache noch ein klein wenig weiter, blicke dann hoch und sehe Liz auf der Veranda stehen und sich die Hände abwischen. Sie ist still, wachsam. Nach einem langen Moment bemerke ich, daß auch ich regungslos dasitze, ohne mich umzudrehen, um nachzusehen, wer da kommt, und nur die Hände an den Stuhl und das Rohr klammere, fest.

Es ist Dr. Harris. Liz geht ihr entgegen, und als ich zu ihnen stoße, sagt Dr. Harris eben: »Auf der Post hat man mir gesagt, wie ich hierher komme. Ich hätte vorher angerufen ...«

»Schon in Ordnung«, sagt Liz. »Wirklich. Kommen Sie nicht rein?«

»Nein.« Sie beginnt mit einer Tüte, die sie bei sich hat, herumzufummeln, und ich spüre, wie ich auf ihre Hände starre. Sie sagt: »Die Schule hat mich an der Universität angerufen, und ich dachte, ich sollte ...« Unbehagliche Lächeln huschen über ihr Gesicht. Sie bringt einen lavendelfarbenen Kindermantel zum Vorschein, neu und hübsch. Irgendwer hat eine Schere genommen und den Rücken in zackigen Linien bis fast an den Kragen zerschnitten. »Allem Anschein nach hat er in der Pause mit der Schere aus dem Tisch der Lehrerin ...«

»Tommy hat das getan? Tommy hat in der Pause diesen Mantel zerschnitten?« Liz' Stimme zittert.

»Nein. Ja. Ich mein, nein, in der Pause hatte sie ihn an, aber da nahm er die Schere. Zerschnitten hat er ihn während der Freistunde in der Garderobe.«

»Sind Sie sicher? Ist die Lehrerin sicher, daß es Tommy war? Ich hatte den Eindruck, daß sie irgendwie voreingenommen gegen ...«

»Einige andere Kinder haben ihm dabei zugesehen. Er hat sie aufgefordert zuzusehen.«

Das einzige, was ich mitbekomme, ist die Farbe ihres Gesichts und wie seine Fremdheit alles, was sie sagt, völlig unbegreiflich macht. Pause, Garderobe, Freistunde. Es sind Worte wie aus einer Fremdsprache, die nichts besagen, und doch tritt mir, während sie spricht, innerlich das Bild vor Augen – Tommy mit »dem Ausdruck«, erregt über die Aufmerksamkeit der anderen, wie er sich anstrengt, die ungefügen Scherenblätter durch den dicken Stoff zu zwängen, und dabei dieses Gefühl von unbeholfener Muskelanspannung vermittelt, das Liz und ich beide gut kennen. Ich weiß, daß, was sie sagt, wahr ist, aber sie ist, indem sie mir davon erzählt, so bedeutsam und fremd geworden, wie sie so dasteht und mich ansieht, daß ich keine Antwort habe.

Liz sagt: »Bitte, kommen Sie rein und trinken Sie einen Tee oder was.« Kein Angebot, sondern eine flehentliche Bitte. Lydia Harris fügt sich schweigend.

Sie paßt nicht in unser Haus. Ihre Kleidung, Schuhe, Haut haben einen feinen Schliff, der in Gefahr ist, auf den rauhen Oberflächen, mit denen wir leben, – Ziegel, Rohr, Holz – angekratzt zu werden, und sie zögert, ehe sie ihren Kamelhaarmantel über die Armlehne meines Windsor-Stuhles legt. Niemand sagt etwas, bis Liz den Teekessel zur Hand nimmt, und dann sagt sie, wie ich annehme, ermutigt durch die Vertrautheit: »Robert hat mir erzählt, Sie sind an der Universität?«

»Ich unterrichte am Institut für Mathematik. Es ist mein erstes Jahr.«

»Wo waren Sie vorher?«

»In Boston. Davor in Berkeley. Mein Mann lehrt in Harvard. Ich war an der Universität in Boston nur Aushilfe, und dann bekam ich die Stelle hier; es ist ein richtiger Job, also nahm ich an. Ich bin auf dem Land aufgewachsen, da hat es mich gereizt, es wieder einmal zu probieren.«

»Das ist interessant.«

Sie sieht sich um, ein wenig verstohlen, ihr Blick bleibt an der Aufsatzkommode mit den zwölf Schubladen und den beiden

Eckschränken hängen. Wenn wir Freunde würden, würde ich sie fragen, was sie unterrichtet, und sie würde fragen, woher wir diese eleganten Möbel haben. Statt dessen sage ich: »Wir sind natürlich entsetzt darüber, das Tommy daß getan hat. Ich meine ...«

Liz unterbricht. »Es ist nicht nur, daß er was zerstört hat ...«

»Mehr, daß er Ihrer Tochter weh getan haben muß. Es ist so aggressiv ...«

Wieder unterbricht Liz. »So was von zerfetzt. Das finde ich am schlimmsten dabei.« Sie lächelt traurig. »Es war obendrein ein hübscher Mantel. Die Farbe gefällt mir sehr.«

»Er war neu. Ich mein, vielleicht ist das der Schlüssel. Die Sachen von Annie, die er kaputtmacht, sind alle neu. Ich hab sie gefragt, ob er gemein zu ihr war, oder die anderen Kinder, aber sie sagt nein. Trotzdem bin ich sicher, daß sie von den anderen nicht völlig akzeptiert wird. Manchmal dauert es bei farbigen Kindern eine Weile, besonders auf dem Land, und ich habe mit ihr darüber gesprochen und gesagt, daß sie damit rechnen muß. Wir haben viele Male darüber geredet, was in der Schule passiert und was sie davon halten soll. Ich weiß nicht. Ich bin in Tennessee aufgewachsen. Ein Teil von mir sagt mir, wenn es nicht ganz furchtbar ist, ist es okay.«

Liz sagt: »Ist das hier nicht furchtbar?«

Lydia Harris lächelt wissend. »Furchtbar ist es, wenn die Schwierigkeiten von den Eltern ausgehen, nicht von den Kindern.« Sie sieht mir in die Augen. »Ich gebe zu, erst hatte ich den Verdacht. Den hab ich immer. Aber jetzt scheint es nicht so, als würden Sie beide Tommys Benehmen verzeihlich finden, also bin ich sicher, daß er sich bessern wird. Ich glaube fest, wenn wir in Verbindung bleiben, können wir der Sache beikommen.«

Endlich kann ich sprechen. »Müssen wir. Ich werde das auch.«

Sie schaut in ihre Tasse, nimmt noch einen Schluck und steht dann auf, um zu gehen. Sie sieht sich noch einmal im Raum um, und ich weiß, daß sie an Geld denkt. Sie sagt: »Ich kann es mir leisten, den Mantel zu ersetzen.«

»Ich kann es mir nicht leisten, das zuzulassen.«

»Er hat fünfundsechzig Dollar gekostet.«

»Wenn ich für Leute in der Stadt arbeite, verlange ich sieben fünfzig die Stunde. Finden Sie bei sich im Haus zehn Stunden Arbeit für mich. Es ist ein altes Haus, und ich kann alles. Ich habe diese Möbel gebaut. Ich habe das Haus gebaut. Sie werden dabei nicht schlecht fahren.«

Sie streicht mit der Hand über die Verschnörkelungen der Aufsatzkommode.

»Schwarze Walnuß. Stand früher mal drüben neben der Scheune.«

»Er kann alles machen«, sagt Liz.

»Ich denke darüber nach«, sagt Dr. Harris. »In den Geschichten heißt es immer, man muß sich einen Wunsch vorher genau überlegen.« Sie lächelt nicht, sammelt ihre Sachen zusammen, lehnt es ab, sich von mir zum Wagen begleiten zu lassen. Nachdem sie gegangen ist, sitzen Liz und ich wie vor den Kopf geschlagen am Tisch.

Als ich etwa neun war, ließ mein Vater mir in der Stadt, in der wir wohnten, freien Auslauf. Solange ich zum Abendessen wieder zu Hause war, konnte ich auf meinem Fahrrad fahren, wohin ich wollte. Ich war immer noch irgendwie außer Kontrolle, und ich denke, er stellte sich vor, daß ich meine Energie damit auf ein größeres Gebiet verteilte und mir weniger Ärger einhandelte. Ich hatte zwei Freunde, und wir radelten immer zu der neuen Wohnsiedlung am Stadtrand und spielten in den Neubauten. Es gab auch andere Kinder, Jungen und Mädchen, mit denen wir in der Siedlung spielten, und eines Tages, als wir die Nachbarschaft erkundeten, fanden wir einen alten Dodge-Pritschenwagen auf einem abschüssigen Feldweg neben einem Maisfeld geparkt. Eines von den anderen Kindern kletterte hinein und löste die Handbremse, und die übrigen von uns schoben ihn rückwärts in das Feld. Wir setzten uns abwechselnd ans Steuer, hupten und legten die Gänge ein; dann fingen wir an, Dreckklumpen auf Fenster und Spiegel zu werfen. Wir schmissen sie alle ein und warfen dann noch mehr Dreck durch die Löcher. Zur Essenszeit fuhren wir nach Hause. Wir redeten nicht darüber, und ich bin mir ziemlich sicher, daß ich vielleicht einen Monat lang nicht mehr daran dachte. Aber ich erinnere mich, daß ich im späten Frühling, so spät, daß schon alle Fenster und Türen im Haus offenstanden, einmal nach der Schule fernsah, und durch die Fliegentür fiel ein Schatten auf den Teppich im Wohnzimmer, und ohne aufzublicken, wußte ich, daß ich jetzt wegen der Sache mit dem Wagen dran war.

Meine Mutter ging an die Tür, und ich sah hoch. Es war ein Polizist. Der Wagen, teilte man uns mit, sei vierhundert Dollar wert gewesen. Mein Anteil belief sich auf hundert. Fast das ganze nächste Jahr mußte ich arbeiten, für einen Dollar die Stunde, um meinem Vater zurückzuzahlen, was er dem Eigentümer des Pritschenwagens gegeben hatte. Zusätzlich bezog ich eine Tracht Prügel, eine Strafpredigt und wurde in mein Zimmer geschickt. Der wirkliche Moment des Bestraftwerdens aber, einer Angst, die bis zum körperlichen Schmerz ging, war mein erster ahnender Blick durch die Fliegentür auf den Polizisten.

Schließlich sage ich zu Liz: »Wir hätten sie bitten sollen, den Mantel dazulassen. Dann hätten wir ihn einfach auf den Tisch legen können, und das hätte für sich selbst gesprochen.«

»Ich glaube nicht, daß er es getan hat. Ich kann's mir nicht vorstellen.«

»Ich schon. Er hat.«

»Du kannst dir vorstellen, daß dein eigener Sohn sich so was ausdenkt, die Schere aus dem Schreibtisch der Lehrerin zu nehmen, die anderen Kinder zusammenzutrommeln, und dann etwas kaputtzumachen?«

»So was kann ich mir von jedem Jungen vorstellen. Ich kann es mir von mir selber vorstellen.«

»Ich bin sicher, er hat es nicht getan.«

»Liz ...«

»Es ist etwas anderes passiert.«

»Willst du damit sagen, daß die alle lügen?«

»Wenn ich muß.«

»Lizzie ...«

»Wieso traust du Fremden mehr als deinem eigenen Sohn?«

Ich stehe auf, um zu ihr hinzugehen, doch sie dreht sich abrupt zur Spüle. »Schrei ihn nur nicht gleich an. Laß uns ihn erst fragen.«

»Du bist nicht ...«

»Und leg dich nicht auf die Lauer. Laß ihn erst reinkommen und was essen.«

»Elizabeth ...«

Sie wirbelt zu mir herum. »Weißt du was? Als ich diesen Mantel sah, wollte ich ihn haben! Ich wollte sieben Jahre alt sein und auch so einen süßen Mantel jeden Tag in die Schule anziehen dürfen. Ich habe mich einfach danach gesehnt. So eine Farbe kriegt man im Laden hier im Ort nie zu sehen.«

Ich gehe hinaus in meine Werkstatt und setze mich auf einen meiner Stühle. Ein wenig später trottet Tom vorbei, und als er einen Blick zur Scheune wirft, drücke ich mich vom Fenster weg, damit er mich nicht sieht. Wie ein Luchs halte ich Ausschau nach Anzeichen von Unbekümmertheit, aber da sind keine. Die Zukunft birgt nichts Ungewisses für ihn. Trotzdem bleibt er nicht stehen oder wird langsamer, und mir selber zum Trotz finde ich eher Gefallen an der Tapferkeit in seinem schnurgeraden, bewußten Drauflosgehen. Er steigt die Verandastufen hoch und klopft an die Küchentür. Liz' Arm erscheint; er verschwindet. Ihren Anweisungen gemäß flechte ich noch eine ganze Sitzfläche für einen Stuhl, ehe ich die Scheune verlasse. Ich habe jede Menge Zeit, darüber nachzudenken, wie das Vatersein einen Schauspieler aus mir gemacht hat, und einen guten dazu. Wie jede Rolle hat es mir neue Gefühle zu empfinden und auszudrücken gegeben, und wenn ich mich, wie eben jetzt, auf einen der dramatischen Momente des Vaterdaseins vorbereite, habe ich immer ein schlitterndes Gefühl. Die Sätze, die ich mir ausdenke, bringen mich auf Touren, und das bevorstehende Sich-in-die-Rolle-des-Gerechten-Werfen scheint gleichzeitig verlockend und furchterregend. Bis ich die Binsen verschnürt und die Scheunentür verriegelt habe, ist es fast schon dunkel.

Aufs erste sieht es so aus, als würden sie einfach still am Tisch sitzen, aber dann sehe ich, daß sie beten. In der Kirche des Lichts sind für verschiedene Gebetsformen verschiedene Betstellungen vorgeschrieben, was in mir stets den Verdacht erweckt hat, daß der Prophet sich einige Zeit unter den östlichen Religionen umgetan hat. Die sitzende Stellung ist kontemplativ – der Betende bittet darum, gezeigt zu bekommen, was in seiner oder ihrer Seele vorgeht. Sie hat den Vorteil, überall unauffällig zu sein und daher jederzeit angebracht, wenn der Gläubige einen Augenblick der Muße hat. Wenn der Gläubige sich dann bewogen sieht, eine »Angriffsposition« (mein Ausdruck dafür) einzunehmen, gibt ihm die sitzende Haltung Zeit zur Vorbereitung. Oh, ja. Sie beten. Jedes Ereignis im Haus hat so viele neue Schichten angenommen, daß man nur mit einer Frage beginnen kann.

»Sohn, hast du gewußt, wessen Mantel du da zerschnitten hast?«

»Ja, Daddy.«

»Hast du dir schon vor längerer Zeit vorgenommen, ihn zu zerschneiden, oder erst heute?«

»Ich weiß nicht. Heute hab ich stärker dran gedacht.«

»Hast du die anderen Kinder gefragt, ob sie zusehen wollen, oder haben sie einfach zugesehen?«

»Ein paar hab ich gefragt.«

»Warum wolltest du, daß sie dir zusehen?«
»Ich weiß nicht.«
»Warum hast du den Mantel zerschnitten?«
»Ich weiß nicht.«
»Hat es dir Vergnügen gemacht?«
»Ich weiß nicht.«
»Magst du Annabel nicht?«
»Sie ist okay.«
»Warum hast du ihr dann so weh getan? Provoziert sie dich?«
»Was?«
»Sagt sie gemeine Dinge zu dir oder über dich?«
»Ich weiß nicht.«

Während wir dieses Gespräch führen, zündet Liz die Petroleumlampen an und stellt einen Schmortopf mit Bohnen und Reis in den Ofen. Der Duft, ein Gemisch von Koriander und Dill, breitet sich um uns aus. Tommys Antworten sind einschläfernd: Ursache und Wirkung scheinen sich voneinander abzulösen; und das verheißt, daß nichts dabei herauskommen wird, den Ursprüngen dieser Ereignisse weiter nachzuspüren. Jetzt kommt es darauf an, einfach zu handeln, einfach zu handeln – verbieten, bestrafen, ihn bezahlen lassen, dafür sorgen, daß er zuhört, daß er versteht. Mein Großvater, der fünf Söhne und viele Hunde hatte, schwor stets, daß er mit Jungen und mit Bernhardinern auf die gleiche Weise verfuhr. Als sie klein waren, machte er ihnen klar, daß er größer war und mehr wußte als sie. Selbst als sie größer, schwerer und gebildeter waren als er, waren sie so an Gehorsam gewöhnt, daß er keine Schwierigkeiten mit ihnen hatte. Mein Vater und seine Brüder hatten allesamt Arbeit und Familien, für die sie sorgten. Bei der Methode meines Großvaters war das die Probe aufs Exempel. Waren sie glücklich? Tranken sie, hatten sie extreme politische Ansichten, behandelten sie ihre Frauen gut, schöpften sie ihre Möglichkeiten aus, zogen sie sich Krebs oder Herzerkrankungen zu? Derlei Fragen ließen meinen Großvater ungerührt – es waren Launen des Schicksals oder der Natur, feststehende Bestandteile einer Identität, eine Möglichkeit vor allem, die Mitglieder einer Gruppe zu unterscheiden. Er sah Probleme nicht als Wirkungen, deren Ursache er gewesen sein könnte, eher als Gebrechen. Nachdem er viele Hunde und Söhne aufgezogen hatte, nahm er eine Aura gesetzter Daseinsvollendung an, abgeklärt, gütig. Er sagte: »Söhne sind nicht dafür gemacht, einen zu mögen. Dafür gibt es Enkel.«

Also will ich, für heute, zu seiner Klarheit meine Zuflucht nehmen. Ich will, für den Augenblick, nicht mit den Augen sehen, die mir die zweite Hälfte des zwanzigsten Jahrhunderts hat aufgehen lassen, mit Augen, die nach den winzigen, alles durchziehenden Glitzerfäden von Ursache und Wirkung spähen, Augen, die im heutigen Mann den früheren Jungen, im heutigen Jungen den künftigen Mann stecken sehen. Ich bin kühl und entschlossen. Ich setze moralische Werte fest, Erwartungen und Konsequenzen. Ich strafe und drohe weitere Strafe an. Ich sorge dafür, daß er versteht. Ich behaupte Autorität. Ich bringe die Dinge an diesem unmöglichen Punkt zu Ende.

JANUAR Ich verbringe zwei Tage in Lydia Harris' Haus damit, den Lack von der Vertäfelung im Eßzimmer abzulösen und zu erneuern. Es sind nur zwei Schichten. Die Arbeit ist leicht und die Resultate überraschend – das Holz ist Graunuß aus unserer Gegend, fahl und glatt, beinahe weiß; sie paßt nicht recht zum Eichenboden, weshalb sie vermutlich auch gestrichen wurde, und ist doch ungewöhnlich und hübsch anzusehen. Lydia steht in der Mitte des Zimmers und versucht sich nach Farbmustern zu entscheiden, in welchem Ton sie den Anstrich haben will. Sie sagt: »Ich komme mir vor, als hätte ich eben einen Haufen Geld für ein Paar wunderschöne neue Schuhe ausgegeben und müßte mir nun eine vollständige neue Garderobe passend dazukaufen.« Ihr Mann, er heißt Nathan, ist wieder in Harvard. Ich sage: »Vielleicht hat Ihr Mann ein paar Vorschläge.«

Lydia lacht: »Oh, Nathan. Ihm ist so was egal. Er sagt, lakkier das Ganze weiß und spritz es mit dem Schlauch ab. Die elektrischen Leitungen hat er aber gemacht, bevor wir einzogen. Er ist ein sehr guter Handwerker, für einen Mathematiker.«

Tom und Annabel sind wieder in der Schule. Ich räuspere mich und warte und versuche dabei, mich bequem hinzustellen: der Fußboden ist uneben, und wenn ich nicht durch die Arbeit abgelenkt bin, spüre ich es, und das macht mich nervös. Es gibt noch ein paar Dinge im Haus, durch die ich mich unwohl fühle. Es zieht ziemlich, so daß ich die Luft über Nacken und Schultern streichen spüre. Im oberen Stock blättert die Farbe von der Kaminwand ab, ein Zeichen dafür, daß Wasserdampf und vielleicht auch Rauchgase durch die Kaminkacheln ausströmen. Die geteilten Fenster haben keine Läden und sind innen eisig beschlagen. Es gibt eine Menge zu tun hier, aber ich will es nicht tun. Ich werde diese Dinge irgendwann erwähnen, wenn ich meine Rolle als Handwerker hier ausgespielt habe.

»Machen wir es so«, sagt sie. »Streichen wir die Wand unter dem Sims in einem silbrigen Grün, das wird sowohl den Boden als auch die übrige Täfelung aufhellen. Über dem Sims werde ich dann in irgendeinem Rosaton tapezieren, das zieht den Blick nach oben. Also machen Sie nur, lassen Sie es Natur. Es ist zu ausgefallen, um es zuzudecken. Der Tisch spielt keine Rolle. Ich kaufe einen neuen.«

Ich fange an, Tungöl aufzutragen, und nach einer Weile macht sie mit. Wie Liz ist sie die Art Frau, die stetig arbeitet, ohne viel zu sagen, und sie ist methodisch und ordentlich. Ich vergesse, daß sie da ist, bis sie sagt: »Ich habe viel an diese schönen Stücke gedacht, die Sie bei sich zu Hause haben. Die dunkle, nußbraune Kommode gehört zum Hübschesten, was ich je gesehen habe. Womit haben Sie sie gebeizt?«

»Ich habe gemahlene Walnußschalen in Alkohol aufgelöst.«

»Würden Sie sie verkaufen?«

»Sie gehört meiner Frau.«

Schweigen; dann: »Ich beneide Sie um Ihre Fähigkeiten.«

»Und ich beneide Sie um Ihre Farben.«

»Wie bitte?«

»Die Farben. Die Art, wie Sie sich Farben nebeneinander vorstellen. Als Sie darüber sprachen, wie Sie das Zimmer streichen wollen, gefiel es mir schon beim bloßen Zuhören. Es hat mich auch beeindruckt, wie rasch Sie das Ganze erfaßt und nicht nur das Problem gelöst, sondern etwas daraus gemacht haben. Liz und ich, wir lieben unser Leben, aber es ist komisch, wie uns Farben abgehen.«

Strich. Strich. Ich mag es, wie die Arbeit die Pflichtkonversation entspannt, Zeit verschafft, über das Gesagte nachzudenken. Ich rechne damit, daß Lydia mich über unser Leben ausfragt, doch statt dessen frage ich nach ihrem: »Was für ein Fach in Mathematik unterrichten Sie?«

»Zur Zeit Differential-, Integralrechnung für Studienanfänger und ein bißchen Algebra, aber mein Fachgebiet ist Kombinatorik.«

»Was ist das?«

»Zählen.«

»Sie meinen, so wie eins, zwei, drei?«

»Ich meine zum Beispiel, wenn Sie acht gleichaussehende Billardkugeln haben und wissen, daß eine davon eine Spur leichter ist, wie können Sie mit nicht mehr als zweimal Wiegen die eine herausfinden? Oder, wenn sechs Leute sieben verschiedene Zutaten auf ihrer Pizza haben wollen, was ist die geringste Anzahl von Pizzas, die Sie bestellen müssen, damit jeder bekommt, was er will, und keiner etwas, was ein anderer wollte?«

»Klingt, als würde man versuchen herauszufinden, wie man zwei Dinge gleichzeitig tun kann.«

»Da ist was dran.«

»Klingt interessant.«

»Wirklich?« Ich sehe zu ihr hinüber, und sie lächelt skeptisch.

»Es ist nicht etwas, worüber ich mir Gedanken machen werde, wenn ich hier rausgehe, zugegeben.«

Sie lacht.

»Die Vorstellung, etwas Abstraktes und Entlegenes durchzudenken, gefällt mir aber. Das ist etwas, was ich vermutlich nie mache.«

Strich. Strich. Jetzt ist sie dran, das Schweigen zu brechen: »Ich bin, soviel ich weiß, die einzige schwarze Mathematikerin, die in diesem Land an einem College lehrt.«

»Warum ist das so?«

»Schwaches Urteilsvermögen meinerseits, ohne Zweifel. Kombiniert mit Sturheit.«

»Ich mein, warum gibt es sonst keine?«

»Wollen Sie die Theorie vom rassistischen, sexistischen Establishment oder die Theorie von der fehlgeschlagenen Sozialisation oder die Theorie vom Mißtrauen der Zunftgenossen?«

»Was ist Ihre Theorie?«

»Praktisch lautet sie so: Mathematiker sind sozial nicht sehr begabt, aber ihr Gebiet erfordert soziale Interaktion. Sie nehmen den kürzesten Weg, vom Wen-man-kennt über Wer-man-ist zum Was-man-weiß. Bei Frauen und Farbigen ist die Etappe des Wer-man-ist zu schwierig und bremst die Leute. Ich hatte das Glück, eine Menge Wen-man-kennt benutzen zu können, um das Wer-man-ist zu überspringen. Außerdem halten sie die Idee des angeborenen Genies hoch, die, sozial angewandt, immer Vorurteile erzeugt. Ich bin sechsunddreißig, und das hier ist meine erste richtige Stelle. Drei meiner Kollegen haben mich auf Partys angesprochen und gefragt, ob ich zur Musikfakultät gehöre.« Sie lächelt. »Ich beneide Sie um Ihre Unabhängigkeit.«

»Dann sollten Sie uns besser kennenlernen und herausfinden, was wirklich beneidenswert ist und was nicht.«

»Das würde ich gern.«

Es ist mir schon früher aufgefallen, daß es eine Kategorie von Bekanntschaft gibt, die nicht Freundschaft ist noch Geschäft oder Romanze, sondern Spekulation, Faszination. Da ist ein Geheimnis, dessen Lösung ungewöhnlich wichtig ist, und mein dringendster Wunsch ist, zu fragen und nachzuforschen. Liz und ich halten jeden Morgen Ausschau nach dem Harris-Haus – es sehen zu können, ist unser Maßstab für Wetterlage und Sicht. Letzte Nacht, nachdem Tom schlafen gegangen war, saßen wir am Feuer, und ich erzählte jede Einzelheit des Tages – die Anlage des Hauses, die Einrichtung der Zimmer, was im Herd stand, was Lydia anhatte. Es war ausgiebig und befriedigend, Tratsch wie fünf Pfund Schokoladekaramel, und danach, im Dunkel unseres Schlafzimmers, sagt Liz: »Ich fühle mich schuldig, als würden wir uns gegen sie verschwören.« Ich beruhige sie - ich hätte nicht im entferntesten herumgeschnüffelt, nicht ein einziges Stück zu lange angesehen –, aber ich fühlte mich auch schuldig, weil ich so viele Beobachtungen in mich aufgesogen habe, meine Antennen ungewollt so sehr auf Empfang gestellt waren. Schuldig und rassistisch, weil ich auf Lydia reagierte, als wäre sie ein Phänomen.

Aber das ist sie. Sie hat es mir eben selbst gesagt.

Und vielleicht blieb sie ja auch letzte Nacht lange sitzen, schaute inmitten all der leuchtenden Lichter und Farben ins Leere und stellte Mutmaßungen über Liz und mich an. Beiderseitige Faszination ist genauso möglich wie beiderseitige Freundschaft oder ein beiderseitig befriedigender Geschäftsabschluß, oder nicht?

Als ich sie einlade, einmal mit Annabel zum Eislaufen zu kommen, springt sie sofort auf das Angebot an.

Nachdem ich fertig bin, beschließe ich, auf Skiern querfeldein heimzulaufen, anstatt mich bringen zu lassen. Der Schnee ist tief und harschig, und diese kühle Einfarbigkeit habe ich mir schon den ganzen Tag lang selbst versprochen. Auf dem Weg durch die Stadt begegne ich einer Reihe von guten Freunden, Leuten, in deren Gesellschaft und Zimmern, an deren Tischen und bei deren Gesprächen ich mich schon oft sehr wohl gefühlt habe, aber ich finde Ausreden, um schnell weiterzukommen. Tatsache ist, daß sich in meinem Kopf immer mehr Gesprächsstoff mit Lydia Harris auftut. Es gibt nichts, das ich von ihr nicht wissen will, nichts, von dem ich nicht will, daß sie es von mir weiß. Es ist ein Gefühl wie Lust, pulsierend und rastlos, aber das ist es nicht. Es ist eher, als suchte ich ein Urteil zu hören, über den Wert meines Wesens schlechthin.

Wie ich für Lydia arbeite, so arbeitet Tom für mich, um mich für die Mühe, den lavendelfarbenen Mantel abzuzahlen, zu entschädigen. Plan A bestand darin, ihn mitzunehmen und mir unter den Augen von Annabel Harris helfen zu lassen, aber sie wollten über die Feiertage keine Baustelle im Haus haben, und natürlich muß Tom zur Schule. Plan B sieht zwanzig Stunden zusätzlicher Arbeit für drei Dollar die Stunde vor. Tom erledigt seine Arbeiten, ohne sich zu beklagen, ungefähr eine Stunde pro Tag. Er ist bei Stunde sieben. Er muß über die Stunden und seine Aufgaben Buch führen, damit er weiß, was der Mantel ihn gekostet hat. Solange ich ihn dabei beaufsichtige, bin ich nüchtern und fordernd. Wenn die Arbeit vorbei ist, werde ich immer weich und belohne ihn mit irgend etwas. Das sollte ich nicht, aber ich kann nicht anders.

Heute putzt er Fenster – nur innen, da es kalt ist –, und ich sitze währenddessen daneben. Ich versuche seinem Geplapper mit kühlem Schweigen zu begegnen. Er sagt: »Daddy, glaubst du, daß Sparkle über einsvierzig groß wird?«

»Ich weiß nicht. Vielleicht. Verlaß dich nicht darauf.«

»Einsvierzig ist groß für 'n Pony. Über einsvierzig ist es schon ein kleines Pferd.«

»Vergiß die Ecke da nicht.«

»Magst du Sparkles weiße Füße auch so? Ihre weißen Söckchen? Sie gehen nicht bis über die Fessel, also sind's keine Kniestrümpfe. Den Teil mag ich am liebsten an ihr.«

»Warum spülst du nicht mal den Lappen aus? Er wird ein bißchen schmutzig.«

»Ich finde, Sparkle ist ein sehr hübsches Pony. Sie hat einen guten Kopf, besser als Henrietta. Glaubst du, Mr. Halloran wird uns nochmal bei seinem Hengst decken lassen? Es ist ein guter Zuchthengst. Wir könnten viele Ponys aufziehen, ausbilden und verkaufen und das halbe Geld Mr. Halloran geben.«

»Ich möchte, daß du über den Kitt da drübergehst und den Staub wegwischst. Der kommt vom Herd und könnte sich am Ende ins Holz fressen.«

»Ich hab Sparkle lieb. Sie ist wirklich klug, Daddy. Ich hatte 'ne Karotte für sie, die hatte ich eingesteckt, und sie hat sie gleich gefunden und die Nase in meine Tasche gesteckt, aber sie hat richtig aufgepaßt und nicht die Tasche zerrissen oder so.«

»Sparkle ist ein braves Pony.«

»Ich bin froh, daß sie 'ne Stute ist, weil sie dann, wenn sie groß ist, selber Fohlen haben kann. Können wir 'nen Wagen bauen und Sparkle das Ziehen beibringen? Ich wette, wenn wir sie frei laufen lassen, würde sie beim Haus bleiben, und dann würde sie morgens an mein Fenster kommen und den Kopf reinstecken und mich aufwecken.«

»Sohn, sie ist kein Hund.«

»Aber sie ist wirklich klug, Daddy. Sie kennt mich, und sie mag mich, weil ich genau weiß, wo man sie kraulen muß und so was.«

»Wie war's in der Schule?«

»Okay. Wenn wir doch Schlittschuh laufen gehen könnten.«

Schule ist nichts, worüber er spricht, aber das hat er auch letztes Jahr nicht getan. Als er die Fenster fertig hat, sehe ich, daß er ganze Arbeit geleistet hat, mehr als gründlich. Ich lobe ihn nicht oder sage danke, sondern stehe bedächtig auf und gehe raus, um die Ziegen zu melken, ohne ihn zu fragen, ob er mitkommen will. Nach dem Essen allerdings schlage ich ohne besonderen Anlaß vor, daß wir alle zusammen im Mondschein Schlittschuh laufen gehen.

Vom Haus aus ist der Teich von Bäumen verstellt, eine weitere Störung im Landschaftsbild, die ich hätte vermeiden können, hätte ich das Haus an die richtige Stelle gesetzt. Es ist ein größerer Teich, fast ein Morgen, gespeist von einem kleinen Fluß. Er wurde vor wenigstens hundert Jahren aufgestaut, und dabei leistete man so gute Arbeit, daß ich bisher bloß von Zeit zu Zeit ein paar Steine neu einsetzen mußte. Die Nacht ist mondlos und voller Sterne, kalt und still. Seit wir das letzte Mal Schlittschuh laufen waren, hat es nicht mehr geschneit, darum ist das Eis klar, durchscheinend. Ungeduldig fährt Tom rückwärts von uns weg, nicht ganz standfest, aber entschlossen. Das ist etwas, was er erst in diesem Jahr gelernt hat. Ich sehe zu, wie Liz ihre weißen Schlittschuhe anzieht. Sie zieht die Bänder straff, verknotet sie sorgfältig, geschäftsmäßig, aber dann lehnt sie sich zurück und streckt die Zehenspitzen aus, als wären es Ballettschuhe, und bewundert sie. Sie ist die Eisläuferin unter uns, sie hat als Kind Stunden bekommen. Unsere Schlittschuhe sind gut und haben seit unserer Heirat gehalten. Ihre Mutter wollte uns Porzellangeschirr und Wäsche schenken. Als wir uns Schlittschuhe wünschten, als würden wir damit eine politische Position beziehen, schenkte sie uns maßgefertigte kanadische. Ihre Rache bestand darin, daß wir dreimal ins Sportgeschäft zum Anpassen mußten.

Auf Schlittschuhkufen verwandelt Liz sich nicht sofort. Die flachsohlige Persönlichkeit bleibt erst noch haften – ihr Overall ist ausgebeult, ihre alte Daunenjacke wirkt zweckmäßig und macht sie dick, sie hat die Hände in die Taschen gesteckt. Sie zieht vier Mal quer über den Teich und klaubt Zweige und anderes Kleinzeug auf. Sie versucht mich dazu zu bringen, daß ich ihr nicht mehr zusehe, aber das tue ich nicht. Ich möchte nicht den Moment verpassen, wenn sie die Arme ausbreitet, den Kopf dreht und plötzlich in einen Rückwärtskreis gleitet, lässig, aber scharfgezogen, ihr Körper so silbern und klar umrissen wie eine Forelle. Dann fährt sie auf einem Bein rückwärts, das andere gerade nach hinten, Zehen gestreckt. Ihr Kopf ist in der Waagrechten, zur Seite gedreht, die Arme über den Kopf gehoben. Ein unsichtbarer, durch die weggestreckte Schlittschuhkufe gezogener Faden scheint sie über das Eis zu ziehen. Am Schluß dreht sie eine Pirouette, und ihr Hut fliegt weg. Tommy hebt ihn auf und bringt ihn ihr. Sie legen die Arme umeinander, und dann faßt sie ihn an den Händen und dreht ihn herum. Er stolpert, bleibt aber auf den Beinen, lachend.

Jetzt bin ich dran. Viel habe ich nicht zu bieten, aber ich kann schnell laufen, und der eine Morgen Teich ist kaum groß genug als Auslauf für mich, wenn ich wirklich in Fahrt bin. Ich beginne den Rand entlang dahinzugleiten, um ein Gefühl für das Eis, die Schlittschuhe, die Beine und Hüften zu bekommen, Schritte machen, gleiten, Kurvenziehen. Es ist beruhigend und belebend zugleich, so leicht, daß ich, wie immer, versucht bin, mit eigenen Schlingenmustern und einem Dreifachsprung loszulegen. Es spricht nichts dagegen. Der Körper ist willig, prikkelnd vor Vorfreude. Nur daß die Bereitschaft Einbildung ist, und alles, was ich je zusammengebracht habe, ist vorwärtsfahren, schnell, und rückwärtsfahren, langsam. Ich beruhige mich wieder. In der Mitte des Teiches übt Tommy und starrt dabei auf seine Füße. Ich ziehe einen Kreis um ihn.

»Was probierst du da, Sohn?«

»Es gibt da so eine Art, wie man abschwingt, so daß von den Kufen der Schnee hochspritzt. Mami kann das.«

»Muß man dafür nicht ziemlich schnell laufen?«

»Ich lauf ja schnell.«

Ich laufe eine große Schleife und komme zurück, umkreise ihn und laufe wieder weg. Auf der anderen Seite des Teiches zieht Liz Achten und versucht, dieselben Spurkreise wieder und wieder nachzuziehen. Tommy macht weiterhin armerudernd einige große Schwungschritte, fährt und schwingt ab. Er fällt nie hin, aber er sieht auch nie aus, als würde er eislaufen, mehr als würde er durch eine seichte Brandung hopsen. Ich ziehe noch eine Runde um ihn, und dabei fällt mir das Wort »einkreisen« ein, und ich überlege, ob das bei ihm ginge, auch wenn er quer über den Teich liefe, ohne sein Tempo zu verringern. Ich laufe wieder um ihn herum, diesmal aber nicht wie ein Komet, sondern kreisend wie ein Planet, Mars, sagen wir. Erde. Venus. »Heh, paß auf«, ruft er. Zurück zum Mars. Hinaus zum Jupiter, damit er nicht unsicher wird. Es ist ein seltsames, spaßiges Gefühl, ihn so zu umkreisen, irgendwie stroboskopisch. Das Vergnügen besteht darin, seine Anstrengung als Bildfolge zu beobachten – sein Gesicht, sein verkrampfter linker Arm, die Schulterkrümmung, die rechte Hüfte und wieder sein Rücken. Ich schaffe es sogar, mir einzureden, daß ich still stehe und er in der blauschimmernden Dunkelheit eine unmöglich langsame Pirouette dreht. Ich bin ein Zaun, eine Palisade, ein Wall, der ihn einschließt. Eben blickt er auf und seufzt, sieht zu mir her und beginnt wegzulaufen. Jetzt kommt es drauf an. Ich drehe um und laufe ihm nach, ein Kreis: Ich schneide ein blödes Gesicht, und er lacht. Hinter seinem Rücken vorbei, dann noch ein Kreis – sie müssen eng sein, was mich langsam macht und die Kreise schwerer. Ich strecke die Arme aus und strecke die Zunge raus. Er lacht wieder und wird schneller. Jetzt jage ich ihn beinahe schon, der Hase hinter der Schildkröte. Er steuert seine Mutter an. Die Entfernung zwischen ihnen beginnt zu schrumpfen. Ich lege Tempo zu, ziehe meine Schleife flach, fahre direkt auf sie zu. »Heh, Mom«, ruft er. Ihr Arm streckt sich aus, automatisch. Zwischen ihnen ist eine Türbreite, ein Fenster, ein Nadelöhr. Ich schieße hindurch und streife beide leicht mit meiner Jacke. »Heh!« sagt Liz. Ich stelle mir vor, wie sie einander in die Arme fallen.

Am Ende des Teiches drehe ich um, adrenalindurchströmt. Tom zeigt Liz, wie er stoppen gelernt hat. Sie lobt ihn. Ich würde gerne um sie beide Kreise ziehen, langsam träge Umläufe, die Tage dauern, ein Ritual des diskreten Beisammenhaltens, kein Zwang, keine Zäune auf der offenen Weide, nur an einem Ende ein wachsamer Hund. Als wir uns später zum Zubettgehen ausziehen, sagt Liz: »Das hat Spaß gemacht, oder? Ich finde, das Schöne an unserer Familie ist, daß es soviel gibt, das Spaß macht, und daß man's so leicht haben kann.«

Noch später, im Dunkeln, als ich schon fast eingeschlafen bin, sagt sie: »Bist du Kreise um ihn gelaufen?«

»Genau. Liest du schon wieder meine Gedanken?«

»Ich wollte, ich könnte. Aber ich höre, daß man dafür zwanzig Jahre verheiratet sein muß.«

»Vielleicht können wir einen Antrag auf vorzeitige Zulassung stellen.«

»Ich ruf gleich morgen an.« Im Dunkeln kann ich ihr Lächeln an meiner Schulterkante spüren. Mir ist ganz warm.

Ein Bruder von Liz arbeitete einmal zu Weihnachten auf der Post, und er erzählte, daß man ihnen sagte, wenn der Lkw stekkenblieb, sollten sie ein paar Pakete rausholen und unter die

Räder legen. Genau so ein Paket bekommen wir am Monatsende: verschmutzte Seiten, durchnumeriert von sechs bis fünfzehn, in einem Plastikbeutel mit den Resten eines bräunlichen Umschlags, darauf nur unsere Adresse und eine Briefmarke mit dem Poststempel 12. Dezember, kein Hinweis auf den Absender, bis wir den Text zu entziffern beginnen. Es ist das Kapitel aus Tina Morrisseys Buch und beginnt mit den Worten: »Gräten und Fischköpfe von Forellen aus dem nahen Bach, dazu Schaf- und Kuhmist, verfaultes Heu und Schnittgras, Ahorn- und Birkenblätter, Sägemehl, Späne, Holzasche. Die fünf Haufen messen jeder etwa drei mal drei mal drei Meter, also haben die Millers gute hundertdreißig Kubikmeter erstklassigen organischen Kompost auf Lager. Bob macht reichlich Gebrauch davon; jedes Jahr arbeitet er ganze zwei Haufen in seine Beete ein. Das Problem, derart große Haufen abzutragen, hat er geschickt gelöst, indem er sich aus alten Brettern und den Rädern zweier Kinderwagen eine Art fahrbaren Tunnel gebaut hat. Er schiebt den Tunnel an die freiliegende Seite eines der Haufen heran und beginnt von unten mit dem Wegschaufeln. Während er sich in den Hügel vorgräbt, stützen die Bretter, die das Tunneldach bilden, den Hügel ab und lenken, was herabfällt, zur Mitte.«

Liz findet das sehr komisch, und in den nächsten Stunden prustet sie immer wieder vor Lachen los. Ich sage: »Ist doch eine gute Idee.«

»Es ist eine großartige Idee, aber ich sehe das Bild vor mir, wie du dich in diesen Berg von Dreck hineinwühlst. Ein kleiner Mann im Regenmantel. Bye Bob, wir sehen uns im Frühjahr.«

»Du hast mich schon Kompost holen sehen, und du hast es auch schon selber gemacht.«

»Ich lach ja nicht über dich, Liebling, ich lache über das Bild.«

Den Rest lese ich alleine und erinnere mich dabei an meine Ängste, was sie wohl von unserer Familie halten, wie sympathisch sie uns als Menschen finden würde. Doch da heißt es nicht: »Für einen von Grund auf neurotischen Scheißer hat Bob

Miller es ganz schön weit gebracht.« Da heißt es: »Miller achtet darauf, seine Karottensamen feucht zu halten, bis sie aufgehen. Er deckt jedes Beet mit zwei Lagen alter Zeitungen zu und besprengt diese Schichten bis zu vier, fünf Mal pro Tag mit Wasser von der Quelle. Nach sieben Tagen dieser Behandlung erzielt Miller einen Austrieb von fast hundert Prozent, selten bei Karottensamen, die unter normalen Bedingungen in zwei bis drei Wochen zu höchstens dreißig bis vierzig Prozent aufgehen.« Über Tom schreibt sie: »Auch der Siebenjährige ist schon ein fester Bestandteil der Familienwirtschaft.« Unser Tal nennt sie »ein Paradies, von dem aus die Millers das zwanzigste Jahrhundert (wie es sich im Supermarkt und in der Bankfiliale von Moreton, einer Stadt von tausend Einwohnern, abspielt) in Augenschein nehmen können, ohne daran teilnehmen zu müssen.« Nirgendwo bezeichnet sie mich als Genie, doch bemerkt sie, daß »Millers Art nicht unähnlich der eines mächtigen und reichen Wirtschaftsbosses ist. Er macht, was er will, wie er es will. Das rührt sicherlich daher, daß er die Macht des Geldes ablehnt und seine Fähigkeit kultiviert, alles – nicht nur das, was er braucht, auch das, was er will – selbst zu züchten, zu bauen, zu fangen oder zu finden.« Ich bin nicht gerade geschmeichelt. Vielleicht lag ja mal ein Brief dabei, in dem ich gefragt wurde, was ich dazu meine oder ob ich etwas geändert haben möchte, aber jetzt ist er weg, zusammen mit dem Absender. Die Manuskriptseiten liegen noch ein paar Tage herum und verschwinden dann.

Am Sonntag steht Liz auf und sagt: »Tommy kommt heute mit mir in die Kirche. Wir können auf Skiern hinlaufen. Der Schnee ist gut, und es geht kein Wind, also sollten wir keine Schwierigkeiten haben. Was hältst du von Pfannkuchen zum Frühstück?« Das ist eine wirkungsvolle Rede und läßt mich verblüfft schweigen. Jedes Nachfragen wäre jetzt eine Herausforderung. Ich sage: »Pfannkuchen hört sich gut an«, und lasse es dabei bewenden. Für später plane ich, es mit dem Satz: »Ich dachte, wir wollten das noch besprechen« zu probieren, weil ich einfach glaubte, daß wir das tun würden, obwohl ich nicht sicher davon ausgehe, daß wir es so abgemacht haben. Wir räumen im Schlafzimmer auf, machen das Bett und warten ab, wer den nächsten Fehler macht, und schließlich sagt Liz: »Er wollte mitkommen.«

»Er wird das Ponytraining versäumen.«

»Er hat mich gebeten, dich zu fragen, ob du das auf den Nachmittag verschieben könntest.«

»Für den Nachmittag hatte ich andere Pläne.«

»Könntest du nicht ein bißchen flexibel sein?«

»Ponytraining ist am Morgen. Ein regelmäßiger Ablauf ist wichtig, für das Pony und auch für Tom. Die Ponys werden am Tor stehen und schon aufs Training und Füttern warten. Ich möchte diese Art von Gewöhnung fördern.«

»Das verstehe ich ...« Aber sie spricht nicht weiter. Über unseren Vollweizen-Pfannkuchen mit Apfelmus sprechen wir darüber, dieses Jahr Blaukartoffeln und Blaumais anzubauen. Tom möchte wissen, ob es blaue Tomaten gibt, und ich versuche, ihm zu erklären, daß blau genetisch auf bestimmte Weise mit gelb verwandt ist, nicht aber mit rot. Die beiden wechseln über den Tisch hinweg gelegentliche Blicke, die ich nicht deuten kann, und ich klinge für mich selber pedantisch, laut und übermäßig belehrend. Trotzdem bleibt Tom zu Hause, und Liz läuft auf ihren Skiern allein los.

Das Ponyfohlen ist jetzt schon fast ein Jahr alt – es ist im März geboren -, und einer von uns beiden hat jeden Tag seit seiner Geburt mit ihm gearbeitet. Es nimmt das Halfter, läßt sich führen und jeden Huf anheben. Als wir es striegeln, zuckt seine Haut, und der kurze Schweif schlägt ungeduldig hin und her. Sein Winterfell ist dicht, fast schwarz, stumpf in der Tönung. Tom läßt es einen Apfel nehmen, den er mit den Zähnen festhält, und ich stoppe ihn nicht. Es ist vorsichtig - die samtige Unterlippe schiebt sich vor und befühlt den Apfel, zieht ihn ihm fast mit einer Greifbewegung weg. Bei dem Pony zeigt er sich von seiner besten Seite; seine Hände bewegen sich langsam und fest über das Fell. Er steht dicht bei ihm und bewegt sich nie um es herum, ohne den Kontakt zu halten. Er spricht mit leiser, entschiedener Stimme. Den jungenhafte Drang, Ursachen zu geben und Wirkungen zu erleben, der ihn manchmal dazu bringt, dem Mutterpony in die Ohren zu blasen oder die Katzen mit Wasser zu bespritzen oder direkt hinter den Schafen herzugehen, so daß sie ihn hören, aber nicht sehen können, hat er bei dem Fohlen nicht. Er möchte, wie ein Vater, daß es ruhig, glücklich, klug und hübsch ist, ihn liebt und ihm gehorcht und in Ruhe groß wird.

Ich stoße die Stalltür auf, und er führt es in den Schnee hinaus. Das Pony geht zwei Schritte, dann schnaubt es und schlägt mit der Hinterhand aus. Er führt es stetig vorwärts, wie ich es ihm beigebracht habe, ohne je hinzusehen, ohne sich anmerken zu lassen, daß es etwas Ungewöhnliches tut. Es versucht, ein bißchen zu bocken und zu treten und dann die Schnauze in den Schnee zu stecken. Er wirft mir über die Schulter einen Blick zu. Er hat ein wenig Angst – das Tier ist unruhiger als sonst, der Kälte wegen. »Geh weiter«, sage ich. »Sie folgt dir schon.« Ich gehe ihnen um die Stallecke und die Längsseite entlang nach. Am Scheunenhofzaun bleiben sie stehen, machen kehrt und kommen wieder auf mich zu. Er hält es locker, die rechte Hand am Karabiner der Leine, das lose Seilende in der linken. Tag für Tag macht einer von uns das, auf demselben Gelände, vorbei an denselben Fenstern, durch die man auf dieselben paar Tiere sieht, heute aber, zum ersten Mal, bemerkt das Pony etwas – eine meckernde Ziege? Eine Katze? –, und plötzlich bäumt es sich neben Tommy auf, weicht zurück und scheut, die Nüstern geweitet und die Ohren nach vorn gelegt. Mit der rechten Hand verliert er es, aber die linke faßt instinktiv das Seil fester, und es reißt ihn herum. Ich kann den überraschten, panischen Blick in seinen Augen sehen, als es anfängt, ihn im Kreis zu ziehen, bockt, ausschlägt, wiehert; jetzt irritiert es jedes Geräusch und jede Bewegung im Umkreis.

Das Klügste für ihn wäre, das Seil loszulassen, und tatsächlich habe ich nie daran gedacht, ihm zu sagen, was er in einem solchen Fall tun soll – die Ponymutter ist lammfromm, und das Fohlen war bisher so gutwillig, daß sein Wesen unveränderlich schien. Aber er tut nicht das für ihn Klügste; er reagiert wie ein geborener Reiter und hängt sich dran. Dafür gäbe es eine Menge Gründe, wenn er sie wüßte: es davon abzuhalten, durchzugehen und sich vielleicht zu verletzen; es zu hindern, seinen Kopf durchzusetzen; den Kontakt zu ihm, und damit seine Aufmerksamkeit, zu halten. Ich gerate nicht in Panik. Ich stürze nicht auf sie zu. Ob aus Instinkt, Vertrauen oder Dummheit, ich reagiere nicht, als sei er in Gefahr, ich sehe einfach zu, wie sie durch das Schwarzweißbild von Schnee und Bäumen dahinstieben, sich gegenseitig ziehen, rucken, zerren. Er sagt in einem fort: »Sparkle! Sparkle!« Seine Mütze fällt herunter. Sie sind schon ziemlich weit weg, als ich endlich anfange hinzutraben, eher gemächlich.

Als ich bei ihnen bin, stehen sie still, wenn auch nicht ruhig. Das Pony zittert und schnauft, Tom keucht, seine Wangen sind hochrot. Sie können kaum gehen, aber ich bringe sie dazu. Zurück an die Stelle, wo es gescheut hat, zurück zu jenem Moment, um wieder und wieder drüberzugehen und mit der Gewöhnung jede Assoziation auszulöschen, die es an dieser Stelle vielleicht hat. War er in Gefahr? Ich weiß es nicht, aber es ist wie in einem gemeinsamen, unausgesprochenen Einverständnis, daß wir Liz nichts davon sagen, als sie am Nachmittag zurückkommt.

In dieser Woche ist es bitterkalt, und es schneit jeden Tag einige Zentimeter. Bücher und Zeitschriften sind in der Leihbücherei fällig, und wir sehnen uns schon nach neuen, aber es ist nicht daran zu denken, irgendwo hinzugehen. Tom fährt mit dem Bus, aber wir stecken seine Füße in den Schneestiefeln in Plastikbeutel, lassen ihn Handschuhe und darüber Fäustlinge anziehen und gehen mit ihm zur Bushaltestelle, vor allem um sicherzugehen, daß er so eingepackt bleibt. Marlys und ich winken uns zu und rufen: »Brrr!« Sie und Paul, ihr Mann, zogen unlängst nach zwanzig Jahren auf der Farm in die Stadt, damit er seiner wahren Liebe frönen kann, der freiwilligen Feuerwehr. In den Schlafzimmern ist es nicht auszuhalten, darum tragen wir unsere Decken ins Wohnzimmer und schlafen neben dem Herd mit seiner gemauerten Einfassung. Es scheint keine Sonne, also bleiben die in die Fenster eingepaßten Dämmplatten den ganzen Tag drin. Wir sind eingeschlossen. Zweimal am Tag schaufle ich den angewehten Schnee weg und gehe in den Stall hinaus, um die Tiere zu füttern, den Ziegenstall auszumisten und die Ziegen zu melken. So leben wir jedes Jahr wenigstens einmal, und in der Vergangenheit hat es mir nicht viel ausgemacht. Die Leute vom Land schneiden gern mit dem Wetter auf, überbieten sich mit phänomenalen Details, wie daß den Kühen sogar die Augenlider zufroren. Tom und ich haben ein Ritual, wenn es so kalt wird – ich lasse einen halben Eimer Wasser ein, trage ihn nach draußen und schleudere das Wasser in die Luft. Mein Großvater schwor, er habe einmal eine solche Kälte erlebt, daß das Wasser zu glitzernden Kügelchen gefror, bevor es auf dem Boden auftraf. Ich habe so was noch nicht erlebt, aber einmal im Leben möchte ich das, wenn es überhaupt möglich ist. Liz nennt es meinen einzigen Ehrgeiz. Mag sein. Tom ist jeden Tag schon beim Aufwachen aufgeregt – wie kalt ist es? Ist es schon kalt genug? Ist hier der kälteste Ort auf Erden? Im Wohnzimmer stapeln sich haufenweise Pullover, Decken, Mäntel, Kissen und Socken. Nach dem Petroleumlicht bei Tag und Nacht kommt man sich bei jedem kurzen Aufenthalt im Freien geblendet und in der Weite verloren vor, und es ist schwer, nicht davon überzeugt zu sein, daß draußen alles irgendwie stillsteht in Eis und Zeit. Wir dösen den ganzen Tag vor uns hin, in einem dicken Kuddelmuddel aus uns selber, herumliegenden Kleidungsstücken, den Katzen, Schichten von Decken. Wir lesen uns Lieblingsstellen aus Büchern vor, sind aber zu schläfrig, um lang bei irgendwas zu bleiben.

Am Samstag, einem weiteren frostklirrenden, bedeckten Tag, höre ich, als ich eben das Eis im Wassereimer für die Ziegen zerstoße, am Ende der Zufahrtsstraße ein Auto halten, und nicht lange danach tauchen Lydia Harris und ein Kind, das Annabel sein muß, leibhaftig auf dem Fußweg auf. Sie haben Schlittschuhe dabei. Oben im Haus, das weiß ich, kugeln Liz und Tom sich noch in ihren Decken, trinken Petersilientee mit Honig und erzählen sich Witze. Als ich rausgegangen bin, hat Tom gerade gesagt: »Wie viele Himbeeren kriegst du in eine leere Schüssel?«, und Liz hat so getan, als wüßte sie es nicht. Es scheint noch recht früh am Morgen zu sein, aber die Wahrheit ist, daß wir am Donnerstag die Uhr haben ablaufen lassen und dann vergessen haben, sie gestern nach Toms Rückkehr aus der Schule neu zu stellen. Es könnte wer weiß wie spät sein. Mutter und Tochter Harris, die sich ziemlich zögerlich umblicken, machen mir das gelbe Loch im Schnee an der Verandaseite, wo Tom und ich hingepinkelt haben, peinlich bewußt. Liz, der gegenüber ich meine Einladung nicht mal erwähnt habe, ist seit Mittwoch nicht aus ihrem Nachthemd rausgekommen.

Nichtsdestoweniger geben die beiden ein reizvolles Bild ab, die Mutter in einer smaragdgrünen Jacke mit blauen Ohrenschützern, die Tochter in einem derart fuchsienroten Parka, daß er beim Hinsehen größer zu werden scheint. Der Wind stäubt pulvrigen Schnee von den Wächten, der ihnen um die Knie wirbelt. Dahinter das schwarze Rankenwerk des Ahornwaldes, Schnee auf den Bergen verschwimmend im Schnee in den Wolken. Es ist die Tochter, die zögernd wirkt, aus der Entfernung beinahe schmollend. Sie bleibt stehen, und Lydia dreht sich um und redet, ernst hinuntergebeugt, auf sie ein. Obwohl ich kaum sagen kann, wie sie aussieht, kann ich sehen, daß sie eine Schnute zieht.

Die ist immer noch da, als ich auf sie zukomme, und vielleicht ist das das Problem. Sie ist ein schlankes Kind mit nußbraunem Teint, einer hohen, glatten Stirn und großen Augen, die aus weit auseinanderliegenden Höhlen leuchten. Eine Schönheit im Werden – das ist eine so augenfällige Tatsache, daß jedes Drumherumreden wie das Nicht-Erwähnen einer sichtbaren Behinderung wäre. Während ich auf sie zugehe, klingt ihr Gespräch in der trockenen, ruhigen Luft nach: »Er sagte, wir sollen kommen, wenn uns danach ist. Sie haben kein Telefon.« »Mir ist das peinlich. Ich finde es nicht nett, so reinzuplatzen.« »Das Schlittschuhlaufen macht bestimmt Spaß.« Annabel wirft mir einen feindseligen Blick zu: mein Herannahen läßt ihnen keine Wahl mehr. Es paßt ihr nicht, und es ist offensichtlich, daß sonst meist getan wird, was ihr paßt. Klick, klick, einfach so, ist meine Abneigung gegen das Kind eingerastet, hat sich festgesetzt, vielleicht auf Dauer.

Langsam gehen wir auf das Haus zu. In einem Fenster erscheint Liz' Gesicht, verschwindet wieder. Ich mache mit den Harrises einen Umweg durch den Stall, zeige ihnen die Schafe und Ziegen, die Kühe, die Ponys und die Hühner. Im Ponystall schnappt Annabel Harris von mürrisch auf eifrig um. »Das Fohlen ist ein Rotfuchs«, sagt sie. »Ein Rotfuchs mit vier weißen Fesseln und einem Stern und einer Schnippe. In Boston, bevor wir hierhergezogen sind, hab ich Reitstunden gehabt.« Sie wirft ihrer Mutter einen bösen Blick zu. »Mein Lieblingspferd war auch ein Rotfuchs. Er hieß Billy.« Der bescheidene Name des Pferdes, der mir einen großen, hammerköpfigen alten Klepper mit vorstehenden Rippen vor Augen stellt, erinnert mich daran, daß sie ein Kind ist. »Ich war schon in der Galoppgruppe, ehe wir wegzogen.« Ich könnte eine Andeutung machen, daß sie eines Tages auf dem Pony reiten darf. Es würde nichts bedeuten, aber ich tue es nicht.

Bis wir zum Haus kommen, sind Liz und Tom angezogen, die Decken zusammengefaltet und gestapelt, und auf dem Holzofen ist Wasser am Sieden. Als wir eintreten, den Schnee von unseren Stiefeln stampfen und Wirbel machen, rufe ich: »Hab ich dir gesagt, daß die Harrises vielleicht zum Schlittschuhlaufen kommen, Liz? Ich bin sicher, nach dieser Woche ist der Teich zugefroren bis auf den Grund. Tom, hol deine Schlittschuhe. Höchste Zeit, ein bißchen an die frische Luft zu kommen.« Er steht in der Zimmermitte und sieht sie an, die – vielleicht – seine Erzfeindin ist.

Trotzdem putzt er sich die Nase, holt seine Schlittschuhe aus dem Schrank, sucht seine Jacke heraus, und Liz macht, ohne ein Wort zu sagen, etwas Überraschendes und Impulsives. Sie geht auf Lydia Harris zu und küßt sie herzlich auf die Wange, als würde Lydia alle Gedanken, die wir uns über sie gemacht haben, kennen und gutheißen. Und Lydias Reaktion ist faszinierend – in dem Sekundenbruchteil zwischen dem Wissen, daß sie gleich von einer praktisch Fremden geküßt werden wird, und dem Kuß selber läßt sie sich ein zweites, kühleres Äußeres wachsen, eine Haut, zwischen der und ihr selbst ein Zentimeter Luft ist, eine Haut wie ein Fensterladen. Für Lydia scheint auf den Kuß kein Unbehagen oder auch nur ein Erkennen zu folgen. Was Liz betrifft, so wirft sie mir einen Blick zu, beschwingt von dem, was sie getan hat. »Ja! Geht doch eislaufen«, singt sie. »Wenn ihr zurückkommt, hab ich Aprikosenbrötchen für euch. Darauf hab ich schon die ganze Zeit Lust!«

Der Pfad zum Teich ist uneben und glatt. Die Gebäude und Beete wirken, wenn wir zurückschauen, trist und bescheiden, eher armselig als handgemacht, aber der Teich glitzert einladend, wo der Wind den trockenen Pulverschnee weggeblasen hat. Tommys Angeberei vor Annabel, daß wir den Teich den ganzen Sommer zum Schwimmen und den ganzen Winter zum Eislaufen haben, und voller Forellen ist er obendrein, scheint mir Ausdruck meiner eigenen Gedanken zu sein. Funktion ist schließlich der höchste Wert, oder?

Annabel sagt: »Ich dachte, er hat gesagt, daß er bis auf den Grund zugefroren ist.«

»Wir werden schon nicht einbrechen.« Tom ist ein klein wenig verächtlich.

»Na, und wo sind die Forellen hin? Sind die auch eingefroren?«

»Natürlich nicht.« Er spricht nicht weiter und sieht sich auch nicht hilfesuchend nach mir um. Er sagt: »Kannst du Schlittschuh laufen?«

»In Boston habe ich letzten Winter Stunden gehabt.«

Trotz der Stunden sind die beiden in etwa gleich gut, und sie haben sogar etwas von demselben aggressiven Stil. Im Nu hat Annabel ihren fuchsienroten Parka abgeworfen (ihn mitten auf dem Teich fallenlassen, und Lydia hat ihn aufgehoben und säuberlich gefaltet über einen Stein gelegt) und läuft mit Tom um die Wette übers Eis, zwei Runden, dann vier, dann sechs. Sie hat genausowenig Gleitvermögen wie er – ihre Beine schlenkern, ihre Arme rudern, aber sie fallen nicht ein einziges Mal hin. Sie schreien aufeinander ein, auf uns, auf nichts. Einmal läßt Annabel einfach ein Kreischen los. Lydia lächelt und sagt: »Ist das nicht schrecklich? Ich meine, es ist bloß Ausgelassenheit, aber es geht einem durch Mark und Bein. Nathans Bruder sagt immer, er verschafft ihr 'nen Ferienjob als Kreische in Horrorfilmen.«

»Gibt's so was?«

»Oh, sicher. Sie wollen nicht, daß die Schauspieler kreischen und ihre Stimmen überanstrengen. Marcus sagt, sie hat die perfekte natürliche Technik – totale Entspannung der Stimmbänder. Ich sage, ermutige sie nicht noch. Aber sie war immer schon ein Schreihals.«

Lydia hat es nicht eilig mit dem Eislaufen. Sie sitzt mir gegenüber auf einem großen Stein, schaut sich um oder sieht Annabel zu. Jedes Mal, wenn ihr Blick wieder zu ihrer Tochter zurückkehrt, wird ihr Gesicht weich – das gemessen Statuarische, das ihr natürlicher Ausdruck ist, wird für einen Augenblick zugänglich. Es geschieht mehrmals, egal was sie sonst gerade tut oder worüber sie spricht. Und wenn Annabel lacht, lächelt Lydia. Ich muß zugeben, daß ich mich darüber ärgere, als wäre Annabel auf irgendeine seltsame Weise einen solchen Gefühlsaufwand nicht wert.

»Sie ist ein hübsches kleines Mädchen.«

»Oh, ja. Und das weiß sie auch. In letzter Zeit denke ich mir, daß es ein Fehler war, ihr das all die Jahre vorzusagen. Meine Mama ließ das Wort ›hübsch‹ nie über ihre Lippen kommen, und als Annabel ein Baby war, erzählte sie mir, daß sie deswegen stolz war, stolz, weil meine Schwestern und ich so wenig eitel waren. Aber ich wußte, daß nur weil wir es nie hörten, das noch lange nicht hieß, daß wir uns keine Sorgen deswegen machten. Meine Schwester Zuby sagte immer, wir müßten fürchterliche graue Mäuse sein, wenn nicht mal unsere Mama sagte, daß wir hübsch seien. Annabel war es also, und ich sagte es ihr auch, und jetzt ist sie ziemlich kapriziös dabei, was sie anzieht und wie ihr Haar aussieht. Ich weiß nicht. Bei Jungs muß das anders sein.«

Das muß es wahrhaftig, wenn Tom, wie jetzt eben, sich mit dem Handschuh den Rotz von der Nase wischen, ihn sich besehen und dann in die Hose reiben kann, ohne auch nur einen Gedanken an das Taschentuch in seiner Hosentasche.

»Na ja, in Wahrheit haben wir nicht mal 'nen Spiegel im Haus.«

»Machen Sie Witze?«

»Es ist keine moralische Aussage, wir hatten einfach nie einen.«

»Woher wissen Sie dann, wie Sie aussehen, wenn Sie irgendwo hingehen?«

»Wir sehen uns im Fenster an, oder wir fragen einander. Liz sagte früher, wenn sie in die Stadt ging, immer: ›Na, sehe ich aus wie jemand, den die Fürsorge aufgreifen würde?‹«

Lydia sagt nichts. Ist das nun doch etwas, was sie abstößt?

Ich sage: »Ich meine, für uns geht es darum, bestimmte Grenzen des Anstands nicht zu unterschreiten, nicht darum, einem modischen Standard zu entsprechen.«

»Meine Mama wär begeistert.« Diesmal lächelt sie mir zu, nicht Annabel.

Ich sage: »Wollen Sie nicht eislaufen? Finden Sie nicht, wir sollten den Kindern ein bißchen Konkurrenz machen? Außerdem friert mir der Hintern ab.«

»Gehen Sie nur. Ich bin keine große Sportlerin.«

Ich stehe auf und rufe: »Heh! Laßt uns fangen spielen. Ich bin's.« Ich schlittere aufs Eis, finde meine Standfestigkeit und laufe sofort auf Tom los, der näher steht. Fast entkommt er mir, indem er plötzlich stehenbleibt, doch ich sause herum und schlage ab. Er jagt Annabel, dann mich, dann wieder Annabel. Als er sie berührt, kreischt sie auf, setzt ihm aber sofort nach und erwischt ihn fast. Ich stehe mit dem Rücken zu den beiden und tue unbeteiligt. Sie läuft ihm einen Augenblick lang nach, dreht dann um und schlägt mich ab. Prompt gebe ich ihr den Schlag zurück, als wären wir gleich und gleich, und sie sieht zu mir hoch, ohne zu lächeln, auf ihrem Gesicht zeichnet sich ab, daß sie die Feindseligkeit zwischen uns erkennt. Sie läuft hinter Tom her, erst lustlos, dann schnell. Er stolpert über eine Kerbe im Eis, und sie erwischt ihn und schlägt ab. Er versucht davonzukrabbeln, und sie fangen an zu lachen. Sie sind Kinder – am deutlichsten daran abzulesen, daß einander zu berühren für sie nichts bedeutet.

In dem Wald am Teich, über einem alten Ahornstumpf, hängt der Schlauch von einem Traktorreifen, den wir im Sommer zum Schwimmen nehmen. Durch die Kälte ist zum Teil die Luft raus, aber Tom schnappt ihn sich und schießt ihn über das Eis auf Annabel. Als er an ihr vorbeirutscht, setzt sie sich hinein und schlittert darin ein, zwei Meter weiter, und dann ist Tom schon bei ihr und dreht sie rundherum im Kreis. Sie steht torkelig auf und rangelt ihm den Reifen ab. Er wischt sich mit dem Ärmel die Nase und läuft ihr nach. Sie schiebt den Schlauch über den Teich und kreischt. Als er hinter ihr ist, schwingt sie ihn herum und schlägt Tom damit zu Boden. Lydia ist sofort auf den Beinen, aber Tom steht schon wieder, lacht und jagt die kreischende Annabel quer über den Teich. Sie läuft schnell, mit schwingenden Armen. Als sie sich zurückwendet, um sich nach ihm umzublicken, kann ich wieder sehen, wie schön sie ist – breitschultrig, geschmeidig, von Natur aus kräftig –, und ich denke: Krieg sie, krieg sie, reib ihr das Gesicht mit Schnee ein! Ich bin so feindselig und wütend wie seit Jahren nicht. Er kriegt sie nicht, doch sie gerät an den schwer auszumachenden Rand des Eises und landet bäuchlings im Schnee.

Hin und wieder folgt die Strafe auf dem Fuß. Ich bin bestraft. Sie liegt reglos da. Unter dem Schnee könnten Steine sein, zakkig, unnachgiebig. Schwer, sich zu merken, wo. Tom lacht und keucht. Lydia sitzt immer noch da. Die Wut, die ich noch vor einer Sekunde empfunden habe, ist für mich genausowenig rückgängig zu machen wie ein Stein, wenn er sich aus der Schleuder gelöst hat, und für sie vielleicht genauso tödlich. Noch eine Sekunde, in der die Brise Tommy den Hut vom Kopf weht und ihn ein, zwei Meter übers Eis trägt. Und dann knien Lydia und ich schon im Schnee am Teichrand, aus dem sich Annabel eben hochstemmt. Sie ist benommen. Mir gegenüber nimmt Lydia das Gesicht des Kindes in die Hände. Sie sagt: »Ein bißchen wild gespielt, Schnuckelchen?«

Annabel schluchzt.

Lydia spricht leiser, um die Aufmerksamkeit des Kindes zu bekommen. »Tut's dir irgendwo weh? Mach den Mund auf.«

Sie macht den Mund auf. Um ihre Zähne ist Blut.

»Hast du dir die Zähne angeschlagen oder sonstwas?«

Annabel schluchzt. Lydia dreht sie um, auf ihren Schoß. Ich beginne, in dem Körperabdruck nach Steinen zu tasten.

»Annabel, sag was.«

»Ich hab mir in die Zunge gebissen.«

»Hast du dir den Kopf gestoßen oder irgendwas?«

»Steine sind hier nicht.«

Annabel schüttelt den Kopf. »Es ist nur meine Zunge. Daß bloß kein Blut auf mein Sweatshirt kommt!« Das letzte schreit sie fast in Panik heraus. Ich greife mir eine Handvoll Schnee. »Steck das in den Mund. Dann hört's auf zu bluten.« Sie nimmt den Schnee, hält ihn artig in der Hand.

»Steck ihn in den Mund, Herzchen«, sagt Lydia. »Er hat recht.«

Sie weint, aber sie tut es.

Eine Viertelstunde später, als wir den Weg zurück zum Haus hinaufsteigen, beginnen wir abwechselnd mit Selbstvorwürfen. Ich sage: »Ich hätte sie nicht so auf Touren bringen sollen mit dem Fangenspielen.« Lydia sagt: »Ich hab den Rand des Teiches kommen sehen. Ich hätte ihr was zurufen sollen.« Ich sage: »Ich hab ja gesehen, daß sie wild wurden, ich hätte was sagen sollen.« Lydia sagt: »Ich hasse es, so eine Mutter zu sein, die dauernd sagt: ›sei vorsichtig, paß auf.‹«

»Was würde Ihre Mama sagen?«

Sie lacht. »›Irgendwas gebrochen?‹ und ›Kann sie damit noch gehen?‹«

Ich lache.

»Ich sollte aus Mama keine Witzfigur machen, aber hartgesotten ist sie schon – stimmt's, Annabel?« Annabel nickt, beruhigt, aber mitgenommen. Zu Haus hat Liz Vollweizenbrötchen mit getrockneten Aprikosen und Ahornzucker gemacht, mit der Oberseite nach unten herausgebacken. Annabel mag nicht mal eines kosten.

FEBRUAR

Ein paar Tage später kommt Liz und mir gleichzeitig der Gedanke, daß der Besuch von Lydia und Annabel nur eine Pflichtübung gewesen zu sein scheint, daß wir darüber besser im Licht der Ereignisse vom vergangenen Herbst sprechen sollten, die jetzt unerfreulich, aber weit entfernt wirken. Die Angst vor einem mysteriösen, aber unaufhaltsamen Zersetzungsprozeß, die insbesondere mich dabei überkam, hat sich als grundlos erwiesen. Ist der Besuch der Harrises nicht ein Beweis, daß eine Art Annäherung stattgefunden hat? Haben wir Tom nicht durch Worte und Taten vorgeführt, daß Lydia und Annabel Freunde oder Bekannte wie alle anderen sind, vollkommen akzeptiert und willkommen, in keiner Weise anders? Nachdem Tom ins Bett gegangen ist, sitzen wir am Herd und listen die Indizien auf.

»Er war nicht schüchterner, nicht mal zu Anfang, als bei sonst jemand.«

»Er hat mit ihr geredet.«

»Er hat sogar versucht, Eindruck auf sie zu machen. Als wir zum Teich runtergingen, hat er vom Fischen erzählt.«

»Auch den Ausdruck hat er nicht bekommen. Davor hatte ich Angst.«

»Er war beim Spielen wild, aber das hat sie ausgehalten. Und er hat nicht über die Stränge geschlagen. Als sie hingefallen ist, hat ihn das sofort wieder zur Räson gebracht, auf der Stelle.«

»Das passiert nicht immer.«

»Sie haben sich beide genau gleich benommen. Er hat nichts Unpassendes gemacht.«

»Und am Schluß war er auch ganz höflich zu Lydia. Ich habe kein Befangenheit oder Angst vor ihr entdeckt, oder Widerwillen. Als sie ihm die Hand hinhielt, hat er sie einfach genommen.«

»Na ja, ich hab ihn ja nie für einen eingefleischten Rassisten gehalten. Ich hab immer angenommen, er plappert nur was nach, was er gehört hat.« Ich mache eine Pause, und Liz sagt: »Eine Zeitlang hab ich mir Sorgen gemacht, daß er es irgendwie von uns haben könnte.«

»Von deiner Mutter?«

Liz verdreht die Augen. »Er hat sie nicht mehr gesehen, seit er zwei war. Und als sie das letzte Mal da war, war sie bestimmt viel zu sehr damit beschäftigt, unsere Lebensumstände zu beklagen, um sich mit seiner Erziehung abzugeben. Ich dachte, es könnten die Gene oder so was sein.« Auf mein skeptisches Schnauben schaut sie herüber und lächelt. »Komm schon. Wir wissen doch nicht von jeder Kleinigkeit, die wir vermitteln. Wir könnten doch glauben, daß wir keine Rassisten sind, und doch mal 'ne Bemerkung fallenlassen.«

»Bei welcher Gelegenheit? Bis jetzt gab es in Moreton nie Farbige. Wir haben keinen Fernseher. Wir haben nicht mal 'n Radio oder 'nen Plattenspieler.«

»Weißt du was? Annabel könnte die erste Schwarze sein, die Tommy je gesehen hat, außer in der Illustrierten.«

»Das kann ich nicht glauben.« Und doch rücken wir auseinander und starren uns an, weil das Leben unseres kleinen Jungen, das wir uns immer als in unseres eingebettet vorstellen, beteiligt sogar an dem, was wir getan oder gesehen haben, bevor es ihn gab, uns plötzlich erscheint, wie es auch ihm erscheinen muß, unüberschaubar groß, ein eigenes Ganzes. Ich sage: »Es ist verrückt, sich vorzustellen, daß das hier alles ist, was er bisher kennengelernt hat.«

Liz' Blick ist listig. »War das nicht der Punkt?«

Ich stehe auf, rücke eine der Dämmplatten in den Fenstern zurecht und mache eine Runde durchs Zimmer. Das war der Punkt, aber wenn ich so daran denke, kommt es mir ein bißchen beängstigend vor. Liz greift gelassen zu ihrem Strickzeug, und obwohl ich versucht bin, ihr meinen kleinen Anflug von Panik zu offenbaren, die innere Leere, die sich plötzlich auftut, nur eine Haaresbreite erst, aber real, lasse ich es sein. Ich sage: »Eigentlich find ich nicht, daß Annabel ein besonders anziehendes Kind ist.«

»Bei den Augen? Du mußt blind sein!« lacht Liz.

»Sie hat so was Säuerliches an sich.« Ich weiß, ich klinge schroff. »Sie glaubt, es ist ihr gutes Recht, daß alles nach ihrer Nase geht.«

Liz beäugt mich.

»Sie hat ihren Mantel einfach mitten auf dem Teich fallen lassen und erwartet, daß Lydia ihn aufhebt.«

Liz lächelt.

»Was?«

»Jedesmal, wenn sie ein Wort gesagt hat, hast du das Gesicht verzogen. Es geht uns nichts an.«

»Das meiste, was sie gesagt hat, klang auch unzufrieden oder unfreundlich.«

»Sie ist hingefallen und hat sich in die Zunge gebissen! Und überhaupt, sie ist erst sieben.«

»Ich bin froh, daß sie nicht unser Kind ist.«

»Sie ist sehr hübsch und graziös. Und ich wette, klug ist sie auch, und ich glaube keinen Moment, was die Lehrerin da letzten Herbst gesagt hat, daß sie das Wort ›Nigger‹ vielleicht gar nicht verstanden hat. Ein besonders leichtes Leben hat sie nicht.«

»Ich würde dasselbe denken, wenn sie blond und blauäugig wär.«

»Ich beschuldige dich ja gar nicht, ein Rassist zu sein. Streiten wir jetzt?«

»Ich glaub, ich streite mit mir selbst. Tom war aber prima. Er wirkte völlig aufgeschlossen. Es würde mich überraschen, wenn die Schwierigkeiten jetzt nicht vorbei wären. Vielleicht werden sie sogar Freunde.«

Ich bin aufgeregt. Ich gehe auf die Veranda, um ein paar

Scheite Holz zu holen, und schaue hinaus, und die Sternennebel, die am klaren schwarzen Himmel über unserem Tal liegen, beruhigen mich auch nicht. Die andere Lichterformation, die erleuchteten Fenster von Moreton, die sich an der Flanke des Snowy Top entlangzieht, scheint eher zu entschwinden als sich zu uns zu öffnen; ich werde momentan traurig, als wäre etwas passiert, aber natürlich ist nichts passiert, und als ich reinkomme, sitzt Liz an ihrem Webstuhl, neben ihr dampft gemächlich eine Tasse Tee. Neben meinem Stuhl steht eine zweite Tasse, und das Klicken ihres Weberschiffchens und der starke Duft nach Sassafras scheinen wie die beiden Hälften eines tröstlichen Behagens, etwas, was ich im Moment noch nicht empfinde, obwohl ich es von ferne auf mich zukommen sehe.

Nach zwei Wochen im Stall sind sowohl das Mutterpony als auch das Fohlen übermütig und wild. Die Stute wirft den Kopf auf, als ich sie zur Tür hinausführe, und bläht vor den frischen Gerüchen die Nüstern. Das Fohlen trottet ein paar Schritt vorwärts, bleibt stehen, zitternd, seine pelzigen Augen schauen unstet hin und her. Es scharrt im harschigen Schnee und läßt ein rasselndes kleines Schnauben los. Die Stute wiehert ihm zu, und das scheint es auf Trab zu bringen. Es prescht auf den Weidezaun zu, macht Bocksprünge und schlägt aus. Tom, der auf dem Zaun sitzt, lacht: »Sie fühlt sich wohl, stimmt's Daddy? Was für ein hübsches Mädchen! Komm, hol dir die Karotte. Da ist sie. Komm, hol sie dir.« Er wartet. Sie bleibt ein paar Schritt vor ihm stehen, wirft den Kopf hoch und jagt davon. Die Stute schnaubt und furzt und zuckt den ganzen Rücken entlang mit dem Fell, zottelt auf die verschneite Weide. Das Fohlen stürmt hinterher, den kurzen Schweif straff aufgestellt, wie bei einem Reh. Vielleicht finden sie unter dem Schnee etwas – in den letzten zwei Tagen sind ein paar Zentimeter weggeschmolzen, da wir Temperaturen deutlich über Null hatten, ein Valentinstauwetter.

Der Himmel ist klar. Die Luft ist mild und dick von der in der

Sonnenwärme aufsteigenden Feuchtigkeit. Die nahegelegenen Berghänge sind immer noch weiß, mit Einsprengseln von Braun und Ocker, aber die dunklen, strauchigen Hügel dahinter sind ein tiefes weinfarbenes Purpur im Widerschein des hohen Himmels darüber. Ich kann sehen, wie sich Welle um Welle auffaltet, keine schroffen, spektakulären Gipfel wie drüben im Westen, keine glitzernden Bergspitzen, weiß blitzend über der Baumgrenze, sondern etwas Besänftigenderes und für mich Rätselhafteres, die endlosen Gewölbe des Waldes, voll von Lichtungen, Räumen, Öffnungen, Zellen, und jeder dieser einzelnen Räume bewohnt von einem Tier, Insekt oder Einzeller. Wir leben in keiner leicht zugänglichen Landschaft – der Boden ist steinig und steil –, doch es gibt nicht einen Kubikzentimeter hier, in dem es sich nicht regt und wimmelt im Lebenskampf. Ich habe in dieser Vielfalt immer Größe gesehen, ein komplettes Schaubild der Erde schlechthin – wie hier, so überall, ein Fels zur Kugel gerundet durch das unaufhörliche Arbeiten zahlloser Pfoten, Flügel, Füße, Kiefer, Wurzeln, Triebe, Lebenszwecke.

Es ist Sonntag, und Liz ist nicht zur Kirche gegangen.

Toms Stiefel, die Liz vor Weihnachten im Laden in Moreton bekommen hat, sind ihm zu groß; als er in die Mitte der Weide hinausgeht, setzt er deshalb einen Fuß so staksig vor den anderen, als würde er etwas auf dem Rist balancieren. Die Jacke, die wir bekommen haben, war ein Glücksfund: echte Gänse- und Entendaunen mit einer pelzbesetzten Kapuze. Liz nähte ein Futter ein, das sie passend dazugestrickt hat, aus Wolle, wie ein Pullover, aber mit Baumwollstoff überzogen, damit es nicht kratzt. Als er noch ein Baby war, machte sie ihm aus Schaffell und Wolle einen Anzug. Sie schnitt eine flache Babyform aus einem Schaffell und nähte daran ein gehäkeltes Oberteil, außen Wolle, innen Baumwolle. Da konnte sie ihn mit bloß einer Windel um hineinstecken und sicher sein, daß ihm warm und wohlig war. Ich baute ihr eine Schaukelbank mit einer gedrechselten

Halteleiste auf einem Teil der Vorderseite, so daß sie ihn in seinem Schaffell-Tragesack neben sich legen und schaukeln konnte und dabei die Hände frei hatte. Ich frage mich, wie es wäre, ein Kind großzuziehen, wenn man Geld hätte. Sein ganzes Leben lang haben wir uns Dinge für ihn ausgedacht; er war unsere Versuchsperson, und ich gebe zu, eine gute – empfänglich, dankbar, duldsam bei Ideen, die in der Theorie gut aussahen, aber nicht funktionierten, wie die gestrickten wollenen Windelhosen, die die Babynässe aufsaugen sollten, damit sie trocknen konnte. Er ist ein guter Junge, und ich habe ihn lieb, aber in letzter Zeit fällt mir häufig Lydia Harris' Gesicht ein, wie sie Annabel zusah, und dann noch, wie sie sie nach dem Sturz zu sich herumdrehte. Da war ein Interesse, von dem ich mich frage, ob ich es je empfunden habe, das Interesse eines Betrachters, das nicht von Billigung oder Mißbilligung abhängig ist. Es machte ihr Freude, Annabel zu sehen. Mir macht es Freude, Tom das Richtige tun zu sehen. Damals schien eine Ursächlichkeit zu wirken – hätte sie mehr von Annabel erwartet, hätte Annabel sich besser benommen. Doch obwohl ich das heute weiß, beneide ich sie um ihre Freude, wie man einen Freund beneidet, von dem man glaubt, daß er Romanzen seit Jahren hinter sich hat und der sich wieder verliebt, der einen seltenen köstlichen Cognac geschenkt bekommt, den man sich selber nicht leisten kann.

Eben jetzt tut Tom das Richtige. Er steht in der Mitte der Weide, entspannt und geduldig, und wartet, daß das Fohlen zu ihm kommt, die Karotte nimmt und sich das Halfter anlegen läßt. Es scharrt im Schnee, schnaubt hinein, bäumt sich auf und bockt. Er lächelt, aber er lacht nicht laut. Er weiß, daß er das Interessanteste auf der ganzen Weide ist und daß es ihn betont ignoriert. Er hält ihm die Karotte hin, und das Fohlen macht etwas Komisches – zieht die Oberlippe hoch und nickt sechs oder sieben Mal rhythmisch mit dem Kopf, sieht ihn dann an, plötzlich ruhig. Er hält ihm die Karotte hin, bewegt sich aber sonst nicht. In der feuchten Luft kann ich sein leises, aufmunterndes Geplapper hören. Schritt für Schritt kommt es auf ihn zu. Während es die Karotte mit den Lippen nimmt, streift er das Halfter über seinen Arm hoch und dem Fohlen über den Kopf. Sobald es die Karotte gefressen hat, dreht er sich um und führt es weg. Es folgt, zurückhaltend, aber fügsam. Liz sagt, daß Katzen und Pferde einen angeborenen Schönheitssinn haben. Gelegentlich pflichte ich ihr bei. Tom und Sparkle gehen den Rand der Weide ab und arbeiten an guten Gewohnheiten. Er ist ganz von ihr in Anspruch genommen.

Liz steht zwischen Stall und Keller und sieht zu, ohne sich wirklich zu zeigen. Vielleicht ist, was sie sieht, für sie das Sinnbild einer Niederlage, aber ich bin erleichtert, daß sie hier ist, was immer sie bewogen hat, zu Hause zu bleiben. Zu keiner Zeit habe ich sie je weggehen sehen, ohne ihr mit dem Blick zu folgen, bis sie außer Sicht war, und ohne bei ihrem entschwindenden Rücken einen rauhen, ziehenden Schmerz zu spüren. Ich mag es, wenn sie hier alle beisammen sind, wo es nichts Plötzliches oder Unbekanntes gibt. Ich winke meiner Frau fröhlich zu, und sie winkt fröhlich zurück. Das Fohlen zuckt mit den Ohren, macht aber keine unerwartete Bewegung. Die Stute, die die Weide abgegrast hat, stöbert mit der Schnauze in meiner Jacke nach ihrem Apfel. Ich füttere sie mit der einen Hand und schiebe ihr die andere unter die Mähne. Ihr Winterfell ist dick und rauh, warm und einladend. Den harten Muskel am Kamm zu reiben ist wie eine herrliche Massage für meine Hand. Sie krümmt den Hals und drückt sich gegen meine Handfläche. Ob sie nun Schönheitssinn hat oder nicht, sinnliche Gelüste hat sie gewiß. Nach zwanzig Runden über die Weide ist Tom soweit, Sparkle am Zaun anzubinden und zu striegeln. Die Stute kommt ihnen nach und beschnuppert zwei, drei Mal das Fohlen, dann sucht sie weiter nach Gras unter der dünner werdenden Schneedecke.

Der Obstgarten besteht aus vierzig selbstgepflanzten Bäumen

– fünfzehn Apfelbäume, fünf Birnen, fünf Aprikosen, fünf Pfirsiche, fünf Sauerkirschen und fünf Pflaumen. Die Aprikosen, Pfirsiche und Pflaumen bekam ich, als ich in State College in einer Kindertagesstätte arbeitete, und die Sauerkirschen sind eine Versuchssorte, die ich für die Universität züchtete. Die Äpfel sind alles alte Sorten, und ich bekam sie alle gratis. Es ist eine alte Jägertradition: als Abgeltung für die Erlaubnis eines Farmers, auf seinem Land zu jagen, schneidet man hin und wieder seinen verwilderten Obstgarten aus. Zudem habe ich es mir angewöhnt, Falläpfel aufzuklauben oder Sämlinge auszugraben und mitzunehmen. Die meisten Obstgärten in dieser Gegend sind hundert Jahre alt, also wachsen die Apfelbäume artgerecht, aber die Arten selbst sind ungewöhnlich, und ich kann nur erraten, was ich da habe, wenn ich ältere Leute, die zu Besuch sind, frage oder in der Bücherei nachschlage. Jedenfalls wachsen sie; wir essen Äpfel, dörren sie und machen Mus daraus. Ein paar Bäume, die schon Obst trugen, ehe das Farmhaus im vergangenen Jahrhundert abbrannte, bringen dann und wann immer noch Früchte hervor. Aus diesen Bäumen habe ich soviel abgestorbene Äste herausgeschnitten, daß sie japanisch aussehen, aber ich bin entschlossen, sie zu retten. Ausschneiden ist eine Arbeit, die ich gern mache. Es ist ein perfekter Tag dafür: ein Tag, an dem der Frühling schon mehr eine Gewißheit als eine Hoffnung ist, egal, wie viele Schneestürme uns noch bevorstehen.

Während ich Baumschere und Säge hole, führt Tommy das Fohlen von der Weide zurück in den Stall. Es geht ruhig, und die Stute trottet hinterher. Ich suche nach dem Schmieröl für das Scherengelenk, und als ich es eben gefunden habe, kommt Tom aus dem Stall; er schlenkert mit dem Halfter auf seinem Arm. Ich sage: »Bist du sicher, daß der Riegel vor ist?«, und er sagt: »Ja, Daddy«, und ich nehme mir vor, nochmal nachzusehen. Solche Momente kenne ich. Ich weiß, wie so was dahingesagt wird. Und obwohl wir diesen Wortwechsel schon hundert Mal geführt haben, sagt mir diesmal mein Instinkt, darauf zu achten, und das tue ich auch.

Bei Pflaume, Pfirsich und Aprikose muß man eigentlich nur die toten Äste ausschneiden und sicherstellen, daß das Innere des Baumes Sonne bekommt. Apfelbäume sind da interessanter, und in Form gebracht zu werden bekommt ihnen. Ein gut ausgeschnittener Apfelhain sieht das ganze Jahr über schön aus, denn selbst wenn das Laub abgefallen ist, haben die Äste der Bäume und die Bäume des Gartens Gestalt, krumm, aber anmutig, in Reih und Glied und doch verschieden. Liz nennt den Obstgarten mein »Stabile«.

Das Ausschneiden dauert bis fast in die Dunkelheit, und die Ziegen meckern schon und warten auf das Füttern und Melken. Als ich reinkomme, haben Tom und Liz schon gegessen, Kartoffelsuppe, und Tom, erschöpft vom Herumklettern in den oberen Ästen, um mir zu sagen, wo ich sägen soll, ist schnurstracks zu Bett gegangen. Ich bin auch müde und habe Hunger auf Kartoffelsuppe.

Liz setzt sich zu mir. Die Suppe ist würzig und dick von Pilzen, die wir im letzten Frühjahr gesammelt und getrocknet haben, und ich brocke meinen Kanten Schwarzbrot hinein und esse das Brot mit dem Löffel. Die Kruste ist köstlich mürbe. Liz sagt: »Wir sollten das Pony wieder decken lassen. Howard hätte nichts dagegen.«

»Es ist so ein großes Unternehmen.«

»Aber wir haben's doch schon einmal gemacht. Wir wissen, wie man's macht. Tom ist auch schon alt genug, das Pony hinzubringen. Es sind nur ein paar Kilometer.«

»Ponys produzieren auf einer Farm nichts, sie fressen bloß.«

»Sie produzieren großartigen Mist.«

»Na ja. Schafmist ist mehr ...«

»Sie produzieren Sinn für Verantwortung und Besitz im Sohn des Hauses.«

Ich schiebe meine Suppenschüssel über den Tisch; Liz lächelt und steht auf, um sie wieder vollzumachen. Ich sage zu ihrem Rücken: »Er kann mit ihnen umgehen. Es wird nicht mehr lang dauern, und er ist mir über. Ein Pony, das schafft er sozusagen mit links, besonders dieses Pony, weil es so gutmütig ist, aber mehr als das, ich weiß nicht, ob wir das bewältigen ...«

»Howard kann uns beraten.« Sie stellt die Schüssel vor mich hin.

»Howard ist voller guter Ratschläge, aber unter uns gesagt, ich glaub nicht, daß er viel Ahnung hat.«

»Ich find immer noch, es ist eine gute Idee.«

»Ich werd darüber nachdenken.«

»Kann ich eines noch sagen?«

»Was?«

»Er hat ein schweres Jahr gehabt. Es würde ihm riesig Freude machen.«

»Er hat es sich selber schwergemacht. Ich finde, wir sollten ihn dafür nicht noch belohnen.«

Ihre Lippen schließen sich gepreßt, verschwinden. Meinen Blick läßt sie jedoch nicht los. Es ist vermutlich besser, diese Differenzen über den Ursprung seines Verhaltens nicht anzusprechen. Es ist vermutlich besser, das Thema fallenzulassen, und das tue ich auch. Vierzehn gemeinsame Jahre haben mich die tiefgründige, aber schwierige Disziplin gelehrt, zu wissen, wann man beharrlich sein und wann man aufhören soll. Ich schneide mir noch eine Scheibe Brot ab und lege sie in die Schüssel. Die dicke Suppe sickert nach oben durch, und das Brot quillt auf. Liz ist eine wunderbare Köchin.

Sie läßt mich am Tisch zurück und geht hinüber zu ihrem Spinnrad, das ich nach einer Anleitung in einer Zeitschrift aus der Bücherei gebaut habe. In der Zeitschrift war es aus Pekanholz, aber in schwarzer Walnuß sieht es besser aus, dunkel und seidig. Sie setzt sich auf den Hocker und fängt an, die Wolle der Schafe von letztem Herbst zu luftigen kleinen Strähnen glattzukämmen, die, glaube ich, »Kardenbänder« heißen. Es liegt eine

Spannung in der Luft, aber wegen des Ponys ist es nicht. Wir haben immer Projekte, die wir aufs Tapet bringen, diskutieren und über die wir uneins sind. Was nicht weiter besprochen wurde, ist die Sache mit der Kirche, und allmählich kommt der Zeitpunkt, darüber zu reden. Den ganzen Tag, obwohl sie lächelte und ausgeglichen war, zeitweise sogar fröhlich, habe ich sie mir angespannt und verärgert vorgestellt. Ich weiß, aus mir spricht das Schuldgefühl. Ich habe mir auch mich selber vorgestellt, wie ich es diese fünfundfünfzig oder sechzig Sonntage lang nie versäumt habe, ihr Steine in den Weg zu legen – indem ich fragte, wo sie hinging, wenn ich es doch wußte; indem ich vor Tom vorschlug, zum Frühstück irgendwas Aufwendiges und Leckeres zu kochen, so daß sie ihn enttäuschen mußte (hab ich dreimal gemacht); indem ich selber etwas Aufwendiges und Leckeres zum Frühstück kochte, das sie dann versäumte (hab ich bloß einmal gemacht); indem ich ihren Abschiedskuß steif, wie beleidigt, entgegennahm; indem ich ihr wieder und wieder sagte, sie müsse sich doch nicht entschuldigen oder um Erlaubnis fragen; indem ich ihr nie eine Möglichkeit gab, mich einzuladen, zu irgendeiner Zeremonie mitzukommen; indem ich es Tom nie leicht machte mitzukommen. Doch sie hielt unbeirrt fest an Kirchgang, Teilnahme, Gebet. Sie brachte drollige Geschichten mit nach Hause und unterhielt mich damit, sie sprach natürlich und mit Wärme von Menschen, die ich nicht kenne. Sie war im Grunde eine ziemliche Heilige, lauter und geduldig.

Heute morgen ist sie einfach daheimgeblieben. Ich fragte, ob sie sich krank fühle. Sie sagte nein. Zum Frühstück hatten wir Hafergrütze und gedörrte Pfirsiche. Das Geschirr wurde in aller Ruhe abgewaschen. Doch dann, anstatt ihren Mantel anzuziehen, setzte sie sich an ihre Strickarbeit, einen Pullover für sich. Ich ging nach draußen. Ich behielt die Tür im Auge, aber sie ging nie auf, bis sie uns zum Mittagessen reinrief. Jetzt fängt sie an zu spinnen, acht oder zehn Kardenbänder neben sich aufgereiht. Sie stellt den Fuß auf das Pedal, und das große Rad beginnt mit klickendem Surren die Spule zu drehen. Ihre Finger arbeiten präzise, und die Spindel übernimmt von ihnen den Faden und dreht die Wollfasern zu einer Art von fortlaufendem, fast fließendem Garn. Sie sagt: »Tust du auch was, oder siehst du mir bloß zu?«

»Wir hätten gestern in die Bücherei gehen sollen. Da war es nicht so kalt.«

»Das eine Buch hast du noch gar nicht gelesen. Ich dachte, das wolltest du.«

»Ich könnte Wäsche waschen.«

»Willst du wirklich jetzt noch damit anfangen? Es ist fast halb zehn.«

Ich fühle mich blockiert, ruhelos. Vielleicht fängt sie ja gar nicht davon an. Das klickende Surren geht unser ganzes Gespräch hindurch weiter. Das Haus wird mir zu eng. Ich gehe ans Fenster, schaue nach Moreton hinunter und versuche, Lydia Harris' Zweiflügel-Fenster auszumachen. Ich stelle mir jede Scheibe erleuchtet vor, zwanzig oder vierzig mal der Lüster im kleinen, Lydia in einem leuchtenden Blau, lesend in einem Sessel im Licht, dazu Musik.

»Bist du unruhig, Robert?«

»Wirke ich unruhig?«

»Du wirkst schon den ganzen Tag lang gereizt?«

»Verärgert gereizt oder besorgt gereizt?«

»Warum sagst du mir's nicht?«

»Ich hoffte, du würdest die Diagnose stellen. Ich bin mir nicht sicher. Warum bist du nicht zur Kirche gegangen?«

Sie lacht ein volles, fröhliches Lachen. »Es ist keine Kirche.«

»Deine Gemeinde.«

»Ich hatte keine Lust.« Wieder lacht sie.

»Wieso lachst du? Über ein Jahr lang war's dir sehr ernst damit.«

»Ich kann nicht mehr. Es ist zu anstrengend.«

»Der Weg?«

»Es ist mehr wie stromaufwärts durch Wasser gehen.«

»Wir gehen die ganze Zeit in die Stadt.«

»Ja, wir schon. Es ist nicht das Gehen, es ist das Weggehen. Der ganze Weg ist ein einziger langer Abschied von dir und Tom, dem Haus hier und dem Gewohnten.«

»Ich wußte, daß du das Gefühl hattest. Darauf hab ich's angelegt. Ich wollte, daß es dir schwerfällt.«

»Na ja, das war eigentlich der Spaß dabei.«

»Wieso?«

»Daß du es mir schwermachen wolltest? Natürlich. Das gab mir genau den kleinen Schubs, den ich brauchte, um mich auf den Weg zu machen oder in der Kälte aus dem Bett zu kriechen und meine Gebete zu sagen.«

Ich muß ein bißchen schockiert aussehen, denn sie betrachtet mich eine lange Minute, ohne zu lächeln, aber mit einem aufnahmebereiten Blick, als würde sie mich ganz neu wahrnehmen. Sie sagt: »Bobby, du weißt doch, daß Rachsucht in der Ehe ein Faktum ist.« Und dann: »Du denkst immer zu gut von mir. Zum Teil liebe ich dich, weil du in allem, was du anschaust, unfehlbar Schönheit siehst, aber das macht mir auch angst.«

»Ich sehe Schönheit in dir.«

»Weich mir nicht aus.« Ihre Augen blitzen, und plötzlich ist sie wütend. »Es gibt etwas an jedem von uns, das der andere sehen muß! Wenn man zu nah rankommt, wird es unscharf, und wir sehen es nicht mehr.«

»Was?«

»Ich weiß nicht. Ich denk darüber nach. Ich denk schon den ganzen Tag darüber nach.«

Ich muß gestehen, ich weiß nicht, wovon sie redet, noch nicht mal, wie ich dahinterkommen soll, worauf sie hinauswill. Es sollte mich nicht überraschen, daß dieses Kirchgehen auf unsere Ehe durchschlägt, aber es ängstigt mich ein wenig, als könnte sie jetzt, wo sie das aufgegeben hat, alles aufgeben. Ich mache den Mund zu und gehe nach draußen auf die Veranda zum Austreten. Daran, wie das Loch, das wir gemacht haben, auf die braune, grasige Erde durchgesunken ist, merke ich, daß viel Schnee weggeschmolzen ist. Ich sehe mich auf dem Hof um, gehe in Richtung Stall. Kein Laut, keine Störungen. Weshalb auch. Als ich wieder reinkomme, hat der Streit schon begonnen.

»Warum bist du eben weggegangen?«

»Ich mußte pinkeln.«

»Du mußtest dem Thema ausweichen.«

»Welchem Thema?«

»Ich kann dir nicht glauben. Ich kann einfach nicht.«

Wir streiten nicht oft so, festgefahren in unseren verschiedenen Sichtweisen, und wenn doch, dann – glaube ich –, weil wir nicht wissen, worüber wir streiten, oder wenn sie es weiß, dann weiß ich es nicht. Ich klammere mich an die eine Tatsache, daß sie heute nicht zu ihrem Treffen gegangen ist. Ich sage: »Ich weiß gar nicht, warum du wütend bist. Ich weiß nicht, worüber wir streiten.«

»Du bist einfach gleichgültig gegenüber der Tatsache, daß ich mich mit einer der zentralen Fragen in unser beider Leben herumschlage. Du gehst weg, sowie ich davon anfange!«

»Wovon anfängst? Du hast von nichts angefangen!« Mir fällt auf, daß ich auf die Absurdität von alledem einsteige, aber die Sache mit der Absurdität ist die, daß sie nicht nur komisch, sondern auch verstörend und quälend ist.

»Ich versuche ja davon anzufangen. Ich versuche buchstäblich etwas rauszukriegen, als würde es mir im Hals stecken, aber ich weiß nicht, was es ist! Warum hilfst du mir nicht?« Und sie bricht in Tränen aus.

Es muß doch eine angemessene Reaktion auf so was geben, kein Handeln, sondern ein Gefühl oder ein Verständnis dafür, daß etwas auf dem Spiel steht, daß etwas verloren ist oder gleich verloren sein wird. Es muß eine Traurigkeit geben, in die ich mich begeben könnte wie in eine Kammer, aber die rasche Folge ihrer Reaktionen – wir können dieses Gespräch vor nicht mehr als fünfzehn Minuten begonnen haben, und sie hat gelacht, gelächelt, zugehört, ist wütend geworden, hat geweint – legt alle meine Reaktionen lahm. Ich stelle mich vorsichtig hin, als stünde das Haus auf wackeligem Grund. Ich fange ganz langsam an. Ich sage: »Wieso ist es schlimm, wenn ich Schönheit in dir sehe?«

»Es ist nicht wahr.«

»Ich sehe wirklich Schönheit in dir.«

»Es ist ein Fehler. Ich kann es nicht erklären.« Sie sitzt mit gekreuzten Beinen auf dem Boden, ausgeweint, und verbreitet eine Niedergeschlagenheit um sich, die bald in jeden Winkel schwappen und unsere gemeinsame Geschichte unterspülen wird. Das ist nicht das erste Mal, aber es sind seltene und heikle Augenblicke, Augenblicke, in denen das Suchende, Forschende in ihr etwas von mir fordert, was ich nicht verstehen und nicht geben kann, in denen aber auch das Leben, das ich mir als fest und stabil vorgestellt habe, plötzlich von innen her durchscheinend wird, hohl und zerbrechlich, und mich reizt, es aus Rache kaputtzuschlagen. Das verstehe ich; jawohl, und wie.

Liz hat recht damit, daß meine Reaktionen primitiv sind, die eines Sinnenmenschen. Es vergehen viele Tage, in denen ich mich auf dem Hof einfach durch die Stunden bewege. Ein Großteil meiner mentalen Zeit vergeht damit, Eindrücke zu registrieren, und wenn Liz und ich uns gemeinsam an Dinge erinnern, erinnere ich mich immer, daß es dort stark nach Schlangen roch oder daß der Boden weich oder die Forelle mit Korianderblättern bestreut war. Ich muß einen stark entwickelten Schönheitssinn haben, denn ich erkenne andauernd richtige und falsche Zusammenstellungen von Formen, Geschmäcken, Farben, Stoffen, wie eine Art Uhrwerk, das nie abgeschaltet wird. Ich erkenne sie, ordne sie häufig um, aber ich gehe ihnen nicht nach. Am meisten ist mir an diesem Streit zuwider, daß er unschön ist und daß ein Teil von mir, der unterentwickelt ist, sich aufgerufen sieht, angemessen zu reagieren. »Jetzt reicht es«, hätte mein Großvater gesagt. Das Äußerste, was ich wage, ist ein dramatischer, gereizter Seufzer.

Liz sieht mich einen langen Moment an, stemmt sich dann hoch, streicht sich das Haar aus dem Gesicht und geht in die Küche. Ich trete an den Tisch und beginne eines der Bücher aus der Bücherei durchzublättern, die dort aufgestapelt liegen, *Alles über Beeren und Baumfrüchte.* Tatsächlich begehe ich fast sofort Verrat an ihr, indem ich mich darin vertiefe, aus dem Streit schlüpfe wie aus einer Schale.

Beim Schlafengehen sagt sie milde: »Du hast alles vergesssen, was wir besprochen haben, oder?«

»Nein.« Ich steige aus meinem Overall und beschließe zu gestehen. »Ich hab mich davon aber sozusagen absentiert.«

»Du wirst dich niemals ändern.«

Darauf fällt mir keine Antwort ein.

Im Dunkeln, im Bett, sagt sie: »In meinem Leben war kein Platz für zwei von euch.«

»Zwei von uns?« Mein Ton ist leicht, aber plötzlich und ganz irrational denke ich, daß es ein Liebhaber ist, den sie besucht hat, der sie in seinem Wagen mitgenommen hat, einem Kabrio. Ich spreche tapfer weiter. »Zwei von uns?«

»Es gibt keinen anderen Mann.«

Ich hole wieder Luft. In der Armee hab ich geraucht, und jetzt wär ein guter Moment für eine Zigarette.

»Für dich und Gott.« Sie legt sich zum Schlafen zurecht. Im Dunkeln haben ihre Worte etwas von aufsteigenden Blasen, losgelöst, rund und rätselhaft. Ich habe nicht das Gefühl, irgendwas verstanden zu haben, seit ich die Baumschere weggelegt habe.

In diesem verwirrten Zustand wache ich auf und ziehe mich an, sehr früh, im Morgengrauen, und die Verwirrung wird noch größer, als ich von der Veranda runtersteige und mein Blick im Zwielicht auf den Stall fällt. Die Tür steht einen Spaltbreit offen, und der matschige Schnee ist schmutzig verfärbt von vielen

Hufspuren. Ich verfolge zwei Fährten, das Pony und das Fohlen, die sich mäandrisch vom Stall zur Koppel und dann weiter weg in Richtung Teich ziehen. Ich denke, daß ich sie von der Kuppe der Anhöhe aus sehen werde, aber ich sehe nichts und fange an zu laufen. Der Boden ist naß und glatt. Ich falle ein paarmal hin, was mich noch mehr durcheinanderbringt. Wieder und wieder frage ich mich, wie spät es ist.

Die Stute steht versteckt im Unterholz auf der anderen Seite des Teichs. Sie steht einfach ausdruckslos, wie Pferde sein können, da und schaut zum Teich. Ich drehe mich um und blicke ein, zwei Mal über den Teich. Das Fohlen ist nirgendwo zu sehen, allerdings fällt mir auf, daß das Eis am Zufluß geschmolzen ist und das Wasser aus dem Bach, der den Teich speist, rasch und ungehindert zuströmt. Ich sehe mir die Stute an. Ihre Beine sind naß und kalt. Sie war im Teich. Ich schaue wieder auf den Teich, und dann sehe ich es, das Seltsamste, was ich je gesehen habe – die dunkle Gestalt des Fohlens, ein ausgestreckter Schatten unter dem Eis, reglos. Ich gehe vorsichtig darauf zu. Das Eis ist dick genug, um mich zu tragen, und doch klar genug, daß man die weißen Abzeichen des Fohlens erkennt. Ich stehe darüber. Die Stute sieht mich unverwandt an, und in ihrem Blick sehe ich nicht Gleichgültigkeit, sondern tierisches Erdulden. Ich kauere mich aufs Eis und lege meine Hand über das Fohlen, und ich kann nicht anders, ich muß weinen.

Etwas später, als ich eben die Stute aus dem Unterholz wegführe (sie ist störrisch und widerstrebend, und ich versuche freundlich mit ihr umzugehen), erscheint Tom auf der Kuppe der Anhöhe. Er ruft: »Heh, Dad ...«, doch dann hält er inne und starrt her, begreift mit einem Blick und fragt nicht weiter. Mit der Stute bin ich langsam. Als er sich umdreht und wegrennt, komme ich nicht nach.

Am Frühstückstisch ißt er gleichmäßig. Als ich türenschlagend reinkomme, wirft er mir einen verstohlenen Blick zu; Liz überfällt mich sofort mit Fragen – wo ist das Fohlen, ist dem

Fohlen etwas passiert? Tom sieht zu, sein Blick springt zwischen uns hin und her, während wir rekapitulieren, den nächtlichen Ausbruch, den Gang zum Teich, daß sie vielleicht trinken wollten oder das Fohlen einfach nahe dem Zufluß herumtollte, das Eis brach, die Strömung war schnell und der Untergrund rutschig, ein Unfall, sehr ungewöhnlich, selbst bei Ponys, die sich aufs Eis wagen. Wir reden eine Weile hektisch, seufzen und werden still. Liz weint. Ich sage: »Der Stute geht es gut. Wir können sie wieder decken lassen ...« Es ist spät. Tom hört den Schulbus und springt vom Tisch auf. Wir stecken ihn in seine Sachen, und er läuft zum Ende des Zufahrtsweges. Der Schulbus wartet, und erst nach einer langen Weile höre ich ihn beim Anfahren hochschalten. Marlys Tillary weiß, wie es bei uns mit Uhren steht. Später fällt mir ein, daß ich ihn hätte zu Hause bleiben lassen können.

Nach der Morgenarbeit (die Stute wiehert und tritt gegen ihre Box) gehen Liz und ich mit Seilen und einer Axt zum Teich und hacken ein Loch ins Eis. Sofort wird klar, daß, obwohl das Eis über dem Fohlen zwei Zoll dick ist, der ganze Teich instabil ist. Wir arbeiten schnell, spritzen, werden naß und zittern bald vor Kälte. Das Fohlen kommt kopfvoran hoch, steifgefroren, und nun, da wir es geborgen haben, ist nicht klar, was wir mit ihm tun sollen. Normalerweise würden wir es im Wald begraben, aber der Boden ist gefroren. Howard würde natürlich die Tierkörperverwertung vorschlagen – Hundefutter. Wir lassen es im Wald nahe dem Teich liegen und gehen ins Haus, um uns abzutrocknen und aufzuwärmen.

Für einen Farmer ist es schwer, keine nüchterne Einstellung zum Tod von Tieren zu haben. Bei uns streunen beispielsweise Katzen und leisten ganze Arbeit, die Mäuse nicht überhandnehmen zu lassen. Wir streicheln die Katzen, geben ihnen Namen, bewundern die Vielfalt ihrer Persönlichkeiten, aber wir füttern sie nicht, und wir sind an ihre Jagdweisen genauso gewöhnt wie an ihre Praktiken bei der Arterhaltung. Ich habe im Winter geborene Würfe innerhalb von zwei Tagen verschwinden sehen – die Mutter frißt ihre Jungen einfach auf, weil es zum Überleben zu kalt für sie ist. Früher habe ich jedes Jahr im Tausch ein Schwein und einen Ochsen erstanden, ihnen Namen gegeben, sie großgezogen, geschlachtet und gegessen. Ich fische das ganze Jahr hindurch Forellen, und ich gehe auch auf die Jagd. Tatsache ist aber, daß ich die letzten paar Jahre ohne Ferkel, Kalb oder Wild ausgekommen bin. Ich halte keine Milchkuh mehr, und ich habe keine Ente oder Wildgans mehr geschossen, seit Tommy ein Baby war. Wir schlachten nicht oft ein Huhn. Es ist kein moralischer Standpunkt, sondern eine Abneigung, zu viele Tiertode auf sich zu nehmen. Ich muß sagen, daß ich diese Weichheit an mir oft bedaure, weil die Welt, die wir hier bewohnen, dadurch weniger fruchtbar und lebendig ist – weniger Erfahrungen bereithält, weniger Beziehungen, weniger moralische Probleme. Ich denke, es hat sein Gutes, die eigene Macht über ein Tier zu erfahren, es gut zu behandeln, anständig unterzubringen, ihm ein gutes Leben zu geben und einen schmerzlosen Tod, mit eigenen Händen den blutigen Preis seiner Freßgelüste zu spüren, bis in die Eingeweide hinein zu wissen, was man ist – man ist ein Tier, man lebt in der Natur, und dort ist Tod.

Trotzdem ist der Tod des Fohlens ein Schock, der nachwirkt. Liz weint wieder. Beim Mittagessen reden wir ungewollt von unseren Erinnerungen, wie niedlich es war, zu was für einem hübschen Pony es heranwuchs, wie gut Tommy mit ihm umgehen konnte. Der wolkenverhangene Tag erscheint uns häßlich, der Matsch nicht mehr als Vorbote des Frühlings, sondern als unwirtliche, endlose Schlammwüste. Als Tommy heimkommt, hat auch er einen schlechten Tag hinter sich – Miß Bussman hat ihn zweimal erwischt, als er nicht aufpaßte, und beim Einsteigen in den Bus hat er sein Mathebuch fallen lassen, und zwei Kinder sind draufgetreten, ehe er wieder aus dem Bus rauskonnte, um es aufzuheben. Über das Fohlen spricht er nicht, aber am Tisch beim Essen schnieft er herum und quengelt, daß wir einen Fernseher haben sollten, obwohl er weiß, daß es dafür nicht nur keinen Strom, sondern in diesen Bergen auch so gut wie keinen Empfang gibt.

»Annabel Harris hat eine Satellitenschüssel. Damit kriegen sie hundertsiebenunddreißig Sender rein.«

»Das sind hundertsiebenunddreißig Gelegenheiten zu verblöden. Wir gehen am Samstag in die Bücherei.«

Der Ausdruck überflutet ihn wie Wasser aus einem Eimer. Er steht plötzlich auf, stößt seinen Stuhl und seine Milch um. Er schreit: »Ich hasse Lesen. Das ist was Blödes, diese Bücher.«

Liz ist besänftigend. »Du wirst es schon noch besser lernen! Du wirst jeden Tag besser. Die Lehrerin sagt, du machst dich wirklich gut.«

»Ist mir egal! Ich will nicht!«

Ich muß scharf Luft geholt haben, denn Liz wirft mir einen beschwichtigenden Blick zu; also halte ich den Mund. Tommy stürmt nach oben. Das ist der erste Tag.

Am Mittag des zweiten Tages ist unsere Welt aus Schnee. Tiefhängende Wolken decken unser Tal zu, und das Schneegestöber schwebt in der stillen Luft, häuft sich Zoll um Zoll auf Ästen und Dächern an, ohne aber bedrohlich zu werden. Mein Großvater hätte es »Kornschnee« genannt und mir erklärt, daß all das in wenigen Tagen im Boden versickern wird, eine gute Befeuchtung, von der das Sommergetreide wird zehren können, ein ebenso nützliches wie schönes Geschenk. Ein Geschenk auch für mich und Liz, aussetzende Zeit, eine Welt von stillem weißem Lärm, die uns manchmal nach dem Mittagessen zu einem Schläfchen einlullt. Im Haus ist es warm, obwohl die Fenster nicht verrammelt sind, und es ist aufregend, wie beim Nacktbaden, sich im Wohnzimmer auszuziehen, Overalls, lange Unterhosen und Schamgefühl abzulegen, meine Hände auf meiner Haut zu spüren und sich auf ihre zu freuen.

Der Schnee scheint den Minuten eine wunderbar träge Hemmung zu geben. Um viertel vor eins ziehen wir uns aus, und ich stelle fest, daß es fast halb zwei ist, als ich langsam einnicke. Der Schlaf ist ein Dösen, wie in Hypnose, halbwach, aber völlig entspannt, ohne Träume, nur mit einer behaglichen Empfindung von wattigweißem Licht, eine wohlige Minute nach der anderen. Um viertel nach zwei drehe ich mich um und denke mir, daß wir noch mehr als eine Stunde für uns haben, ehe der Bus kommt. Liz, die Hüfte zwischen meine Schenkel gedrückt, ihr Zopf in losen Strähnen auf dem Kissen, krümmt im Schlaf die Zehen und hakt einen Fuß um meinen Knöchel. Als ich wieder wach werde, ist es wundersamerweise immer noch viertel nach zwei. Es wird allmählich kühl im Zimmer, was bedeutet, daß das Feuer frisches Holz braucht. Erst als ich aufstehe, um nachzulegen, wird mir klar, daß der wunderbare Überfluß an Zeit nur eine Ausgeburt meiner Schläfrigkeit war. In Wahrheit beginnt bereits Spätnachmittagsdämmer einzufallen, wenn auch wegen des bedeckten Himmels zugegebenermaßen früher als gewöhnlich. Die Uhr ist stehengeblieben.

Ich bin langsam. Bei dem Wetter ist es schwer zu sagen, wie spät es ist, und die vollkommene Entspanntheit meines Schläfchens hängt mir noch an. Ich lege ein paar Scheite aufs Feuer und bleibe stehen, um gedankenlos auf die glühenden, verkohlenden Holzreste zu starren. Liz stöhnt und seufzt, reckt den Arm. Die Augen noch geschlossen, sagt sie: »Wie spät ist es? War das der Bus? Gott, bin ich faul.«

Das Schneetreiben hat nachgelassen. Als ich ans Fenster trete, sehe ich, daß die Wolkendecke sich vom Tal gehoben hat. Ich schätze, daß es morgen klar sein wird.

»Wo ist Tommy?« Sie setzt sich kerzengerade auf. »Es wird bald dunkel.«

Der plötzliche Schub von Panik verschlägt mir den Atem. Auf der Stelle suchen wir tastend Socken, Overalls und Stiefel zusammen. Ich denke dabei nicht, anders als Liz, die zu der Erkenntnis kommt, daß er nach Hause gekommen, uns schlafend vorgefunden haben und in den Wald hinter dem Teich gegangen sein muß, um das Fohlen zu untersuchen. Sie läuft los, während ich in seinem Zimmer nachsehe, im Stall, in der Werkstatt. Wir rufen, doch in dem dämpfenden Schnee bringt das nichts. Es ist wahrhaftig spät. Im Stall meckern die Ziegen, wollen gefüttert und gemolken werden. Bis ich am Teich zu ihr stoße, dämmert es wirklich schon. Der Schnee um den Fohlenkörper ist unberührt, wie auch die Oberfläche des Teiches. Hier in der Nähe ist er nirgendwo. Und jetzt fangen wir an zu denken. Auf dem papierweißen Schnee kann man lesen. Es läßt sich ablesen, daß keine Kinderstiefel eine Spur vom Ende der Zufahrt her hinterlassen haben, daß Tom nirgendwo auf dem Hof ist.

Wir denken weiter. Wir machen einen Plan – ich werde auf Skiern in die Stadt fahren und ein paar Anrufe machen, nachdem ich in der Schule nachgefragt habe. Sie wird warten und das Melken erledigen. Wenn er nicht zu finden ist, werde ich mich von Martin Summerbee im Auto herumfahren lassen, und ich werde auch die Polizei benachrichtigen. Der Plan hält die Panik hintan. Ich stehe auf der Veranda, knüpfe meine Bänder zu und schnalle die Skier an. Ich schüttle den rechten Ski. Er sitzt. Ich schüttle den linken. Die Tür schlägt zu, als Liz hineingeht, um den Melkeimer zu holen. Ich ziehe die Gamasche über meinem Stiefel zurecht, und als ich mich wieder aufrichte, sehe ich den wallenden, lohend gelben Schein eines großen Feuers unten im Tal, und ich weiß sofort, daß es das Haus von Lydia Harris und dies das letzte Mal ist, daß ich hinunterschauen und sehen werde, wie es mich lockt.

Ich laufe direkt darauf zu. Der Schnee ist an der Oberfläche flockig und leicht, darunter matschig und naß, nicht das beste zum Skilaufen. Kaninchen, Rehe und Fasane fliehen bei meinem Herannahen. Mehr als einmal muß ich stehenbleiben, um mir das Eis von Augenlidern und Schnurrbart zu wischen. Am unteren Rand meines Landes brauche ich eine Weile, um im Dunkel durch den Stacheldraht zu kommen; dann, um über den offenen Bach am Rand des Nachbarbesitzes zu setzen. Moreton ist nicht weit, und es ist ein großes Feuer. Ich verliere es nicht aus den Augen. Es verändert die Form – erst eckig, so hoch und breit wie das Haus, dann niedrig, dann plötzlich hoch und schmal. Wenn ich aufhöre, mit den Skiern zu schleifen, kann ich Fenster platzen hören. Es gibt kein Schreien oder Kreischen, wie ich es erwartet hätte. Die freiwillige Feuerwehr von Moreton hält mit Scheinwerfern und mit Schläuchen drauf. Auch als das Spritzen verstummt, suchen die Scheinwerfer weiter das verkohlte Gebälk ab. Dann komme ich zum Fuß des Hügels unter dem Haus, und mir ist die Sicht auf die ganze Szene genommen. Ich schnalle die Ski ab und klettere mühsam über diesen Bach und schiebe mich dann durch den Neuschnee hoch, den steilen Hügel bergauf. Es macht müde, dieser Querfeldeinlauf von meinem zu Lydias Haus ist schwerer, als ich gedacht hätte. In welcher Verfassung bin ich? In Schwebe. In Erwartung. Verdrossen wegen der Anstrengung. Als ich den Hügelkamm erklimme, sehe ich im Licht der Suchscheinwerfer als erstes die Satellitenschüssel neben der Garage. Als nächstes sehe ich Paul Tillary, den Chef der Freiwilligen Feuerwehr. Seine Hände halten die Schultern von Tom Miller gepackt, meinem Sohn, und er redet todernst auf ihn ein.

NOVEMBER

Tatsache ist, daß ich – obwohl inzwischen die Polizei da war, Inspektoren von der Fürsorge, Anwälte, die Feuerpolizei, Steuergutachter, Immobilien- und Versicherungsleute und vielleicht noch andere namenlose Amtsträger – Lydia Harris erst ein paar Tage nach Halloween zum ersten Mal nach dem Feuer wiedersehe. Ich bin in einem Bus in State College auf dem Weg zur Arbeit. Er hält an einer Ampel, als sich die Tür zu einem hübschen Backsteinhaus öffnet. Die Rotphase dauert lange, so daß ich Lydia beobachten kann, wie sie nachsieht, ob die Tür abgeschlossen ist, den Schulterriemen ihrer Tasche festhält und die Vordertreppe hinuntersteigt. Sie trägt einen roten Mantel, lang und weit geschnitten, und blaue, hochhackige Schuhe. Sie überquert die Straße im Schutz des Rotlichts, das uns aufhält; dann springt die Ampel um, und ich verliere sie aus dem Blick.

Tom andererseits hat Annabel zweimal gesehen, obwohl sie in verschiedene Schulen gehen. Ende des Sommers sah er sie im Vorbeigehen in einem Eisgeschäft, und im September trat sie in einer stadtweiten Talenteschau auf, die an jeder Grundschule eine Veranstaltung bestritt. Sie spielte ein Klarinettensolo.

Ich setze Betonbauteile für das neue Zentrum für Biotechnologie an der Universität. Ich verdiene zwölf Dollar die Stunde, und der Job wird den ganzen Winter lang dauern. Im Frühjahr, sagt der Vorarbeiter, werden sie mich für den Innenausbau einsetzen. Obwohl das Gebäude vom Keller bis zum Dach aus Beton sein wird, haben sie entschieden, auch Holzelemente einzubauen – Fußböden, Fensterlaibungen, Sitzbänke in Nischen. Liz arbeitet im Universitätsbuchladen als Verkäuferin. Sie verdient sechs fünfzig die Stunde, und da sie für den

Staat arbeitet, hat sie gute Sozialleistungen. Als wir nach State College zogen, arbeitete sie zunächst als Kellnerin in einem sehr netten Restaurant und brachte manchmal an einem Abend hundert Dollar nach Hause, aber die Arbeit gefiel ihr nicht. Tom trägt Zeitungen aus. Mitunter fiel es uns schwer, ausreichend auf Trab zu bleiben. Tom geht dreimal die Woche zu einer Familienberaterin und wir einmal. Die Weitergewährung des Sorgerechts für unseren Sohn hat zur Bedingung, daß er die Beratung fortsetzt, bis ihn die Beraterin entläßt, und regelmäßig einer ertragbringenden Beschäftigung nachgeht. Vielleicht wissen die Kinder an seiner neuen Schule vom Harris-Haus, vielleicht auch nicht. Die Lehrerin, Miß Donohue, weiß es, ebenso die Direktorin, Mrs. Griffin, und der Schulpsychologe, Mr. Searls.

Wir haben rekonstruiert, was Tommy an jenem Nachmittag gemacht hat. Der Auslöser war meiner Ansicht nach, daß die Schule für den Nachmittag aufgrund der Schneebedingungen abgesagt wurde. Als Marlys Tillary fragte, wo denn Tom sei, meldete sich Sam MacDonald, ein Drittkläßler, und sagte, Tom würde mit mir auf Skiern nach Hause laufen; das hatte Tom ihm erzählt. Tom hatte keine Mühe, das Harris-Haus zu finden, nachdem er Liz und mich darüber hatte sprechen hören, wo genau es auf der Laurel Creek Road war. Für den Fußmarsch im wirbelnden, aber friedlichen Schnee brauchte er etwa eine Dreiviertelstunde. Lydia war noch in State College, und Annabel war nach der Schule zu ihrer ständigen Tagesmutter gegangen. Tom hatte reichlich Zeit, und er sah sich alles ganz genau an, darunter die Satellitenschüssel, Annabels Spielhaus, die Schlitten und Langlaufski, die an der hinteren Veranda lehnten, die offene Garage. Er drehte an den Türknöpfen, aber die Türen waren abgeschlossen. Die Fensterläden verhinderten ein Einsteigen. Ich denke, daß er an diesem Punkt in Forscherlaune war, wahrscheinlich nicht mehr. Er ging ein zweites Mal in die Garage, und dabei fand er das Petroleum, das die Harrises für die Zusatzheizung im Oberstock an besonders kalten Tagen dort aufbewahrten. Mit Petroleum kannte er sich bestens aus. Er brachte es nach draußen zur Satellitenschüssel und begann es am Fuß des Ständers auszuschütten; dann erspähte er das Kabel von der Antenne zum Haus und übergoß, in der Hoffnung, irgendwie den Fernseher anzuzünden, das Kabel in ganzer Länge bis zu der Stelle, wo es neben der hinteren Veranda ins Haus lief, mit Petroleum. Er schleppte den Kanister auf die Veranda, wo er in seinen zu großen Stiefeln stolperte und das Petroleum auf dem Verandaboden verschüttete. Es tropfte über die Kante auf das Gitterwerk um die Verandaträger. Den Kanister ließ er auf der Veranda liegen.

In der Garage waren auch Zündhölzer, um den Heizstrahler in der Werkstatt anzumachen. Tom ging zurück in die Garage und nahm sie von ihrem Platz im Regal (säuberlich beschriftet mit einem Schildchen »Streichhölzer«). Er zündete die Satellitenschüssel an. Der Ermittlungsbeamte der Feuerpolizei zählte es mir her. » Vier Meter Kabel?« sagte er. »Fünf? Macht sechs oder sieben Sekunden: einundzwanzig, zweiundzwanzig, dreiundzwanzig, vierundzwanzig, fünfundzwanzig, sechsundzwanzig, und es ist auf der Veranda. Bei neunundzwanzig, mit all dem Petroleum, hat es die Seitenwände erfaßt und geht auf den Dachsims zu. Wenn es einmal auf die Mansarde übergreift, ist das ganze Haus erfaßt.«

Ein Auto fährt im Schrittempo die Laurel Creek Road entlang, der Fahrer blinzelt in das Schneetreiben hinaus. Seine Lüftung trägt ihm einen Brandgeruch zu. Er überprüft seine Armaturen. Sein Motor ist nicht zu heiß. Er ignoriert es und blickt dann in den Rückspiegel. Schwarzer Rauch treibt von Lydia Harris' Haus hoch. Es sind Flammen zu sehen, die aus dem Dach schlagen. Ein kleiner Junge steht am Rand des Gartens, wo der Bach die Straße unterquert, die Hände in den Taschen. Sieben Minuten später, als die Freiwilligen aus Moreton anrücken, ist nicht mehr viel zu machen.

Als ich mich über die Schnelligkeit des Ablaufs überrascht zeigte, lachte der Mann. Er sagte: »Jeder Hausbrand hat dieses Potential. Nicht jeder schafft es, aber eine Gebäudekonstruktion aus Holz kann innerhalb von zehn Minuten voll erfaßt sein.« Er meinte auch: »Ich sag nicht, daß so was jeden Tag passiert, aber bei Brandstiftung durch Jugendliche müssen Sie an den Neidfaktor denken.«

Ich sagte: »Jugendliche?«

Er sagte: »Kleine Jungs. Wenn es ein Mädchen wäre, hätten Sie wirklich Grund, sich Sorgen zu machen.«

Der Schulpsychologe, Mr. Searls, sagte: »Nun, wer war noch ein bißchen mehr Außenseiter als Tom? Ein kleines schwarzes Mädchen, das war's. Mich überrascht das nicht.«

Wir haben eine Zwei-Zimmer-Wohnung. Die Küche ist ziemlich groß, und der Vermieter hat mir erlaubt, im Keller meine Werkstatt einzurichten, aber ich hatte, oder schaffte mir, noch keine Gelegenheit dazu.

Im Frühjahr entschieden Makler und Versicherungsleute, daß unsere Farm über fünfundsiebzigtausend Dollar wert sei, insbesondere, weil der Stall in so gutem Zustand ist. Das Harris-Haus, einschließlich aller Möbel, Kleidung, Heimcomputer plus Programme und diversen anderen Hausrats, war über einhundertvierzigtausend Dollar wert, Ersetzungswert. Ihre Versicherung klagt gegen mich, um den Verlust teilweise wiederzubekommen. Sie begründen das damit, daß Liz und ich wissentlich unsere Sorgfaltspflicht vernachlässigt hätten, daß wir, hätten wir ein Telefon, mehr als eine Uhr, ein Auto besessen, unseren Sohn besser unter Kontrolle gehabt hätten und die Brandstiftung hätten verhindern können. Mein Anwalt sagt, daß der Fall nicht so klar liegt, wie ihn die Versicherung darstellt. Er ist fasziniert. Über das Honorar reden wir später, sagt er. Ich vermute, daß dies ein Präzedenzfall sein könnte, da ich der einzige ihnen bekannte Mensch bin, der so lebt. Oder gelebt hat.

Wir haben ein Telefon, drei Uhren und seit einer Woche ein Auto, einen Dodge Colt, Baujahr '83, ein Vorbesitzer, siebenundsiebzigtausend Kilometer.

Ich würde ihnen die Farm nur zu gern überlassen, aber mein Anwalt und meine Beraterin sind dagegen. Mein Anwalt sagt, daß so, wie State College wächst, ich in ein paar Jahren viel mehr dafür kriegen könnte, ganz zu schweigen von der Tatsache, daß man nicht zulassen könne, daß die Versicherung mich einschüchtert; die Beraterin sagt, daß ich im ersten Jahr der Beratung keine lebensverändernden Entscheidungen treffen sollte.

Wir haben einen Fernseher. Als wir darüber stritten, ob wir einen kaufen sollten, machte Liz eine moralische Sache daraus. Sie sagte, es sei falsch, abseits der allgemeinen Kultur leben zu wollen. In der Hitze des Gefechts nannte sie mich einen »Größenwahnsinnigen«. Später entschuldigte sie sich und nahm es zurück.

Am Tag, als wir das Auto kauften, kam Tinas Buch mit der Post, nachgesandt aus Moreton. Das Kapitel über mich war eines der kürzeren, und obwohl sie mich darin nicht als Genie bezeichnete, schrieb sie in der Einleitung: »... und in der Zielstrebigkeit, mit der er sein Tal und sein Leben zu einem Ausdruck vielgepriesener, aber kaum je verwirklichter Ideale umgeformt hat, läßt Bob Miller etwas erkennen, was eine Abwandlung von Genie sein muß.« Liz las das Kapitel und weinte. Am nächsten Tag nahm sie das Buch in unsere Beratungssitzung mit (wir fuhren mit dem Auto), und es stellte sich heraus, daß sie böse auf mich war, weil ich nicht geweint und weil ich mit mehr Interesse das längere Kapitel über prähistorische Getreidesorten gelesen hatte. Die Beraterin wiederholte ihre Ansicht, daß ich mich nicht an der Trauerarbeit beteiligte, und meinte, daß Liz' Zorn zwar nicht völlig berechtigt sei, da unsere Gefühle ja uns allein gehörten, aber doch verständlich. Ich nahm das Buch wieder zur Hand und blätterte das Kapitel durch, auf der Suche nach dem Verlorenen. Ich wollte, es wären Fotos dabeigewesen.

Geweint habe ich nur ein paar Tage nach dem Feuer, noch ehe wir wußten, was aus uns werden würde. Ich stand im Stall und striegelte das Pony, und ich wußte, daß ich mit meinem Wissen, wie dieses Kind großzuziehen sei, am Ende war und mit völlig leeren Händen dastand. Ich ließ den Striegel fallen und ging an die Stalltür, von wo ich auf das Haus und die winterzerwühlten Beete sah, und alle meine Denkgewohnheiten stellten sich mir bloß als verschiedene Formen von Stolz dar. Selbst die Liebe, deren ich mir so sicher gewesen war – zu Tommy und Liz, zu dem Tal, dieser Arbeit, diesem Boden, dieser Luft –, war vor allem selbstherrlich. Ich stand wie gelähmt in der Tür, blind vor Tränen. Das war das einzige Mal.

Es ist fraglos noch zu früh für die Wahrheit. Mittlerweile werden es im Mai neunzehn Jahre, seit ich aus der Armee kam, seit ich das Land kaufte. In jenem Juni wohnte ich in einem Zelt am Teich, während ich Material für den Hausbau zusammensammelte. Ich kochte auf einer Feuerstelle, die ich auf einem flachen Felsen errichtet hatte. Meistens grillte ich mir eine Forelle und trank dazu Wasser. Um Nachschub ging ich zu Fuß in die Stadt, und eines Tages kaufte ich eine Maurerkelle und einen Fünfpfundsack Mörtel. Am nächsten Tag baute ich mir eine kleine gemauerte Feuerstelle. Ich verlegte über einem alten Pappkarton vermörtelte Steine und steckte in die Oberseite, woraus der Boden des Feuerfaches werden sollte, dicke Pflöcke in einem Gittermuster mit etwa zwei Zoll Abstand. Als der Mörtel fest geworden, aber noch nicht ausgehärtet war, zog ich die Pflöcke vorsichtig heraus und hatte damit Löcher für die Luftzufuhr des Feuers. Dann schälte ich die Pappform heraus. Ich baute eine dreißig Zentimeter breite Einfassung unter der Feuerstelle, und an diesem Abend ging ich wieder nach Moreton und bummelte durch die Gassen. Ich wußte, ich würde in irgend jemandes Müll einen alten Grillrost finden, und das tat ich auch, exakt die richtige Form und Größe, genau, was ich mir vorgestellt hatte. Es überraschte mich nicht.

Wenn ich auf die folgenden achtzehn Jahre zurückblicke, sehe ich jemanden, weder Junge noch Mann, sondern eine namenlose Zwischenform, die als Gabe eine endlose Zahl von Wünschen mitbekommen hat. Die einzige Regel, die diese Wünsche regiert, ist, daß sie genau umrissen sein müssen. Und das sind sie natürlich auch, denn Genauigkeit ist sein größtes Talent (Neigung, Vorliebe). Doch die Moral aller Wunschgeschichten ist, daß, obwohl Wünsche Macht oder Verlangen ausdrücken, ihr Zweck darin besteht, Unwissenheit zu offenbaren: je mehr Wünsche einem erfüllt werden, desto mehr erkennt man die eigene Unwissenheit.

Tom gefällt es in der Stadt. Er hat eine Gruppe von Freunden in unserem Block, vier Jungs, die radfahren, Comics lesen, endlos wieder auflebende spielerische Revierkämpfe austragen. Sie haben ihn rasch auf den letzten Stand im Who's who der Superhelden gebracht, und er spart einen Teil seines Geldes vom Zeitungaustragen für ein modischeres Fahrrad, eines mit Scheibenrädern.

Auch Liz ist von Natur aus mehr geschaffen für dieses Leben, obwohl sie die Veränderung, unseren Verlust und die Schande, meine derzeitige »Ziellosigkeit« beweint und darunter gelitten hat. Trotzdem geht sie mit Freundinnen, die sie bei der Arbeit gefunden hat, zum Mittagessen, und sie tut auch etwas, was ich von meiner Mutter kenne – sie wandert in der Küche umher, von der Spüle zum Herd und weiter zum Eisschrank, den Telefonhörer zwischen Kinn und Schulter geklemmt. Wir haben eine Badewanne. Darin bringt sie eine Menge Zeit zu. Sie geht in die Episkopalkirche.

Was mich betrifft, ich denke oft an Lydia Harris, ihre Würde, ihre schlanken, aber kräftigen Hände, die sehr afrikanische Form ihres Kopfes, die Anmut, an der sie es nie fehlen ließ. Ich denke an sie und auch an Annabel mit etwas, was mir wie Liebe vorkommt. Hin und wieder glaube ich, daß ich, wenn ich nur lang genug, und beredt genug, sprechen könnte, imstande wäre, bei Lydia Verständnis zu finden, aber ich weiß nicht mal genau, was sie verstehen soll, und die Ereignisse haben uns sowieso über jede Verständigung hinausgetragen. Eine lange Zeit hindurch suchte ich nach einem Urteil aus ihrem Mund. Jetzt kann ich mir vorstellen, wie es ausfallen würde, und was immer ich darauf sagen könnte, würde, zumindest für mich, nach Ausreden klingen.

Liz und die Beraterin haben ein Programm ausgearbeitet, das auf »Wiederherstellung« abzielt. Auf einem der Zettel von der Beraterin ist das als eine Leiter versinnbildlicht, auf der ein Mann Sprossen mit Aufschriften wie »Verweigerung«, »Zorn«, »Verhandlung« und so weiter erklimmt. Ich hänge am Fuß der Leiter herum, nehme ich an. Aber mir scheint, daß sie aus mir wieder ein Ganzes machen wollen, wie ich aus meiner Familie, meiner Farm, meiner Zeit ein Ganzes gemacht habe, eine Seifenblase, ein Kunstwerk, einen ganzheitlichen Ausdruck meines ganzen Selbst. Nein, sage ich, freilich nur zu mir selbst (die Beraterin hat, was unser Sorgerechtsarrangement betrifft, wirkliche Macht). Laßt es uns bei Bruchstücken belassen, sage ich. Laßt den Rassenhaß, der durch uns zum Ausbruch kam, neben meiner Sehnsucht nach Lydia Harris bestehen; laßt Toms Unschuld gleich neben seinem wütenden Neid stehen; Liz' Kummer um die Farm neben ihrem Aufblühen in der Stadt; meinen Drang, alles und jedes im Leben meines Sohnes selbst zu schaffen und zu lenken, neben unserer mangelhaften Aufsicht; die Armut, die die Fürsorge sieht, neben dem Reichtum, den ich, wie ich weiß, besessen habe. Wenn das erlaubt wird, wenn es keine Ganzheiten mehr gibt, dann, scheint mir, kann ich in der Stadt ganz gut leben und immer noch von Zeit zu Zeit die Augen schließen und eine warme, feuchte Brise vom Tal heraufstreichen spüren, die Regungen und Laute der Tiere im Stall hören, das Duftgemisch von Kamille, wilden Rosen und warmem, grasigem Dung riechen und mich an den unermeßlichen, unmenschlichen Frieden der Sterne erinnern, ausgegossen auf dem Nachthimmel über dem Tal, und auch an den kleineren, näheren, aber nicht zu nahen, menschlichen Frieden der Lichter von Moreton, hingestreut über die Flanke des Snowy Top.

Jane Smiley

Gewöhnliche Liebe und Guter Wille
Zwei Novellen
Aus dem Amerikanischen von Michael Strand
222 Seiten. Geb. S. Fischer
und Band 12725

Die Grönland – Saga
Roman
Aus dem Amerikanischen von Karin S. Rausch
751 Seiten. Geb. S. Fischer
und Band 11398

In den Jahren der Trauer
Erzählungen und eine Novelle
Aus dem Amerikanischen von Karin S. Rausch
214 Seiten. Geb. S. Fischer
und Band 10171

Tausend Morgen
Roman
Aus dem Amerikanischen von Hannah Harders
462 Seiten. Geb. S. Fischer
und Band 12412

Fischer Taschenbuch Verlag

fi 467 / 5